안스크 산   소사막

테이칸 왕국

아르카스 해

켈튼 연합

마틸 산

레스틴 왕

타이백 산맥

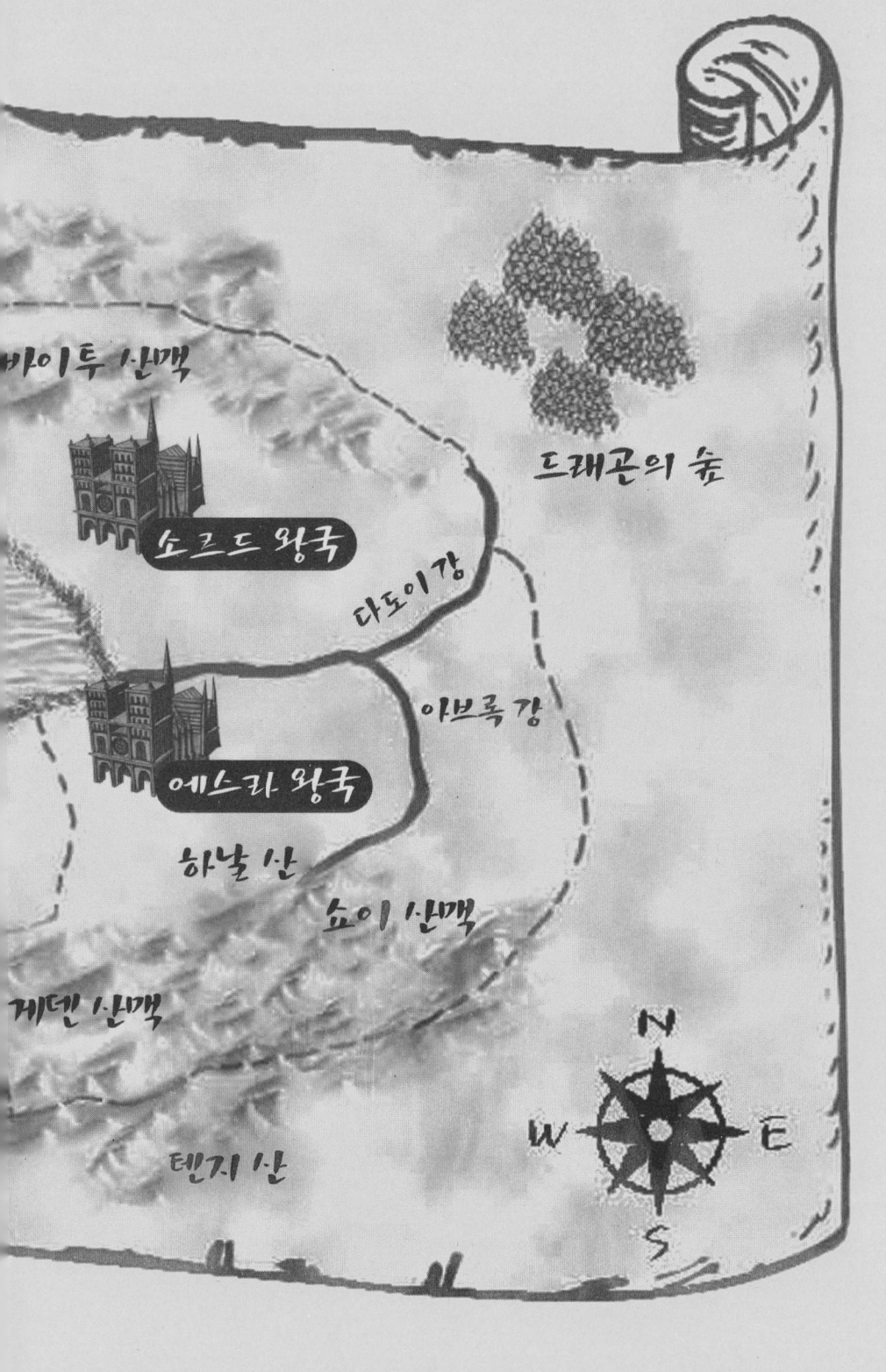

# 아린이야기
Arin's Story

## 아린 이야기 5
박신애 판타지장편소설

초판 1쇄 찍은 날 § 2001년 3월 20일
초판 1쇄 펴낸 날 § 2001년 4월 5일

지은이 § 박신애
펴낸이 § 서경석
펴낸곳 § 도서출판 청어람
편집 § 문혜영·허경란·박영주·김희정·권민정
마케팅 § 정필·강양원

등록번호 § 제1081-1-89호
등록일자 § 1999. 5. 31
어람번호 § 제1-0089호

주소 § 경기도 부천시 원미구 심곡1동 350-1 남성B/D 3F ㈜420-011
전화 § 032-656-4452  팩스 § 032-656-4453
e-mail § eoram99@chollian.net

ⓒ 박신애, 2000

값 7,500원

※ 잘못된 책은 바꿔드립니다.
※ 저자와 협의하여 인지를 붙이지 않습니다.

ISBN 89-5505-022-4 (SET) / ISBN 89-5505-075-5 04810

# 목 차

제28화 아기 돌보기 / 7

제29화 쓸모없는 인간(?) / 51

제30화 아린 일행, 마왕 일행 되다 / 119

제31화 헤어짐 / 185

외전(外傳) 테일론 이야기 / 241

# 제28화
# 아기 돌보기

## 아기 돌보기

"아이들 돌보는 게 쉬운 줄 알아요?"
"그걸 누가 못해요?"
"내일 하루 동안 당신이 아무 탈없이 아이들을 돌봐 주신다면 제가 예배당을 혼자 청소하죠."

바라치나 도시를 떠나 우리는 에스라 왕국의 그 유명한 온천 도시를 향해 말을 달렸다.

처음 며칠 동안은 애써 웃음 짓는 나를 별로 건드리고 싶어하지 않는 류미르와 세이몬이 조심스레 행동하기는 했지만 그것도 며칠이었다. 그들의 조심스러운 행동은 정확히 5일 후에 바로 사라져 버렸던 것이다.

하긴 그것도 그들 딴에는 꽤 오랫동안 버틴 거긴 했다. 그러나 그러다 보니 내가 우울해 있는 동안 쌓여 있던 그들의 불만이 터져 나와 버렸다.

"쳇, 뭐야? 나보고 또 요리하라고?"
"네가 나보다 나으니까 그렇지."
"헹, 너나 나나 다를 게 뭐냐?"
"뭐라고? 야, 너의 그 형편없는 요리를 아무런 불평 없이 먹어주는 걸 고맙게 생각하지는 못할 망정 무슨 불만이 그렇게 많아."

"허이고, 네가 퍽도 불평을 안 했겠다. 내가 처음 요리했을 때는 반도 못 먹고 투덜댔었잖아."

"그거야 너무 엄청난 맛이었으니까 그렇지."

"뭐라고? 야, 네가 재료를 제대로 사 오지 않은 건 생각지도 않냐? 네가 재료만 충분히, 그리고 잘 사 왔으면 그 정도의 맛은 안 됐을 거다."

"호오~ 너, 네가 만든 요리가 맛이 없다는 건 인정하고 있구나?"

"시끄러! 내 요리 맛이 형편없는 건 네가 재료를 제대로 사 오지 않아서야!"

"흥, 그 재료로도 뭘 어떻게 해야 할지 몰라서 쩔쩔맸던 주제에."

"그러는 넌! 나보다도 더 못하는 주제에. 어떻게 나보다 더 아린이랑 오래 있었으면서도 그것 하나 못 배웠냐?"

"뭐라고? 야, 내가 아린이랑 더 있었던 건 겨우 며칠뿐이었다고!"

류미르와 세이몬은 모닥불 위에 프라이팬과 냄비를 올려놓고 투닥투닥 다투기만 할 뿐 전혀 요리할 생각을 하지 않았다.

요리도 하지 않을 거면서 왜 불 위에 냄비와 프라이팬은 올려놓고 싸우는지 모르겠다.

그래도 처음에 자기네 딴에는 조심한다고 낮은 목소리로 투닥이더니, 점점 목소리가 커지다가 이제는 무척 높아진 줄도 모르고 싸우고 있다.

저 둘은 왜 붙기만 하면 서로 자존심을 내세워 싸우는지 모르겠다.

그동안 좀 나아졌나 싶더니만 류미르도 평소의 이성을 아예 잊어버린 듯했고, 세이몬도 조금의 양보도 없이 팽팽히 맞선다.

아니, 재료만 넣으면 알아서 다 요리해 주는 마법의 용구들로 그런 요리를 만든다는 것 자체부터 도저히 이해가 안 되는 녀석들이었다.

처음 세이몬이 한 요리를 가져왔을 때 류미르가 나보다도 먼저 음식을 한 입 먹는 모습을 봤기에 망정이지, 그렇지 않았다면 내가 그 음식을 먹고 어떻게 되었을지 모르겠다.

류미르가 한 입 먹고는 짓던 그 오묘하고 이상한 표정이란…….

결국 녀석은 음식을 목 너머로 넘기지 못하고 자리에서 벌떡 일어나 숲 속으로 뛰어 들어갔었다. 한참 뒤에 돌아온 녀석의 표정은 너무나 창백해져 있었고 하얀 얼굴에 푸르스름한 빛까지 돌아 유령같이 보였던 것이다.

그 모습을 보니 세이몬이 가져온 요리가 마치 독약과도 같이 생각될 정도였다. 그래서 우울한 기분을 이유로 조금도 손대지 않았던 것이다.

'에휴~ 녀석들, 그 모습을 보고 내가 되게 심각한 줄 알고는 모든 일을 저희들이 알아서 하길래 이렇게 우울해하는 것도 가끔은 해볼 만하다 했더니만.'

에스라 왕국에서 유명한 온천 지역은 하날 도시이다. 바로 울할머니가 살고 계시는 하날산 밑에 있는 도시가 바로 그 온천으로 유명한 관광 도시였다.

우리가 그곳으로 가려면 게덴산맥 쪽에서 직선으로 하날 도시를 향하여 가야 했지만, 류미르의 제안으로 인해 그 직선에서 좀 벗어난 바라치나 도시에 먼저 들렀던 것이다.

그러나 그곳에서 내가 아빠의 행동에 대한 충격으로 인해 우울한 기분에 빠져 있을 때 류미르와 세이몬이 지도를 보고 알아서 날 이끌고 하날 도시로 향했다. 그런데 이 녀석들이 어떻게 지도를 봤는지 엉뚱한 곳으로 향하고 있었던 것이다.

차라리 이 근처인 수도로 향했으면 조금이나마 나았을 것을, 그것도 아닌 켈튼 연합국 쪽으로 향하고 있었다. 그래도 우울한 기분에 빠져 있기 바쁜 나는 관여하기 귀찮아 그들이 하는 대로 그대로 냐뒀더니, 이제는 제대로 방향을 잡는다고 해놓고서 숲 속으로 끌고 들어와서는 엄청난 맛의 요리를 내놓고 있는 것이었다.

그나마 내가 며칠은 굶어도 끄떡없는 몸이었기에 망정이지—드래곤은 몇 달은 굶어도 마나로 체력을 유지할 수 있었다. 하지만 난 아직 한 번도 굶어본 적이 없었는데, 지금에 와서 본의 아닌 단식을 하게 되었다—그렇지 않았다면 류미르나 세이몬 녀석들처럼 맛없는 음식을 억지로 삼켜야 했을 것이다.

녀석들도 그 고통이 컸는지 저녁이 되어 자리를 잡고 요리를 하려고 폼을 잡긴 했지만 함부로 요리는 하지 못하고 저렇게 싸우고 있는 것이다.

처음에는 '그래, 싸워라 싸워. 애들은 싸우면서 크는 거다' 하는 생각으로 무시하고 있었지만, 녀석들의 목소리가 점점 커지고 다툼이 격해짐에 따라 나는 도저히 참을 수가 없었다. 시끄러워서 내 생각에 잠겨 있을 수가 없었던 것이다.

결국 참지 못한 나는 벌떡 일어났다.

"시끄러! 둘 다 조용히 못해?!"

나의 갑작스런 외침에 둘은 대치하고 있던 모습에서 고개만 돌려 둥그레진 눈으로 나를 바라보다가 나의 서슬이 퍼런 모습에 얌전히 눈을 내리깔았다. 나는 그런 그들을 한번 더 째려봐 주고는 다시 자리에 앉았다.

그러자 모깃소리만한 세이몬의 목소리가 들렸다.

"저기, 아린?"

"왜?"

"그냥 앉는 거야?"

"그럼 그냥 앉지."

"배 안 고파?"

그제야 세이몬이 무슨 말을 하려는 건지 알아챈 나는 다시 쌍심지를 켜고 그를 노려보려고 고개를 들었다. 그런데 그때 세이몬의 옆에서 열심히 그에게 응원을 보내는 류미르를 보고 세이몬을 향해 내쏘려던 분노의 광선을 그에게 대신 보냈다. 류미르는 나와 눈이 마주치자 일른 들었던 손을 내리며 얌전히 눈을 내리깔았다.

"안 고파."

나는 다시 냉정하게 대답하며 고개를 홱 돌렸다. 그러자 잠시 후에 머뭇머뭇거리는 세이몬의 목소리가 다시 들렸다.

"저기……."

"왜?"

"우리는 고프거든."

나는 순간 당황함을 감추지 못하며 세이몬에게로 고개를 돌렸다. 그 순간 며칠 동안 제대로 먹지 못해서 파리해진 그의 얼굴과 움푹 들어가서 더욱더 커진, 애처로움을 담고 있는 그의 검은 눈동자와 정면으로 마주치자 나는 할 말을 잃었다.

그리고…….

"풋, 쿡쿡… 쿡쿡쿡쿡……."

웃음이 나왔다. 그의 모습이 너무 웃겼던 것이다.

"왜? 왜 웃는 거야?"

어리둥절한 세이몬의 목소리가 들리자 나는 얼른 웃음을 삼키며 고개를 들었다. 그러나 아까의 너무나 애처롭던 세이몬의 모습이 다시 생각나 또다시 웃음이 새어 나오려고 했다.

"아냐, 아무것도."

그러나 여전히 내 목소리에 웃음이 섞여 있자 세이몬이 의심스러운 눈초리로 쳐다봤지만, 어쨌든 내가 화를 내지 않아 그냥 넘어가는 눈치였다.

"그래그래, 에휴~ 내가 애들한테 뭘 바라겠어."

엉덩이를 털며 일어나는 나를 향해 류미르의 욱하는 얼굴이 보였다.

"왜?"

"아냐, 아무것도."

그의 댓발은 나온 입을 바라보며 나는 또다시 웃음을 흘렸다. 자존심보다는 며칠 동안 못 먹은 한이 더 강했나 보다.

하긴, 요 며칠 동안 녀석들은 굶을 수 없으니까 그 심각한 요리로 겨우 허기만 면했을 뿐 배를 채울 생각은 하지도 못한 눈치였다.

물을 떠오라고 하자 류미르가 쏜살같이 달려가서 물을 떠 왔고, 나뭇가지를 가져오라고 하자 세이몬이 재빨리 숲 속으로 뛰어갔다 왔다.

'하, 음식의 힘이란 참으로 위대한 것이로군.'

평소라면 절대로 보지 못할 그들의 그런 모습에 다시 한 번 웃음을 흘린 나는 팔을 걷어붙였다.

잠시 후, 침이 넘어갈 정도로 맛있는 냄새를 풍기며 완성된 요리를 눈앞에 두고 세이몬과 류미르는 감격해서 어쩔 줄을 몰라 했다.

"그렇게 좋냐?"

"응!!"

나의 장난스런 질문에 둘은 동시에 고개를 끄덕이며 대답했다.

다음날 아침, 제정신을 차린 나를 위시로 우리 셋은 숲을 빠져나왔다. 일단 길을 잃은 것은 둘째치고—그 둘 덕분에 길을 잃었던 것이다—우선은 숲을 빠져나가야 길을 찾을 수 있다는 것에 의견이 일치했기 때문이다.

숲 속을 빠져나가는 거야 류미르가 있으니 별 어려움 없이 나올 수 있었다. 그리고 숲을 나오자 우리는 정말 그림 같은 풍경을 볼 수 있었다.

저 멀리 푸른 언덕 위에 그림 같은 하얀 집이, 정확히 말하면 신전이 세워져 있었던 것이다. 그리고 신전 뒤로는 농경지가 펼쳐져 있었고 그 뒤로는 성이 보였다.

"하아~ 꽤나 멋진 풍경인걸?"

"그러게."

"나도 이런 곳에서 살고 싶다."

그 모습을 본 우리는 저마다 감탄사를 내뱉으며 한동안 눈을 뗄 줄을 몰랐다. 그런데 잠시 후 나는 이상한 의문을 느꼈다.

"얘들아, 저거 신전 아니냐? 맞지?"

그러자 세이몬이 '얘가 뭘 잘못 먹었나?' 하는 표정으로 바라보았다.

"맞아, 우리가 털었던 신전이랑 비슷하게 생겼잖아. 게다가 하얗고… 물론 그 신전보다야 작긴 하지만."

"그냥 작은 게 아니라 엄청 작다."

뒤에서 류미르가 보충으로 말을 곁들이자 세이몬이 울컥한 표정으로 그를 돌아보았다.

"그런데 말야… 저 뒤에 보이는 게 외성 맞지?"

그러자 세이몬이 다시 '얘가 정말 왜 이래?' 하는 표정으로 돌아보며 친절히 대답해 주었다.

"보면 몰라? 외성 맞아."

이 세계에서 영지의 특징은 내가 살고 있던 세계의 중세 시대 유럽의 모습과 비슷하다. 그러니까 영지와 영지 사이의 경계는 산이나 강을 중심으로 했고, 그나마 없으면 팻말을 세우는 것이 고작이었다. 그리고 영지 안에 있는 마을은 보통 영주가 거하는 성이 있는 곳이나 산적, 혹은 몬스터의 출현이 잦은 곳, 아니면 특별히 마을 경계를 세우지 않았지만 그렇지 않은 곳은 마을, 혹은 도시를 둘러싸고 외성—정확히 말한다면 성벽—이 있었다.

그리고 그 중심지나 전망, 위치가 좋은 곳에 영주가 거하는 성과 그 성을 둘러싼 내성이 있는 게 정석이었다. 그리고 신전은 영주의 성 다음, 혹 영주의 성이 없으면 그곳에서 가장 좋은 위치를 차지하고 있었다. 즉, 보통 신전은 외성 안에 위치하고 있어야 했다.

"그런데 저 신전은 외성 바깥, 그것도 다른 집들은 전혀 보이지 않는 허허벌판에다 성이랑도 꽤 떨어진 곳에 있잖아."
　나의 기나긴 설명이 끝나자 류미르와 세이몬이 고개를 끄덕였다.
"그러고 보니……."
"그렇네."
　하지만 나의 기나긴 설명에 비해 녀석들의 반응이 신통치 않자 나는 울컥 화가 치밀었다.
"그게 다야?"
　그러자 류미르와 세이몬이 멀뚱하게 나를 바라보며 물었다.
"그럼?"
"뭘 더 바래?"
"우쒸, 나 다시 삐친다?"
　나의 선포에 류미르와 세이몬의 안색이 확 달라졌다.
"아, 정말 이상한 일이지, 세이몬?"
"그래그래, 정말 너무나 이상한 일이야. 신전이 왜 저곳에 있는 걸까? 우리가 저 이상한 점을 알아봐야 하지 않을까, 류미르?"
"물론이지. 궁금한 걸 그냥 지나치면 나중에 화가 될 수도 있어. 안 그래?"
"맞아맞아."
　그 둘은 그래도 풀어지지 않는 내 표정을 보고는 황급히 말을 재촉해 그 신전으로 향했다.
"짜식들, 진작에 그럴 것이지."
　물론 내가 그 신전이 왜 거기 있는지 너무 궁금하다거나 평소 호기심을 참지 못하는 성격은 더더구나 아니었다. 단지 지금은 녀석들의 반응이 신통치 않음에 부아가 나서 억지로 반 오기 반으로 심술을 부렸던 것이다.

 신전에 가까워짐에 따라 신전 주위에 자그마한 텃밭들이 보였고, 그곳에 일하는 아이들과 몇몇의 수련 신관들도 보였다.

 "헤~ 저기 애들이 있는걸?"

 세이몬이 사람들을 보고서 중얼거렸다. 그런데 나는 그 모습에서 또 의아함을 느꼈다.

 "야, 이상하지 않냐?"

 "이번엔 또 뭐냐?"

 류미르가 '또냐?'란 반응을 보이며 물었다. 그런 녀석에게 괘씸죄를 물어주고 싶었지만 지금은 나의 뛰어난 관찰력을 녀석들에게 알리는 게 우선이었기에 그냥 참고 넘어가 줬다.

 "저거, 척 보기에도 밭이 신전 거 같은데… 거기서 왜 애들이 일하지? 물론 한 가정의 밭이라면 자기 부모를 돕는다지만 말야."

 "신앙심이 깊은 애들인가 보지."

 류미르가 대수롭지 않다는 말투로 대답했다.

 "그런데 왜 애들만 보이지? 어른들은 전혀 안 보이잖아. 보통 신앙심은 애들보다 어른들이 더 깊지 않아?"

 "저 마을은 애들이 더 깊은가 보지."

 나는 속에서 다시 울컥했지만 내가 정말 별것 아닌 일로 괜히 그러는 걸까 봐 잠자코 입을 다물었다.

 그들 뒤쪽으로는 텃밭에서 일하는 아이들보다 더 어려 보이는 아이들이 저희들끼리 놀고 있었다. 텃밭에서 일하는 아이들은 일을 하느라 몸을 수그리고 있어 아이들이라는 것밖에 모르겠지만 공터에서 놀고 있는 아이들은 3살에서 많으면 7, 8살로밖에 안 보였다.

"거참, 왜 애들밖에 안 보이지? 저애들 부모는 어딜 간 거야? 애들끼리 놀게 놔두다가 다치면 어쩌려고."
내가 중얼거렸지만 류미르와 세이몬은 시큰둥한 표정으로 대답조차 하지 않았다.
우리가 신전에 가까이 다가가자 텃밭에서 일하던 사람들이 우리의 기척을 느끼고는 몸을 일으켜 우리를 바라보았다. 그런데 그들의 표정은 굳어 있었고, 어딘지 경계하는 듯한 눈초리여서 나는 순간 당황했다. 보통 신전은 많은 사람들이 왕래하는 곳인데 경계한다는 것은 전혀 안 어울리는 일이었던 것이다.
텃밭에 있던 어떤 아이 하나가 쏜살같이 달려가 신전 안으로 뛰어 들어갔고, 밭에 있던 수련 신관 한 명이 불안한 표정으로 우리에게 다가왔다. 그리고 나머지 수련 신관들과 아이들은 얼른 밭에서 나와 공터에서 놀고 있는 아이들을 데리고 신전 쪽으로 가기 시작했다.
"아, 저기……."
세이몬이 의아한 표정을 나에게 돌리고는 신전 쪽을 손으로 가리키며 물었다.
"왜 저러는 거야?"
그리고 그런 세이몬에게 나는 친절히 대답했다.
"낸들 아냐?"
우리들이 신전의 이상한 분위기에 눌려 텃밭 가까이 가고 난 뒤 말에서 내려 다가가야 할지 말아야 할지 고민하고 있을 때였다. 우리 쪽으로 다가오던 수련 신관 한 명이 좀 멀다 싶을 정도로 떨어진 곳까지 다가온 후 제자리에 서서는 머뭇대며 입을 열었다.

"저… 무슨 일이신지……."

류미르가 슬쩍 나를 한번 쳐다보더니 한 발 앞으로 나섰다. 그러자 그 수련 신관이 움찔하며 한 발 뒤로 물러서는 것이었다. 그 모습에 류미르가 더욱더 당황해서는 세이몬과 나를 돌아보며 무슨 짓을 하지는 않았는지 살폈다.

세이몬과 나는 아무 짓도 안 했다는 뜻으로 두 손을 올려 보이고는 고개를 설레설레 좌우로 흔들자 류미르가 다시 고개를 갸우뚱거리며 수련 신관 쪽으로 시선을 돌렸다.

"저희는 지나가는 여행객입니다. 숲 속을 며칠 동안 헤매다가 간신히 빠져나왔는데 여기 이렇게 신전이 보이길래 반가운 마음으로 한번 들러보려고 왔습니다만, 저희가 괜한 일을 한 게 아닌지 걱정되는군요."

류미르가 조심스럽게 운을 떼자 수련 신관의 표정에 서서히 안도감이 퍼졌다.

"아, 그렇다면 마을에서 오신 분들이 아니란 말씀이시군요?"

"에? 아니, 그게 무슨……."

류미르는 더욱더 어리둥절한 목소리로 입을 열었지만 그의 말은 더 이상 이어지지 못했다.

갑자기 천둥 치는 것 같은 커다란 고함 소리와 함께 신전 안에서 수련 신관 복장을 한 여신관이 맹렬히 달려왔기 때문이었다.

"이 자식들!!"

평소 신관들이라면 입에 담지 못할 험한 단어를 외치며 달려오는 수련 신관의 모습에 류미르가 당황해서 어찌할 바를 몰라 어정쩡하게 서 있는 사이, 류미르 앞에 단숨에 도착한 수련 신관은 다짜고짜 류미르의 팔을 잡고는 업어치기를 해버렸다.

불시에 당한 일이라 다른 사람들 같았으면 그 즉시 땅에 패대기쳐지겠지만, 류미르는 날렵하게 땅을 한 바퀴 굴러 몸을 일으키고는 가소롭다는 표정을 지으며 자신의 몸에 묻은 먼지를 탁탁 털었다. 그러자 그 수련 신관의 표정이 다시 험악해지며 류미르에게 달려들려는 찰나 누군가의 외침이 들려왔다.

"그만 멈추세요."

그와 함께 신관 복장을 한 30대 중반으로 보이는 여인이 세 명의 수련 신관들과 함께 다급히 뛰어왔다.

류미르를 향해 다시 달려들려고 했던 수련 신관은 그 신관을 보더니 어쩔 수 없다는 듯이 뒤로 한 걸음 물러났다. 그러나 허튼 짓하면 가만두지 않겠다는 무시무시한 시선으로 계속 류미르를 바라보고 있었다.

수련 신관과 신관, 그리고 고위 신관은 옷으로 구별한다. 그리고 여신관과 남신관의 옷은 수련 신관일 경우 서로 다르지만, 그 외 신관과 고위 신관은 남녀의 구별이 없다.

수련 신관은 여신관일 경우 종아리 중간까지 오는 하얀 색의 투박한 면으로 된 멜빵 형태의 원피스를 입는다. 그 원피스의 가슴 부분에는 엘라이어드 여신을 상징하는 데이지 꽃이 하늘 색 실로 수놓아져 있다.

그리고 남수련 신관의 경우에는 원피스 대신 활동하기 편한 바지와 남방과 비슷하지만 좀 더 투박하게 생긴 셔츠를 입는다. 그 셔츠에도 데이지 꽃이 수놓아져 있다는 것은 말할 필요 없다. 그리고 또 한 가지 남녀 복장이 다른 점은 여자 신관들은 모두 식당 아주머니들이 하시는 머리 수건을 하고 있다는 점이다. 그리고 남신관들은 머리 수건을 하지 않는 대신 목에 수건을 두르고 있었다.

신관 복장은 수련 신관의 복장에 비해 실용성이 훨씬 뒤떨어진다.

신관은 땅에 살짝 끌릴 것 같은 길이의 통치마 비슷한 옷을 입은 뒤 그 위에 단추가 뒤에 있는 가운을 입게 된다. 그 가운은 정강이 중앙까지 내려오는 길이인데, 가운의 앞 정중앙에는 어른 손으로 한 뼘 정도 되는 넓이를 가지고 길이가 무릎 바로 밑까지 내려 오는 길다란 천이 달려 있다.

그 천에는 고위 신관이면 황금색으로 데이지 꽃이 수놓아져 있고, 보통 신관일 경우 은색으로 데이지 꽃이 수놓아져 있다. 그리고 각 신관이 맡고 있는 지위의 고하에 따라서 통이 넓은 소매의 테두리와 가운의 밑단, 그리고 가슴 앞에 길게 내려온 천의 밑단에 각각 붉은색의 테두리가 그려지게 된다.

즉 보통 신관은 테두리가 1개, 신관 중에서도 어떤 직분을 맡고 있으면 2개, 고위 신관은 3개, 고위 신관이면서 장로이면 테두리가 4개가, 그리고 장로장은 5개를 가지게 된다.

그러므로 신전에서 가장 높은 사람은 데이지 꽃이 황금색이며 테두리를 5개 가지고 있는 사람이다.

우리에게 달려온 신관은 데이지 꽃이 은색이며 테두리가 2개 있었으므로 그녀는 보통 신관이면서 어떠한 직분을 맡고 있다는 것을 뜻했다.

그녀가 우리에게 다가오자 맨 처음 류미르와 이야기를 나누었던 수련 신관이 얼른 그녀에게 다가가 뭐라고 속삭였다. 그러자 그녀의 긴장되어 있던 얼굴색이 펴지면서 나중에는 미소까지 띤 채로 우리에게 다가와 살짝 고개를 숙여 보였다.

"저는 엘리어드 여신의 미천한 종 한나라고 합니다."

우리 셋은 얼결에 고개를 숙여 그녀에게 인사를 했다.

"류미르라고 합니다. 형제 중 맏형입니다."

"아힌입니다. 둘째죠."

"세이몬입니다. 막내입니다."

그러자 자신을 한나라고 소개한 신관이 빙그레 웃으며 말했다.

"여행객이시라고요? 지나는 길에 저희 신전을 보시고 잠시 들르셨다고 하던데."

"예, 저희가 저 뒤에 보이는 숲에서 며칠 동안 헤맸거든요. 그래서 맨 처음 건물이 보여 너무 반가웠는데 뜻밖에도 그 건물이 신전이더군요. 그래서……"

류미르가 아까 수련 신관에게 했던 말을 다시 되풀이해서 말하자 류미르에게 달려들었던 수련 신관이 그의 말을 끊고 나서서 한나 신관에게 말했다.

"믿지 마세요, 신관님. 저들은 분명히 마을에서 온 건달들일 거예요. 이번에 또 우리에게 무슨 짓을 하려고 하는 게 분명해요."

그러자 한나 신관은 부드럽게 고개를 저어 보였다.

"그렇지 않아요, 칸비나 수련 신관. 저들의 모습을 보면 온통 먼지를 뒤집어쓰고 있어요. 게다가 곳곳에 나뭇잎이 묻어 있군요. 이것만 봐도 저들이 숲에서 며칠 동안 헤맸다는 걸 알 수 있어요."

그리고 우리에게 제일 먼저 다가왔던 수련 신관까지 신관의 말을 거들었다.

"그래요. 그리고 저들은 분명히 마을 쪽이 아니라 숲 쪽에서 왔어요."

그 뒤를 이어 또다시 한나 신관이 입을 열었다.

"그리고 설사 저들이 마을에서 왔다고 해도 여신께선 저들을 맞이하라고 하실 겁니다. 우리는 사랑과 평화의 엘라이어드 여신을 섬기는 자들이니까요."

그러자 칸비나 수련 신관은 더 이상 아무런 말도 못하고 뒤로 물러났다. 하지만 그녀의 눈초리는 아직도 우리를 의심하고 있다는 것을 보여주듯 살벌했다.

"자, 이럴 게 아니라 들어가서 여신께 경배하시죠? 그 다음 저희가 차도 대접하겠습니다."

한나 신관이 우리를 데리고 신전 안에 있는 예배당으로 이끌었기 때문에 우리는 거의 반강제적으로 그곳에 있는 여신상 앞에 절을 해야 했다.

"이런, 여신께 바칠 꽃을 준비하지 못했군요. 죄송해서 어쩌죠?"

엉터리 경배가 끝나고 우리가 어떤 방으로 안내되어 의자에 앉았을 때 류미르가 그제야 생각났다는 듯 미안한 얼굴로 한나 신관을 돌아보며 말하자 그녀는 부드럽게 웃었다.

"괜찮습니다. 여러분께선 여행 중이셨기에 미처 준비하시지 못했던 거잖습니까? 여신께서도 이해해 주실 겁니다."

"아, 저 그런데… 혹시 이 신전을 신관님께서 돌보고 계신 겁니까? 다른 신관님들은 뵙지 못한 것 같은데……."

내가 궁금하다는 듯이 묻자 한나 신관이 다시 살포시 웃었다.

"예, 부족하나마 제가 대표로 있습니다. 그리고 두 명의 신관께서 더 계신데 지금 마을에 일이 있어서 가셨습니다."

"그런데 신관님, 이 신전은 왜 외성 바깥쪽에, 그것도 마을에서 멀리 떨어져 있습니까? 보통 신전은 마을 안쪽에 있지 않습니까?"

류미르의 물음에 그녀는 서글픈 미소를 지었다.

"그건 두 가지 이유가 있어서입니다. 첫째는 저 마을에는 아직 엘라이어드 여신을 섬기는 분들이 없어서이고, 두 번째는 우리가 부모를 잃어버린 아이들을 데리고 있기 때문이지요."

"아니, 그게 신전이 여기에 있는 것과 무슨 상관인가요?"

세이몬의 의아한 듯한 질문에 신관의 얼굴이 더욱더 어두워졌다.

"마을에 계신 분들은 자신들의 자녀들 곁에 저 아이들이 있다는 것 자체를 싫어하시더군요. 그렇더라도 만약 저 마을에 여신님의 신자들이 좀 더 많았더라면 이곳까지 오게 되지는 않았겠지요."

"그렇군요."

"아, 저기 혹시… 마을 사람들이 신전에 좋지 못한 행동을 하나요? 아까 저희가 왔을 때 분위기상 그런 것 같던데."

세이몬이 아까 신전 사람들의 경계하는 분위기가 맘에 걸렸는지 조심스레 물었다.

"아아, 자주 그런 건 아니고… 어쩌다 가끔 그런 일이 있답니다. 뭐, 그 사람들은 저 도시에서도 안 좋은 소리를 듣는 사람들이니까요."

우리 셋은 괜히 주눅이 들어 그녀의 눈치만 살피고 있었다. 그러자 신관이 활짝 웃으며 분위기를 돋우었다.

"이런이런, 그런 표정들 지으실 것 없습니다. 우리는 이곳에 신전이 세워진 것을 무척 감사드리고 있으니까요. 이런 멋진 곳에 살고 있는 사람이 과연 얼마나 되겠습니까? 더욱이 땅이 넓어서 아이들이 놀기에도 좋고, 또 텃밭 가꾸기에도 좋고, 그리고 영주님 눈치 안 봐서 너무 좋은걸요."

"하하하, 그런 좋은 점도 있었군요."

아기 돌보기 25

류미르가 얼른 밝게 웃으며 맞장구를 쳐주었다.
"그럼요."
그런데 그때였다. 누군가가 조심스럽게 우리가 있는 방문을 두드렸다.
똑. 똑. 똑.
"들어오세요."
한나 신관의 허락이 떨어지자 문이 열리고 한 여수련 신관의 모습이 보였다.
"기레네 수련 신관, 무슨 일인가요?"
그러자 그 기레네 수련 신관은 안절부절못하는 모습으로 조심스레 입을 열었다.
"저, 아침에 마을로 간 신관님 일행 말인데요… 도착할 시간이 지났는데도 아직 도착을 안 해서요. 혹시 무슨 일이라도 생긴 건 아닐까요?"
그러자 한나 신관은 놀란 눈으로 창밖으로 시선을 돌려 해가 어디쯤에 와 있는지 살폈다. 아직은 날이 밝았지만 곧 있으면 저녁 시간이 될 무렵이었다.
"이런, 그렇군요. 빨리 가서 남자 수련 신관들을 불러오세요."
"예."
수련 신관은 서둘러 그 방에서 나갔다. 그리고 한나 신관은 걱정이 가득 찬 얼굴로 자리에서 일어나 방 안을 서성거렸다.
"제발 그들에게 아무 일이 없어야 할 텐데……. 오, 여신이여, 그들을 보호하소서."
"무슨 일인가요, 신관님?"
그녀들의 행동에 직감적으로 불안감을 느낀 내가 묻자 그녀가 걱정이 가득 찬 얼굴을 내게로 돌렸다.

"아침에 신관 두 분께서 아이들 몇을 데리고 생필품을 사러 마을로 가셨답니다. 전에 수련 신관님들과 아이들만 보냈을 때 다쳐서 돌아온 일이 있었거든요. 그래서 이번에는 일부러 신관님들과 함께 보냈는데……."

우리가 그녀의 말에 경악을 느끼고 있을 때 사람들이 달려오는 소리가 들리더니 다시 누군가가 방문을 두드렸다.

"들어오세요."

한나 신관이 급하게 입을 열자 문이 열리며 다급히 뛰어온 듯한 남자 수련 신관 세 명이 들어왔다.

"신관님, 무슨 일입니까?"

"세 분은 지금 즉시 마을로 한번 가주세요. 마을로 간 신관님들이 너무 늦으시는군요."

그러자 우리 셋은 거의 동시에 자리에서 일어섰다. 그리고 대표로 내가 입을 열었다.

"저희도 함께 가도록 하죠. 도움이 될지도 모르니까요."

"그래주시겠습니까? 그럼 부탁드리겠습니다."

그녀의 인사가 끝나자마자 우리는 남수련 신관 3명과 함께 방을 나갔다. 그들 셋은 그냥 마을 쪽으로 뛰어가려 했지만 그것보다는 우리 말을 타고 가는 것이 더 빠를 것 같았기에 우리는 각자 뒤에 수련 신관을 태우고는 마을 쪽으로 말을 몰았다.

그러나 마을까지 가기도 전에 우리는 마을에 생필품을 사러 갔다던 신관 일행을 만날 수 있었다.

그들은 외성을 벗어나 신전으로 오는 길에 있는 오르막길에서 생필품을 실은 수레의 바퀴가 길을 벗어나 길 옆에 있던 진흙 구덩이에 빠져 그것을 꺼내려고 낑낑대고 있었던 것이다.

보통 힘쓰는 일을 하지 않는 신관들도 신관복이 흙투성이가 되도록 소매를 걷어붙이고 같이 간 14, 5세 정도된 아이들과 함께 수레의 바퀴를 빼기 위해 안간힘을 쓰고 있었지만 여의치 않은 듯 수레는 꼼짝도 하지 않고 있었다.

수레바퀴를 빼내기 위하여 수레에 싣고 있던 물건들을 모두 옆에다 내려놓고 있는 상태였기에 주위는 매우 어수선해져 있었다.

그 모습을 본 우리는 왠지 모를 안도의 한숨을 내쉬고는 말에서 내려 그들에게 다가갔다.

흙투성이가 된 얼굴들로 수련 신관들에게 우리를 소개받은 신관들은 환하게 웃으며 정말 고마워했다. 그리고 곧 이어 류미르가 땅의 하급 정령들을 불러내어 너무나도 쉽게 수레를 진흙 구덩이에서 빼내고는 다시 짐을 싣고 말에게 수레를 이끌게 하여 신전으로 돌아왔다.

신전에 다다르자 걱정스런 얼굴로 바깥에 나와 있던 한나 신관과 다른 몇몇의 여신관들이 달려왔다.

"오, 무사했군요. 정말 다행이에요."

한나 신관이 두 손을 가슴에 모으며 안도의 한숨을 내쉬자 두 신관이 앞으로 나서서 두 손을 가슴 위에서 'X' 자로 교차한 상태로 허리를 숙였다.

"늦었습니다."

"걱정을 끼쳐 드려 죄송합니다."

"아니에요. 이렇게 무사히 돌아와서 기쁩니다. 전에는 수련 신관들과 아이들만 보내서 수레에 부딪혀 다쳤어도 신전에 와서 치유를 받았지만 이번에는 신관님들이 함께 가셔서 다쳤어도 그 자리에서 치유할 수 있을 거란 생각에 안심하고 있었거든요."

한나 신관의 말에 나는 어리벙벙해졌다.

"에? 마을 사람들에게 해꼬지당한 게 아니란 말인가요?"

"예? 아~ 호호호… 그렇지는 않아요. 비록 마을 사람들이 우리 아이들을 미워하긴 하지만 직접적으로 해를 입힐 정도로 나쁜 사람들은 아니니까요."

"하지만 우리가 왔을 때 무섭게 달려들던 그 여수련 신관을 생각하면……"

류미르는 신전 쪽을 바라보며 말끝을 흐렸다. 그의 모습에 의아해진 내가 그의 시선을 따라가자 그쪽 신전 앞 공터에서 류미르에게 공격을 했던 그 여수련 신관이 어린아이들과 놀고 있었다. 류미르의 시선을 따라 그 수련 신관을 본 한나 신관이 다시 웃으며 말했다.

"호호호, 아까도 말씀드렸지만 그런 일은 어쩌다 가끔이에요. 그리고 다른 일로 신전에 오시는 분들이 거의 없기 때문에 칸비나 수련 신관이 긴장한 거죠. 그녀가 성격이 좀 급하긴 하죠. 하지만 그것도 다 아이들을 너무 사랑해서 한 행동이니 나쁘게 생각지 않으셨으면 해요."

"저희는 저 수련 신관님이 그런 행동을 하셔서 혹시나 마을에서도 사람들이 좋지 않은 일을 하는 건 아닌지 걱정했었거든요."

"아, 물론 그런 일은 없어요. 하지만 그렇다고 해도 저 아이들을 위해 언행을 조심해 주시지는 않더군요. 저 아이들은 무심코 던진 말 한마디에도 상처를 입는데 말입니다."

한나 신관의 음성이 조금은 낮아지며 진지해지자 주위에 있는 모든 사람들이 숙연해졌다.

"어머, 제가 쓸데없는 말을… 자, 이럴 게 아니라 들어가시죠. 이제 저녁 식사 시간이 다 되었는데 식사라도 대접하겠습니다."

한나 신관이 주위 분위기가 가라앉은 걸 보고는 얼른 미소를 지으며 분위기를 바꾸려는 듯 활기 찬 어조로 말하자, 그동안 신전 앞에 수레를 가져다 놓고 멍해 있던 사람들이 정신을 차린 듯 부산스레 움직이기 시작했다. 수련 신관들과 나이 많은 어린이들이 저마다 수레의 짐들을 들어 옮기기 시작했고, 그 모습을 본 우리 셋도 가만히 있을 순 없어서 팔을 걷어붙이고 나섰다.

"이왕 도와드리는 거, 더 도와드리죠."

"호호호, 그래주시면 고맙고요."

우리는 저마다 야채나 채소가 들어간 자루를 하나씩 들어 어깨에 메고 앞서 가는 수련 신관들의 뒤를 따랐다. 그런데 우리가 신전을 들어가기 전 신전의 앞마당을 가로지르는데, 사람들이 짐 옮기는 모습을 빤히 바라보기만 할 뿐 거들 생각을 안 하고 어린아이들과 한쪽 구석에 서 있는 칸비나 수련 신관의 모습이 눈에 띄었다. 그러자 류미르가 그 모습이 못마땅했는지 커다랗게 투덜거렸다.

"헹, 누구는 짐을 나르는데 누구는 애들과 놀고 있네. 아힌, 넌 이런 현상을 어떻게 생각해?"

"에? 아니, 그러니까……."

얼결에 지적을 받은 내가 주저하며 뭐라고 대답할지 고민하고 있을 때였다. 류미르의 말을 들었는지―당연히 들었겠지만―칸비나 수련 신관이 다가왔다. 그러더니 다짜고짜 류미르의 어깨에 얹어 있던 자루를 잡아채어 바닥에 내려놨다. 그리고는 류미르의 앞에 양손을 허리에 얹고 당당히 버티고 섰다.

"그거 나한테 하는 말인가요?"

"그럼, 여기에 노는 사람이 당신밖에 더 있나요?"

류미르도 그녀 앞에서 팔짱을 떡하니 끼고 그녀를 똑바로 바라보았다. 그러자 칸비나 수련 신관이 코웃음 쳤다.

"하, 그러니까 당신은 내가 놀고 있는 걸로 보인다 이 말이죠?"

"그래요, 내 말이 틀렸어요?"

"아이들 돌보는 게 쉬운 줄 알아요?"

"그걸 누가 못해요?"

"오~ 그래요? 그럼 그렇게 쉬운 일 좀 해주실래요, 너무나 광명 정대하신 신도님?"

"그 쉬운 일이란 게 뭔가요, 게으른 수련 신관님?"

"내일 하루 동안 당신이 아무 탈 없이 아이들을 돌봐주신다면 제가 예배당을 혼자 청소하죠."

그러자 옆에서 그 이야기를 듣고 있던 다른 여수련 신관이 놀라서 그녀를 말렸다.

"칸비나, 어떻게 그런 말을… 그 예배당은 혼자서 청소하기에는 너무 넓어요. 혼자 하려면 하루 종일 걸릴 거예요."

"상관없어요. 신도님께서 하루 종일 아이들을 봐주신다는데 그 정도야……"

그녀의 오기 서린 대답에 류미르도 그녀의 제안을 수락했다.

"좋아요. 나야 뭐, 손해 볼 건 없겠죠."

그러나 칸비나 수련 신관의 제안은 거기서 끝나지 않았다.

"대신, 신도님께서 정오가 되기 전에 아이들 때문에 쩔쩔매는 일이 생긴다면 신도님들께선 신전 대청소를 해주셔야만 합니다."

그녀의 말이 끝나자마자 세이몬과 나는 크게 놀랐다.

"엥? 아니, 왜 거기에 우리까지……."

세이몬의 항의 어린 말이 채 끝나기도 전에 류미르가 그의 말을 자르며 대답했다.

"좋습니다. 그런데 만약 내가 하루 종일 아이들을 잘 돌봤는데 수련 신관님께서 청소를 다 끝내지 못한다면 어쩌실 겁니까?"

"만약 그렇다면 제가 신도님들 대신 신관 대청소를 하죠."

"글쎄요……. 그러면 신전 측에서야 좋지만 저희로서는 좋을 것이 하나도 없지 않습니까?"

"좋아요. 그렇다면 제가 신도님께 무례히 군 것 정중히 사과드리지요."

"좋습니다. 저도 뭐, 무슨 이득을 바란 건 아니니까요."

"그럼 성립된 겁니다."

칸비나 수련 신관은 그 말을 끝으로 몸을 홱 돌려 한쪽 구석에 서 있던 아이들에게로 걸어갔다. 그리고 그동안 칸비나 수련 신관과 류미르의 대화를 듣고 있던 모든 사람들도 까닭 모를 묘한 미소를 지으며 다시 자신들의 할 일로 돌아갔다.

생각지도 못한 류미르와 칸비나 수련 신관의 묘한 시합 덕분에 우리는 그날 하루 신전에서 묵어야만 했다.

그리고 다음날.

"류미르, 정말 괜찮겠어? 아이들을 돌보는 게 쉬운 일이 아니야."

"걱정 마, 아린. 내가 그까짓 일도 못 해낼 것처럼 보여?"

"그래도 혼자서 하기는 힘들 거야. 차라리 지금 가서 세이몬과 나도 같이 돕겠다고 말할까?"

"에? 난 싫어. 로비 나이 또래면 몰라도 저렇게 어린애들과 놀아본 적은 한 번도 없단 말야."

내 제안에 세이몬이 도리질을 치며 거절하자 류미르가 걱정하지 말라는 듯 씩씩한 목소리로 장담했다.

"걱정 말라니까. 그리고 그 수련 신관도 혼자 청소를 한다고 했잖아. 그러니 나도 혼자 해야지. 너희는 보고만 있어. 내가 그녀의 코를 납작하게 만들어줄 테니까."

"아니, 그런데 왜 그녀에게는 까탈스럽게 그러는 거야? 너답지 않아."

"흥, 처음에는 자신이 신전을 제일 위하는 것처럼 우리를 경계하더니, 나중에 보니 뭐야? 남들은 다 일하는데 자신만 혼자 쏙 빠져서는 놀고 있잖아?. 그렇게 일은 안 하면서 잘난 체하는 사람은 정말 싫어."

"글쎄, 그 애 보는 게 장난이 아니라니까."

"설마 일하는 것보다 힘들까."

나는 씩씩하게 신전 앞으로 나가는 류미르의 뒤를 걱정스럽게 바라보았다.

"정말 힘든 일인데. 애들도 한둘이 아니고 거의 열 명이나 되잖아."

내 뒤에서 세이몬이 류미르를 응원하는 소리가 들렸다.

"야, 류미르 잘해라. 너, 지기만 하면 가만 안 둬. 네가 지면 우리까지 피해가 오잖냐?"

"맡겨만 둬!!"

신전 앞 공터로 나오자 칸비나 수련 신관과 류미르의 시합 이야기를 들었는지 신전에 있는 모든 사람들이 흥미진진한 얼굴로 모여 있었다. 그중에는 한나 신관도 있었다. 한나 신관이 신전을 막 나오는 우리 셋을 보더니 환하게 웃음 지었다.

"어서 오세요, 신도님. 이번 시합의 심판을 제가 맡았답니다. 괜찮으시겠지요?"

"물론입니다, 신관님. 마침 저도 심판이 없어 판정 내릴 것이 걱정되던 참이었거든요."

류미르의 시원스런 대답에 한나 신관이 기분 좋게 고개를 끄덕였다. 그리고는 류미르를 4, 5살 되어 보이는 아이들 무리 앞에 세우고, 그 옆에는 빗자루와 걸레를 든 칸비나 수련 신관을 세웠다.

"자, 그럼 두 분이 하실 일을 설명해 드리죠. 먼저, 신도님. 아이들은 다 씻기고 아침을 먹였으니, 신도님께선 데리고 노시기만 하면 됩니다. 단, 아이들에게 무슨 일이 생기거나 신도님께서 통제가 불가능하시면 신도님께선 무조건 지시는 겁니다. 아, 그러고 보니 정오가 되기 전에 그렇게 되면 세 신도님께서 신전 대청소를 해주신다고 하더군요. 맞나요?"

그녀는 빙그레 웃으며 세이몬과 나를 향해 물어왔다. 그녀의 웃음에 나는 괜히 불안감을 느끼며 고개를 끄덕였다.

"맞습니다, 신관님."

"좋아요. 그럼 칸비나 수련 신관? 당신은 예배당을 혼자 청소하기로 했지요? 예배당 안의 모든 것을 깨끗하게 청소해야 합니다. 그것도 오늘 안으로요. 만약 먼지가 발견되거나 오늘 안에 청소를 다 끝내지 못한다면 당신이 지는 겁니다."

"알겠습니다, 신관님."

"아, 신도님. 한 가지 깜빡했군요. 신도님께선 아이들 식사를 챙겨주지 못하실 테니 점심과 저녁 먹이는 것은 다른 수련 신관님들께서 도우실 겁니다."

"알겠습니다."

"자, 그럼 시작하도록 하죠. 아, 이 시합은 해가 질 때까지입니다. 해가 지는 동시에 끝난다는 것을 명심하세요. 그럼 시작해 주세요."

이렇게 해서 칸비나 수련 신관은 비와 걸레를 들고 곧장 신전 안으로 향했고, 류미르는 아이들을 데리고 신전에서 조금 떨어진 언덕의 풀밭으로 향했다.

세이몬과 나는 혹시나 하는 마음에 류미르와 같이 가기로 했지만 그전에 한나 신관의 도와주지 말라는 당부를 단단히 들었다.

류미르는 아이들을 언덕 위로 데리고 가더니 아이들의 수를 셌다.

"어디 보자… 하나, 둘, 셋… 아홉, 열. 아, 딱 열 명이군. 좋아, 이제부터 너희들 맘대로 놀아라."

그러자 아이들은 '와아~' 하며 흩어졌다. 류미르는 그 모습을 느긋한 얼굴로 바라보며 그 자리에 주저앉았다. 그리고 옆에 서 있는 우리들을 올려다보며 자신의 옆 자리를 탁탁 쳤다.

"앉아."

"뭐야, 정말 쉽잖아?"

세이몬은 무슨 일이 있기를 기대했었는지 김빠진다는 얼굴로 류미르의 옆 자리에 주저앉았다.

"그렇다니까."

"글쎄다… 이게 정말 쉬운 일일까?"

내가 옆에서 비관적으로 중얼거리자 류미르가 못마땅한 얼굴로 나를 쳐다보았다.

"아린, 너 왜 그러냐? 보고도 몰라? 쉽잖아."

"야, 생각해 봐라. 그 칸비나 수련 신관이 너한테 이렇게 쉬운 일로 시합하자고 할 리가 없잖아. 안 그래?"

"흥, 그녀한테는 어려운 일인가 보지."

류미르는 아무렇지도 않은 듯 말하고는 아예 팔베개까지 하고 그 자리에 드러누웠다.

"아, 좋다!"

그러나 그의 태평한 모습도 얼마 가지 못했다. 잠시 후 4살쯤 되어 보이는 남자아이 하나가 류미르에게 어기적어기적 걸어왔던 것이다.

"엉아, 나 쉬~"

"응? 쉬?"

류미르가 의아한 눈으로 나를 바라보자 나는 한숨부터 나왔다.

"그것도 모르면서 어떻게 애를 돌본다고 그랬냐? 볼일 보고 싶다는 뜻이야. 바지를 내려서 일 보는 걸 도와주면 돼."

"아, 그런 거야?"

류미르는 허겁지겁 일어나서 그 아이의 바지를 내렸다. 그런데 그때 저쪽에서 남자아이와 같이 꽃을 뜯으며(?) 놀던 여자아이가 하도 조몰락거려서 다 뭉개진 풀잎 덩어리를 입으로 가져가는 것이 보였다.

"야, 쟤 풀 먹는다. 저거 못 먹게 해. 먹으면 큰일 나."

내가 급하게 소리치며 손가락으로 그 여자아이를 가리키자 류미르는 데리고 있던 아이가 미처 볼일을 끝내지 못했는데도 그 아이를 내버려 두고 허둥지둥 그 여자아이에게 달려갔다. 다행히도 그 여자아이가 풀을 입 안으로 넣는 것을 막긴 했지만 장난감을 빼앗긴 아이들이 취하는 행동은 막지 못했다.

그 여아는 커다란 눈으로 서글프게 류미르를 바라보면서 울먹울먹거리더니 급기야는 울음을 터뜨렸다.

"우아앙~"

그러자 그 옆에 있던 남자아이도 같이 울기 시작했다.

"흐애애앵~"

류미르가 그 아이들을 달래지 못해 어쩔 줄 몰라 당황하고 있는 모습이 안타까웠지만 나는 어쩔 수 없이 그에게 소리쳐야 했다.

"야, 애 옷 안 입혀?"

내 옆에는 옷에 좀 묻히기는 했지만 기특하게 혼자 그럭저럭 볼 일을 다 본 아이가 옷을 입지 못한 채로 엉거주춤 서 있었던 것이다.

"아린, 네가 좀 해줘."

"미안하지만 그럴 순 없어. 이건 네가 할 일이잖냐. 솔직히 이렇게 가르쳐 주는 것도 잘하는 건지 모르겠다."

내가 매정하게 고개를 가로젓자 류미르는 당황하다가 무슨 결심을 했는지 아랫입술을 꼭 깨문 채 계속 울고 있는 두 아이들을 양팔에 끼고 우리가 있는 곳으로 달려왔다. 그리고는 우는 아이들을 옆에 두고 아직도 옷을 입지 못해 엉거주춤 서 있는 애의 옷을 입혀 저쪽으로 보냈다.

한 아이를 해결한 뒤 다시 우는 아이들을 향해 돌아선 류미르의 얼굴에는 난감함이 어렸다. 그는 한숨을 푹 쉬고는 그 아이들을 안아주고 어르고 달랬지만 울음을 그치게 하지는 못했다.

류미르가 어떻게 하냐는 표정으로 나를 돌아보자 나는 어쩔 수 없이 한마디해 줬다.

"그애들은 장난감을 뺏겨서 우는 거잖아. 뭐 신기한 걸 보여줘 봐."

"신기한 거? 뭘 보여주지?"

류미르는 고민고민하더니 뭔가가 생각났는지 환한 표정으로 고개를 들었다. 그리고는 그 아이들 앞에 빛의 하급 정령을 불러냈다.

아이들은 갑자기 자신들 앞에 반짝반짝 빛을 뿜으며 날아다니는 정령이 나타나자 신기한지 금방 울음을 그치고 정령을 바라보았다.

"에휴……."

아이들이 일단 울음을 그치자 류미르는 안도의 한숨을 내쉬며 얼굴에 맺힌 땀방울을 닦아내었다.

그런데 그때 다른 곳에서 울음소리가 들려왔다. 깜짝 놀란 류미르가 그쪽을 바라보자 어떤 애가 바닥에 넘어져 울고 있었다. 류미르는 얼른 달려가서 그 아이를 일으키고는 다친 곳이 없는지 살피기 시작했다.

다행히 풀밭이라서 얼굴을 살짝 긁힌 것 외에는 다친 곳이 없어 류미르가 안도의 한숨을 내쉬고 있을 때 세이몬이 소리쳤다.

"류미르, 저쪽!!"

류미르가 황급히 일어나 세이몬이 가리키는 쪽을 쳐다보니 남자아이 혼자서 다른 아이들과 떨어져 숲 쪽으로 걸어가고 있는 게 보였다. 놀란 류미르는 얼른 바람의 정령을 소환하여 그 아이를 데려오게 했지만 류미르가 직접 가지 않고 바람의 정령에게 그 아이를 데려오게 한 게 화근이 되었다. 아이는 갑작스레 바람이 불어닥쳐 자신을 멀리 띄워 날려 보내는 바람에 무척이나 놀란 모양이었다. 류미르의 품에 떨어졌을 때는 아이 얼굴이 새파랗게 질려 제대로 울지도 못하고 벌벌 떨고 있었다. 류미르가 그 아이를 품에 안고 달래고 있을 무렵 나는 다시 한숨이 저절로 나는 것을 느꼈다.

류미르가 보지 못하는 곳에 있는 두 여자아이들이 그 자리에서 오줌을 싼 것이었다.

류미르가 바빠서 이리 뛰고 저리 뛰고 하는 바람에 미처 그에게 도와달라고 하지 못하는 사이, 참지 못하고 그만 실례를 해버린 것이다.

"제발, 정오까지 버텨다오."

그 모습을 같이 본 세이몬의 입에서 나온 소리였다.

"그러길 바래."

잠시 후, 아이들을 점심 먹이러 신전으로 데려가기 위해 우리를 찾아온 두 명의 신관 표정에는 똑같은 표정이 떠올라 있었다.

'그러면 그렇지.'

솔직히 그 두 수련 신관이 그 말을 소리내어 말했어도 류미르는 할 말이 없었다.

신전으로 가기 위하여 우리 앞에 모인 아이들의 얼굴은 하나같이 불만에 차 있어, 금방이라도 울음을 터뜨릴 것만 같은 표정들이었기 때문이다. 그래도 아이들은 기특하게도 울음을 터뜨리지 않았다.

대신 류미르가 얼마나 엉터리 보모였는지 여실히 보여주기라도 하는 듯 그들의 옷은 모두 흙이 묻고 풀 물이 들어 얼룩덜룩했으며, 그들 중 두 명의 여자아이는 작은 실례에 의하여 옷이 아직도 축축했다.
 게다가 머리가 긴 여자아이들의 머리를 묶고 있던 리본들은 거의가 다 풀려 있어 머리들이 다 엉켜 있었다. 그래도 다행인 것은 잃어버린 리본이 몇 개 되지 않는다는 것이었다.
 한심하다는 듯한 표정들의 수련 신관들이 그 아이들의 모습을 살펴보고 있을 때 류미르는 차마 그 모습을 볼 수 없었던지 계속해서 먼 산만 바라보고 있었다.
 "자, 얘들아. 그만 가서 점심 먹자."
 수련 신관들은 그 아이들 중 가장 나이가 어린 두 아이의 손을 붙들고 신전으로 향했다.
 그러자 모든 어린아이들이 그들을 뒤따랐고 세이몬과 나도 기가 죽은 류미르를 데리고 그 뒤를 따랐다.
 아이들은 걸어가면서 어미를 만난 새끼 새들 마냥 아까 있었던 일들을 재잘재잘 떠들어대기 시작했다.
 "신관님, 신관님. 쟤가 아까 저한테 흙 뿌렸쪄요."
 "바보야, 내가 흙을 던지는데 니가 그 앞으로 걸어갔잖아."
 "아니야, 니가 흙을 뿌린 거야."
 "아니야."
 "신관님, 신관님. 제시는요, 아까 오줌쌌써요."
 "우씨, 신관님, 신관님. 쟤는요, 아까 넘어져서 울었어요."
 "안 울었어."
 "울었어. 그치, 켈리?"
 "안 울었어."
 "울었어, 울었다고. 존은 울었대요~ 울었대요~"
 아이들이 서로 떠드는 모습을 멍하니 바라보던 류미르는 설레

설레 고개를 흔들었다.

"내가 어떻게 저애들을 보겠다고 했을까?"

"너가 바보니까 그렇지. 내가 말했잖아, 쉬운 일이 아니라고."

"그래, 아린. 네 말 안 들은 걸 지금 땅을 치고 후회하고 있다."

그러자 세이몬이 불쑥 류미르와 나 사이에 끼어들었다.

"그나저나 어쩔 거야? 오후에도 너가 애들 볼 거야?"

류미르는 새파랗게 질린 얼굴로 세차게 고개를 좌우로 흔들었다.

"아니아니, 차라리 그냥 졌다고 할래."

"잘 생각했어. 너한테 맡겨진 애들이 불쌍하더라. 너한테나 저 아이들한테나 좋은 선택이야."

세이몬은 류미르의 질색하는 모습이 기분 좋은 듯 웃는 얼굴로 그의 어깨를 탁탁 치며 고개를 끄덕였다.

"하아, 그건 그렇고… 아이들을 저 지경으로 만들어놨으니 뭔가 다른 일로 보상을 해줘야겠지?"

내가 아이들의 엉망인 뒷모습을 가리키며 세이몬과 류미르를 돌아보며 말하자 세이몬은 자신과 관계없는 일인 양 류미르를 힐끔 바라보았다. 그러자 류미르는 풀 죽은 얼굴로 대답했다.

"그렇겠지? 뭔가 다른 일로……"

그리고 그 뒤에 세이몬이 덧붙였다.

"애 보는 일 말고."

"당연하지. 애들을 저 꼴로 만들었는데 어떻게 다시 맡을 생각을 하냐? 그런 거 말고 뭐, 청소나 빨래 같은 걸 해주겠다고 해. 아, 그러고 보니 류미르가 정오까지 아이들을 못 돌본다면 우리가 신전 대청소를 하기로 했었지? 그걸 돕겠다고 하자."

그러자 류미르와 세이몬의 얼굴이 경악으로 물들었다.
"헉, 아린… 난 청소는 한 번도 안 해봤는데?"
"나도 마찬가지야."
"괜찮아, 괜찮아. 청소하는 거 어려운 일 아니야. 그리고 정 못하겠으면 류미르, 넌 정령들에게 부탁해. 운디네하고 실프에게 부탁하면 대끼리야."
그러자 세이몬이 알아듣지 못한 표정으로 나를 바라보았다.
"대끼리? 그게 뭐야?"
나는 살짝 얼굴에 힘줄이 돋는 것이 느껴졌다.
"그냥 대충 알아들어라. 뭘 일일이 묻고 그러냐? 충분하다, 뭐 그런 뜻이야. 어쨌든, 그건 그렇고 세이몬은 정령을 부리지 못하니까 그냥 짐꾼이나 해. 빨랫감 나르고 그러는 건 기술은 필요없고 힘만 쓰면 되는 일이니까."
그러자 세이몬이 불만에 찬 표정으로 나를 돌아보았다.
"그럼, 넌?"
"나? 난 빨래를 해야지. 나의 멋진 마법 실력으로 아주 끝내주게 해주마."

류미르는 신전에 도착하자마자 한나 신관에게 찾아가서 자신이 졌음을 선언했다. 한나 신관은 미리 짐작하고 있었던 듯한 미소를 띠고 있었는데 우리가 다른 일을 돕겠다고 하자 그 미소는 더욱 더 커졌다.
류미르는 한나 신관에게 졌음을 선언하는 즉시 신전 안의 예배당으로 찾아가 혼자서 땀을 흘리며 열심히 청소하는 칸비나 수련 신관을 만났다.

"힘 안 들어요?"

류미르의 필살 여자 구슬리기 전법이 시작된 듯 그의 미소와 목소리는 비단처럼 부드러웠다. 그러나 그녀에게는 효과가 없는지 수련 신관은 힐끔 류미르를 보던 시선을 다시 돌려 바닥을 닦는 걸레로 향했다.

"점심 먹으러 왔나 보죠?"

"맞아요. 더불어 졌음을 시인하러 오기도 했죠."

류미르의 항복 선언에 칸비나 수련 신관은 벌떡 일어나더니 의기양양한 얼굴로 그를 바라보았다.

"호오~ 그래요? 애들 보는 걸 쉽게 생각한 사람치고 빨리 패배를 시인하는군요?"

"내가 애 보기를 너무 얕봤다는 건 인정해요. 정말 쉬운 일이 아니더군요."

류미르가 두 손을 들어 보이며 순순히 시인하자 칸비나 수련 신관이 의심스러운 눈으로 그를 바라보았다.

"헤에, 전에 그 잘난 척하던 사람 맞아요?"

"어? 내가 그랬나요? 뭐, 어쨌든 난 잘못은 순순히 인정하는 편이니까."

"그럼 여긴 왜 왔어요?"

"음, 우선은 어제 심한 말을 한 걸 사과하러 왔고, 이곳은 내일 우리가 청소할 테니 그만 하라고 말하려고 왔어요. 뭐, 내일 당신이 우리를 도와주면 더 좋겠지만요."

"헤에, 그럼 당신은 정오까지 못 버텼군요? 하긴, 그애들이 좀 드세거든요."

칸비나 수련 신관은 류미르가 사과하러 왔다는 것 기분이 풀렸는지 목소리가 처음보다 많이 부드러웠다.

"다행히 정오까지는 버텼어요. 하지만 애들 꼴이 워낙 말이 아니어서요. 그래서 제 형제들과 의논한 끝에 신전 대청소하는 걸 돕기로 했죠."

"그랬군요. 그거 참 기쁜 소식인데요?"

"그럼, 어제 제 무례를 용서해 주시겠습니까?"

칸비나 수련 신관이 활짝 웃으며 말하자 갑작스레 류미르는 한 손을 배에 대고 정중하게 고개를 숙이며 물었다. 그러자 그녀의 행동도 류미르에게 맞춰 아주 정중해졌다.

"물론입니다, 신도님. 저도 잘한 건 아무것도 없으니까요."

"그거 참 고마운 말씀이군요. 자, 그럼 식사하러 가실까요? 아직 식사 안 하셨죠?"

류미르가 그녀에게 왼팔을 내밀어 보이자 그녀는 두르고 있던 앞치마에 손을 쓱쓱 닦고는 그의 팔에 자신의 손을 살짝 얹었다.

"기꺼이."

"거참, 왠지 할리퀸의 한 부분을 보고 있는 듯한 느낌이야."

입구에서 류미르와 수련 신관의 모습을 보고 있던 내가 중얼거리자 옆에 있던 세이몬이 의아한 눈으로 돌아보았다.

"무슨 소리야?"

"아니, 그런 게 있어."

결국 그날 오후, 아이들은 칸비나 수련 신관을 비롯한 다른 수련 신관들이 맡았고, 세이몬과 류미르는 자진해서 설거지를 도맡았다. 덕분에 나도 가만히 있을 수는 없어서 식당 청소를 맡아서 해야만 했다.

그리고 또 다음날.

아침 식사를 끝낸 모든 사람들이 신전 앞 공터에 모였다. 신전 대청소를 하는데 각자 분담을 하기 위해서였다.

오늘은 어린아이들을 열한두 살 먹은 5명의 아이들이 돌보기로 했고 나머지 사람들은 모두 대청소에 참여하기로 했다. 그리고 우리는 미리 약속한 대로 류미르가 예배당과 신전의 모든 복도를 맡았고, 내가 모든 빨래들을 맡겠다고 하여 모두를 놀라게 만들었다.

그래서 나머지 사람들은 나머지 방과 창문을 맡았다.

나는 우선 류미르를 데리고 한쪽 복도에 서서 실프와 운디네를 불러내어 청소하는 방법을 가르쳐 주어야 했다.

"자, 이렇게 둘을 불러내서 말야, 그 둘에게 약한 바람과 물줄기를 뿜어내게 해서 동시에 복도에 뿌리는 거야. 이때 주의할 것은 바깥쪽을 향해야 하는 거지. 바깥쪽으로 하지 못할 땐 구석진 자리에 먼지가 모이도록 해서 나중에 네가 버리고, 예배당을 할 땐 말야, 우선 방 끝에부터 시작해서 중앙으로 모이게 하는 거야. 소용돌이처럼 말야. 알았지?"

"아, 대충 알 것 같아."

"그럼 잘해봐. 기물 파손하지 말고. 만약 그랬다간 네 용돈에서 비용을 지불할 거란 걸 명심해."

"알았어."

"쉽게 깨질 만한 건 미리 정령들의 영향력이 닿지 않는 곳으로 치워놓고."

"알았다니까."

"그럼, 난 빨래하러 간다."

"그래."

나는 왠지 그가 못 미더웠지만 평소 류미르가 모든 일을 신중하고 꼼꼼하게 행한 데다 정령들과의 친화력이 높았기 때문에 그걸 믿기로 하고 빨랫감이 쌓인 곳으로 향했다.

뭐, 칸비나 수련 신관이 옆에서 돕는다는 걸 더 믿었던 건지도 몰랐다.

빨랫감은 신전 뒷마당에 쌓여 있었다. 원래는 신전에서 조금 멀리 떨어진 곳에 있는 흐르는 냇가에서 빨래를 해야 했지만 나는 마법으로 빨 거였기에 냇가 대신 신전 뒷마당에다 빨랫감을 가져다 놓아달라고 미리 부탁했기 때문이었다.

신전 뒷마당에 이르자 정말 어마어마한 양의 빨래 더미가 나를 기다리고 있었다. 신전의 모든 커튼을 비롯하여 침대 시트, 그리고 사람들의 겨울옷을 모조리 빨아야 했기에 양은 정말 장난이 아니었다.

그리고 그 옆에는 아이들 세 명이 서서 불안한 눈으로 나를 응시하고 있었다. 그 아이들은 내가 한 빨래를 갖다 널도록 배당된 아이들이었다.

나는 그들에게 자신만만하게 씨익 웃어 보였다.

"자, 너희들은 내가 한 빨래를 차곡차곡 개어서 제자리에 갖다가 놓으면 되는 거야. 알았지?"

그러자 아이들은 어리둥절한 얼굴로 서로 마주 보더니 그들 중 한 아이가 의문을 표했다.

"줄에다 갖다 너는 게 아니고요?"

"아, 괜찮아, 괜찮아. 내가 다 말려서 줄 테니까."

그러자 아이들은 더욱더 의아한 눈으로 나를 바라보았다. 나는 그런 아이들에게 싱긋 웃어 보인 후 높이 쌓인 빨래 더미에서 시트 세 장을 빼내었다. 그리고 실프를 불러내어 그 지저분한 시트를 허공에 띄우게 한 뒤 딱 한 마디했다.

"클리어!!"

내 말이 끝나자마자 링 모양을 이루는 빛 덩어리가 형성되어 중앙의 빈 공간으로 시트들을 통과시켰다. 그러자 그 빛나는 링을 통과한 지저분한 시트들은 마치 삶아서 빤 것처럼 새하얗게 되어 있었다.

"우와아~"

그 모습을 본 아이들은 너무나 놀란 눈으로 나를 바라보았다.

"어때? 이렇게 하면 물이나 빨랫줄이 필요없겠지? 자, 너희들은 빨리 이것들을 개서 갖다 놔."

실프가 그 아이들에게 이제 막 빤(?) 시트들을 가져다 주자 아이들은 놀란 표정을 지우지 못한 채 그 시트들을 받아서 다시 한 번 살펴보았다. 아이들의 그런 모습에 나는 혹시나 하는 마음으로 물었다.

"혹시 안 빨린 데 있나?"

"아뇨. 너무 깨끗해요."

"이것도요."

"마찬가지예요."

"그럼 됐어."

난 만족한 얼굴로 고개를 끄덕여 준 다음 계속해서 작업을 실행했다. 그리고 아이들은 실프가 가져다 준, 깨끗해진 빨래들을 얼른 받아 들어 차곡차곡 갠 다음 빨랫감을 가져왔던 통에다 담아 제자리에다 갖다 놓기 위하여 분주하게 발을 놀렸다.

우리는 부지런히 작업하여 정오가 되기 전에 일을 모조리 끝냈다. 그래서 남는 시간 동안 점심 준비하는 팀에 끼어 같이 식당에서 일을 했다.

슬쩍 보니까 류미르도 자신이 맡은 일을 착실히 거의 끝내고 이제는 깨질까 봐 치워놨던 물건들을 제자리에 가져다 놓고 있었다.

세이몬은 멀리 떨어진 냇가에서 물을 떠오는 일을 맡아 커다란 통을 양손에 하나씩 들고는 열심히 뛰어다니고 있었다.

점심을 먹고 잠시 쉬었다가 다시 시작한 대청소는 우리가 돕기 때문인지 착착 진행되어 저녁이 되기도 전에 끝낼 수 있었다.

그리고 신전의 모든 사람들은 이번에는 쉽게 끝냈다고 모두 기뻐하였다.

다음날 아침, 우리가 떠나려고 말을 끌고 오자 신전의 모든 사람들이 우리를 배웅하기 위해 나왔다.

"안녕히 가세요, 세 신도님들. 세 분을 만나서 정말 기뻤습니다. 여러분들이 가는 길에 여신님의 가호가 함께하시길 빌겠습니다."

한나 신관이 대표로 나서서 인사를 하자 류미르가 우리 대표로 나서서 인사를 받았다.

"감사합니다, 신관님."

그러자 이번에는 칸비나 수련 신관이 앞으로 나섰다. 그녀는 들고 있던 커다란 종이 꾸러미를 류미르에게 내밀었다.

"이거, 먹을 건데 조금 쌌어요."

"뭘, 이런 것까지… 수련 신관님도 하루 빨리 신관님이 되시길 바랍니다."

칸비나 수련 신관은 살짝 붉어진 얼굴로 더 이상 아무런 말도 안 하고 살짝 고개만 숙여 인사를 대신한 채 뒤로 물러났다. 그리고 우리 셋은 말 위에 올랐다.
"안녕히 계세요, 여러분."
세이몬이 말 위에 올라 손을 흔들며 말하자 아이들도 따라서 손을 흔들어주었다.
"안녕히 가세요."
"잘가, 형아."
"나중에 다시 만나."

신전의 모습이 작아져 보이지 않게 되었을 때쯤 류미르가 중얼거렸다.
"확실히 애 보는 일은 힘든 거야."
"내가 그렇다고 했잖아."
"응, 그래서 말인데, 난 앞으로 아주머니들을 아주 존경하기로 했어. 애 하나 돌보는 것도 힘든데 집안일까지 같이하며 돌본다는 건 아주 대단한 일이란 걸 이번에 새삼스레 깨달았거든."
"호오~ 네가 웬일로 이렇게 기특한 소리를 하냐?"
옆에서 잠자코 듣고 있던 세이몬이 한마디하자 류미르의 얼굴에 힘줄이 하나 돋았다.
"너한테 그런 말 듣고 싶지 않아."

제29화
쓸모없는 인간(?)

## 쓸모없는 인간(?)

"아린, 인간들은 왜 그러지?"

"뭘?"

"왜 잘난 척하고 싶어할까? 자신의 힘으로 잘나지 못하면 다른 사람들의 힘을 얻어서라도 잘난 척하고 싶어해. 막상 자신들보다 더 강한 사람들을 만나면 벌벌 기는 주제에"

 우리가 온천으로 유명한 하날 도시에 도착한 것은 신전을 떠난 뒤 2주라는 시간이 흐른 후였다. 그곳에 도착한 우리는 아무래도 놀러온 것이니만큼 시설이 잘되어 있는 곳에서 최고의 서비스를 받기 위해 그곳에서 가장 크고 비싼 온천 여관을 선택하여 들어갔다. 그런데 정말 생각지도 못한 문제가 생겨 버렸다.

"아린, 그럼 넌 여탕으로 들어갈 거냐?"

방을 배정받자마자 온천에 들어가려고 신나게 갈아입을 옷과 수건 등을 챙기고 있는데 갑자기 류미르가 불쑥 물었다.

"응? 당연한 걸 뭘 물어? 난 여탕, 너네는 남탕."

"그런데 아린, 너 말야, 여기 들어올 때 남자라고 하지 않았냐? 그래서 침대가 세 개인 방으로 온 거고. 그런데 이제 와서 여자라고 여탕에 들어가면 들여보내 주려나?"

류미르가 너무나 얄밉게 생글생글 웃으며 하는 말에 나는 얼굴에서 핏기가 가시는 소리를 들었다.

"허걱, 맞다. 미처 생각을 못했어. 하도 버릇이 되어가지고서리…… 어쩌지?"

그러자 정말 순진무구한 세이몬의 말이 들려왔다.

"그럼 우리랑 남탕에 들어가면 되잖아?"

나는 순간적으로 세이몬에게 파이어 볼 한 방을 날리고 싶은 욕구가 치밀어 올랐다. 그러나 내가 그러기도 전에 먼저 류미르가 세이몬의 얼굴 정중앙에 주먹을 내리꽂았다.

퍼억―

얼마나 세게 쳤는지 세이몬은 얼굴과 주먹이 맞닿은 다음 몸을 허공에 붕 띄워 바닥에 등부터 착지했다.

"우쒸, 무슨 짓이야?!"

두 눈이 시퍼렇게 멍든 세이몬이 코를 감싸 쥐며 일어났는데 손 밑으로 빨간 줄이 두 줄 그어져 있었다.

"맞을 짓을 했으니까 때린 거야."

그러나 류미르는 그런 모습을 못 본 듯 싸늘하게 세이몬을 내려다보며 말했다.

"마계에서는 어떨지 모르겠지만 여기서는 여자가 알몸을 보이는 상대는 자신의 반려자뿐이라고. 알겠어? 그렇지 않은 경우는 좋지 못한 거야. 그런데 넌 아린에게 수많은 남자 앞에서 알몸을 보이라고 하는 거야, 지금?"

그러자 세이몬은 당황한 얼굴에 눈에 눈물이 그렁그렁한 상태로 류미르를 바라보며 코를 감싸 쥐어 맹맹한 콧소리가 나는 목소리로 소리쳤다.

"그런 건지 몰랐어."

"아, 정말 어쩌지? 생각도 못했는데……."

평소 그답지 않게 무섭게 다그치는 류미르와 그에 반해 너무 가여워 보이는 세이몬, 그 둘을 말리고 생각도 할 겸 둘 사이에 끼어들어 머리를 긁적이며 중얼거리자 류미르가 즉각 입을 열었다.

"우리끼리 들어갈 수 있는 탕이 있는지 알아보지? 모르면 물어보는 게 최고잖아."

"그래그래, 그게 좋겠다."

내가 고개를 끄덕이자 류미르는 그 즉시 몸을 돌려 방 밖으로 나갔다. 그리고 나는 그사이 세이몬에게 다가가 코를 감싸 쥐고 있는 손을 떼어내고는 코를 살펴보았다.

"아파?"

나의 질문에 세이몬이 처량한 얼굴로 처연하게 대답했다.

"응."

"흐음, 다행히도 코뼈가 부러지진 않았네."

"당연하지. 류미르가 주먹을 뻗을 때 살짝 뒤로 몸을 뺐었거든."

세이몬의 태도가 갑자기 돌변하며 의기양양하게 대답하자 나는 피식 웃고는 그의 기분에 찬물을 끼얹었다.

"그래도 완전히 피하지는 못했네. 쌍코피가 터진 걸 보니."

"쳇, 가끔 보면 아린이 류미르보다 더 못됐어."

"호호호, 그랬냐?"

나는 살짝 혀를 내밀어 웃어 보이고는 그의 코에다 내 손을 가져다 대고 가볍게 치유 마법을 걸었다. 워낙 세이몬이 건강 체질인데다 많이 다친 게 아니었기 때문에 조금만 걸었는데도 금방 코피가 멎었다.

그러고 나서 세이몬이 흘러나온 코피를 헝겊으로 닦고 있는데 류미르가 돌아왔다.

"아, 왔냐? 뭐래?"

"여러 가지 탕이 있다는데… 우선은 보통 남, 여탕이 있고, 가족탕도 있대. 노천탕하고 실내탕도 따로 있고."

"무지 많네? 그런데 가족탕은 뭐냐?"

세이몬이 순진하게 물어보자 류미르가 '그것도 모르냐?' 하는 기색을 보이면서도 순순히 대답해 주었다.

"가족들만 들어가는 탕. 아예 탕 하나를 빌리든지 해서 빌린 사람들만 사용할 수 있게끔 만든 탕이야."

"그럼 거기로 가자."

세이몬이 희색이 만연하여 나를 돌아보자 류미르도 나를 쳐다보았다.

"어떻게 할래? 그냥 거기로 갈까?"

"쳇, 그럼 난 옷 입고 탕에 들어가야 하잖아?"

"어쩔 수 없지. 그러나 너만 그러냐? 우리도 다 옷 입고 들어가야 할 텐데."

류미르가 어깨를 으쓱이며 말하자 그제야 나는 녀석들도 나보다야 적지만 그래도 가릴 부분이 있다는 것을 깨달았다.

"그래, 그럼 그러자. 아, 이럴 때 수영복이라도 있었으면 좋으련만……"

속옷을 입고 들어갈 수 없으니 천상 가벼운 티셔츠와 바지를 입고 들어가야 한다는 생각에 한숨을 내쉬며 중얼거렸다.

"이럴 때는 정말 옛날이 그립다니까……"

가족탕을 하나 빌리기 위해 우리는 여관의 카운터로 우르르 내려갔다.

"예, 무슨 일이십니까?"

제복을 입고 있는 20대 초반의 여자가 카운터로 다가온 우리를 보고 싹싹하게 물었다.

"가족탕 하나를 빌리고 싶은데요."

"가족탕이요? 노천탕과 실내탕, 어느 것으로 하시겠어요?"

류미르가 '어쩔까?' 하는 표정으로 나를 돌아보았다.

"실내가 낫지 않을까?"

"글쎄, 난 노천이 더 좋을 것 같은데?"

류미르가 내 의견에 반대하자 우리 둘은 자연히 세이몬에게 시선을 보냈다. 그가 원하는 쪽으로 의결이 될 거였기 때문이었다.

"음, 난 노천."

"결정됐군. 노천으로요."

류미르가 다시 카운터에 있는 아가씨에게 시선을 돌리며 말하자 그녀가 다시 물었다.

"언제까지 빌리시겠습니까?"

그러자 류미르가 다시 나를 돌아보았다.

"글쎄, 아직 정하지는 않았는데? 오래 있을 수도 있고, 며칠 있다 갈 수도 있고……."

"이건 정확하게 말씀해 주셔야 합니다. 대기자가 생길 수도 있거든요."

"일주일로 할까?"

류미르가 나와 세이몬을 돌아보며 물었다.

"너무 많다. 5일로 해라."

쓸모없는 인간(?) 57

"그래그래, 그 정도면 충분해."
"알았어. 5일이요."
"여자를 부르시겠습니까?"
그녀의 또 다른 질문에 우리는 멀뚱거리며 그녀를 바라보았다.
"여자요?"
"예, 이곳은 여자들이 예쁘기로 유명하지요. 직접 고르실 수도 있어요. 한 여자를 계속 데리고 계실 수도 있고, 매일 바꾸실 수도 있지요. 그리고 원하신다면 여러 명을 데리고 계실 수도 있어요."
그녀의 부연 설명에 그제야 무슨 말인지 알아챈 나는 씁쓸하게 웃었다.
하긴, 이런 곳에 없는 게 이상한 거겠지.
"괜찮아요. 원하지 않아요."
류미르의 대답에 카운터 뒤에 있던 여자는 고개를 끄덕이고는 우리에게 놋쇠로 만든 내 손바닥 길이만한 열쇠를 건네주며 인사했다.
"즐거운 시간 보내시기 바랍니다."
그리고 언제 왔는지 카운터 뒤에 서 있는 여자와 같은 제복을 입고 있는 소녀가 우리를 바라보며 허리를 숙였다.
"안내해 드리겠습니다."
노천 온천탕은 여관 뒤쪽에 있었다. 여관 뒷문으로 들어가자마자 끝이 안 보일 정도로 길다란 나무로 만들어진, 내 키보다 더 커 보이는 울타리가 쭉 늘어서 있었는데 울타리 사이사이로 문이 보였다. 그리고 그 문에는 각각 놋쇠로 만들어진 숫자판이 붙어 있었다.
우리는 열쇠와 같은 숫자가 붙어 있는 문 앞까지 안내되었고,

우리를 안내한 소녀는 자신이 직접 열쇠로 문을 열어주고는 돌아가 버렸다.
 문을 열고 들어가자 한 사람이 겨우 누울 수 있을 것 같은 나무판막이로 만들어진 공간이 있었다. 거기에는 옷을 갈아입는 곳인 듯 나무로 만든 깔판이 깔려 있었고, 옷을 담는 듯한 바구니가 4개 있었다. 그리고 한쪽 면은 커튼으로 인해 가려져 있었는데, 아마 그곳이 온천탕으로 들어가는 입구인 듯했다.
 커튼을 열어젖히자 목욕탕에 들어온 듯 습기 찬 열기가 후끈 우리를 덮쳤다. 그러나 천장이 뻥 뚫려 있는 관계로 숨이 막힐 정도는 아니었고 간간이 시원한 바람까지 들어왔다.
 그곳은 20여 평 정도 되는 공간이었는데 가운데 한 열 사람 정도는 충분히 들어갈 만한 크기의 구덩이에 뜨거운 온천물이 담겨져 김이 모락모락 피어 오르고 있었다. 그리고 그 주변에는 넓적한 돌들이 깔려 있어 깔끔하고 흙이 묻지 않도록 되어 있었다.
 탕 주변에는 푹신푹신해 보이는 안락의자 4개가 탕을 사이에 두고 마주 볼 수 있도록 놓여 있었으며, 각각의 안락의자 옆에는 자그마한 탁자가 하나씩 놓여 있었다.
 "헤에, 꽤 좋네?"
 내가 그 모습을 보며 감탄하자 류미르와 세이몬이 나를 쳐다보았다.
 "이게 좋은 거야? 나 이런 데 처음 와보는 거라 잘 모르겠어."
 "나도. 온천은 처음이거든."
 "나도 이런 덴 처음 와봐. 근데 척 보기에도 꽤 좋아 보이잖아. 안 그래? 야, 구경만 하지 말고 빨리 들어가자."
 나는 둘을 돌아보며 신나서 말했다. 그러자 류미르가 오묘한 표정으로 나를 빤히 바라보았다.
"아린, 우리 갈아입을 옷 방에다 두고 왔잖아. 탕 빌리려고……."
우리는 다시 방으로 올라갔다 와야 했다.

"앗 뜨거! 아뜨뜨뜨……."
류미르가 탕 안에 한쪽 발끝을 살짝 담궈보더니 얼른 빼내며 엄살을 부렸다.
"류미르, 그만 좀 하고 들어와. 벌써 몇 번째냐?"
"그래, 꾹 참고 몸을 담궈봐. 그럼 괜찮아져."
그의 평소 같지 않은 엄살에 탕 안에 느긋하게 몸을 담그고 있던 세이몬과 내가 눈살을 찌푸렸다. 그러자 류미르가 볼멘소리로 투덜거렸다.
"내 피부는 연약하단 말야. 너희들 말야, 보기에는 그렇지 않은데, 혹시 피부가 두터운 쇠가죽 아냐?"
"골고루 한다. 들어오지 않으려면 마음대로 해. 정말 이럴 때 보면 애라니까."
"맞아맞아."
류미르의 말에 내가 날카롭게 응수하자 옆에서 세이몬이 맞장구를 쳤다. 그러자 류미르의 입이 한 발은 더 튀어나왔다. 그는 씩씩대며 탕 안에 있던 나와 세이몬을 노려보다가 갑자기 양손을 탕 속에 집어넣어 물을 한 움큼 뜬 뒤 세이몬과 나를 향해 탕의 뜨거운 물을 뿌렸다.
"앗 뜨거."
"앗 뜨뜨……."

갑작스런 불시의 공격에 세이몬과 나는 미처 피하지 못하고 얼굴에 뜨거운 물을 고스란히 받은 채로 놀라 벌떡 일어났다.

"야! 이게 무슨 짓이야? 데일 뻔했잖아?!"

세이몬이 얼른 탕을 빠져나가 수건으로 얼굴을 닦으며 류미르를 노려보자 류미르는 고소하단 얼굴로 웃었다.

"헹, 온몸이 쇠가죽이라서 얼굴도 그런 줄 알았지."

"주거쎄!!"

세이몬은 얼굴을 다 닦자마자 의자 위에 수건을 던지는 동시에 몸을 탕 가까이로 날려 양손으로 물을 퍼 올려 류미르를 향해 뿌렸다.

"받아랏!!"

"앗 뜨거!"

"자, 2탄이닷!!"

"젠장, 나는 뭐 손이 없는 줄 알아!!"

순식간에 가족탕은 애들 물장난 치는 장소로 전락해 버렸고, 주위는 류미르와 세이몬 덕분에 온통 물 천지가 되어버렸다. 나는 재빨리 실프를 불러내어 물 밖으로 나와 있는 얼굴 주변에 바람의 막을 형성하여 녀석들 장난의 파편이 튀지 않게 방어해 놓고는 눈을 감아버렸다.

"그래, 역시 애들이라서 힘이 넘치는구만……."

그때였다.

뭔가 쫘악 하는 소리가 들리더니, 곧 이어 쿵! 하는 소리가 들렸다. 놀라서 눈을 떠 보니 류미르가 한쪽 나무 울타리 밑에 처박혀 있는 모습이 보였다. 물투성이 바닥을 잘못 디뎌 미끄러진 모양이었다. 세이몬이 그때를 놓치지 않고 물을 양손 가득 떠서 류미르에게 달려가는데 누군가가 나무 벽을 쾅! 쳤다. 너무 놀란 세이몬은 제자리에 멈춰 서려다가 미끄러져 그 자리에서 엉덩방아를 찧었다.

그 모습에 류미르가 낄낄거리고 웃었지만 곧바로 나무 울타리 너머로 들린 어떤 험상궂은 아저씨의 목소리에 의해 입을 닫고 말았다.

"좀 조용히 해, 이 자식들아! 여기 너희들만 있냐?!"

그 소리에 기가 죽은 세이몬은 얌전히 탕으로 돌아왔고 류미르도 머쓱한 얼굴로 슬금슬금 탕 가까이 오더니 슬그머니 다리 한쪽을 담궜다.

"다 놀았냐?"

내가 히죽히죽 웃으며 녀석들을 돌아보자 녀석들이 날 패고 싶다는 듯한 얼굴로 쳐다보았다.

"그렇게 웃기냐?"

"맞아."

"응, 웃겨."

나의 솔직한 대답에 류미르와 세이몬은 말문이 막혔는지 고개를 홱 돌렸다.

그 뒤로 얌전해진 둘을 데리고—류미르는 결국 허리까지밖에 못 들어왔다—몇 시간 동안 온천을 즐기면서 놀다가 온몸이 퉁퉁 불은 뒤에야 겨우 탕을 빠져나왔다.

"아, 기분 좋~ 타."

"상쾌해!!"

기지개를 쭉 켜며 발그레해진 얼굴로 서로 마주 보며 웃는 나와 세이몬과는 달리 류미르는 부루퉁한 얼굴이었다.

"그렇게 좋냐?"

"응. 그치, 세이모온~?"

"응, 그래."

"쳇."

끝까지 못 들어간다고 버티다가 허리 아래만 온천을 즐긴 류미르가—탕에 들어와서 앉지는 못하고 계속 서 있기만 했었다—우리와 같은 기분을 못 느끼는 게 한이 되었는지 계속 툴툴거렸다.

"늙은이들처럼 온천을 좋아하긴……."

"자, 자, 류미르. 너무 그렇게 툴툴대지 말고 우리 밖으로 나갈까? 어때, 세이몬. 피곤하지 않지?"

내가 류미르를 달래는 어조로 부드럽게 말하자 류미르가 힐끔 창문을 통해 밖을 쳐다보았다. 밖은 벌써 어두워져 있어 여관에서도 환하게 불을 밝히고 있는 상태였다.

"난 괜찮아. 류미르는 어때?"

세이몬이 기뻐하며 류미르를 돌아보자 류미르가 어깨를 으쓱해 보였다.

"별로긴 하지만 뭐, 너희들이 간다면야 같이 가주지."

'짜식, 은근히 애 같다니까.'

나는 류미르의 행동에 남몰래 피식 웃음을 흘리고는 애들을 재촉하여 얼른 망토를 걸치고 밖으로 나왔다.


날이 어두웠지만 길거리에는 가로등이 서 있어 제법 환했다.

"호오~ 이것 좀 봐. 마법을 담은 구슬이잖아? 헤에, 햇빛이 없을 때만 켜지게 만들었나 봐."

류미르가 길가에 서 있는 한 가로등 밑에 서서 자신의 키보다 더 높은 곳에 불빛을 내는 유리 구를 빤히 바라보며 외쳤다.

"이거 만드는 데 꽤 비쌀 텐데 말야."

"그래?"

세이몬이 놀란 어조로 되물으면서 류미르의 옆으로 가서 같이 올려다보았다.

"이런 걸 보니까 과연 관광 도시라는 게 새삼 깨달아진다."

내가 주위에 서 있는 가로등을 바라보며 감탄의 말을 늘어놓자 세이몬이 내 말을 받았다.

"헤에, 그러고 보니 여긴 라크네 도시—엘라이어드 여신상을 훔친 도시—보다 더 좋네? 거기도 관광 도시였잖아?"

"그러게. 여기가 더 부자인가 보지. 자, 그만 보고 가자."

하도 올려다봐서 고개가 아픈지 류미르가 한 손으로는 목뒤를 주무르고 한 손으로는 세이몬을 잡아끌었다.

우리가 머무는 여관을 가로지르는 골목은 많은 여관들이 주르르 늘어서 있었고, 가로등 불빛에 여기저기 들어선 여관 입구에서 많은 사람들이 들락날락거리는 모습이 복잡하기가 그지없어 보였다. 그러나 그 골목을 빠져나와 다른 골목으로 꺾어지자 그동안 간간이 서 있던 가로등의 존재가 갑자기 사라져 있었다. 덕분에 약간 어둑어둑해진 거리에는 여관 대신 붉은 홍등을 내건 가게들이 주르르 늘어서 있었다.

그곳에는 우리가 온 길처럼 많은 사람들이 북적이고 있었는데 그들 중 절반은 야한 옷에 짙은 화장을 하고 있는 여자들을 데리고 있는 남자들이었고, 나머지 절반의 사람들은 어느 가게를 들어갈지 고민하고 있는 남자들이었다. 그리고 몇몇 옆에 늘어서 있는 가게들에 전혀 흥미가 없는 사람들은 빠른 걸음으로 그곳을 통과하고 있었다.

술 취한 사람들의 주정 부리는 소리와 지나가는 사람들을 이끌려는 여자들의 콧소리가 난무하는 곳이 바로 그곳이었다.

말로만 들었을 뿐 그런 곳을 처음 보는 내가 얼떨떨한 얼굴로 류미르와 세이몬의 표정을 살피자 류미르는 그곳이 어떤 곳인지 알아챘는지 기분이 상한 듯 잔뜩 찌푸린 얼굴이었고, 아직 이곳이 어떤 곳인지 모르는 세이몬은 약간의 흥미가 서린 얼굴로 그곳을 주시하고 있었다.

"돌아가자. 잘못 왔나 보다."

내가 제일 먼저 몸을 돌렸고 그것을 기다렸다는 듯이 류미르도 얼른 몸을 돌렸다. 제일 나중에 세이몬이 약간의 아쉬움이 남는 듯한 몸짓으로 천천히 몸을 돌리자 뒤에서 짙은 화장품 냄새를 풍기는 여자가 다가와 그의 옷소매를 살짝 잡았다.

"어머나, 귀여운 도련님들이네? 여기 누굴 찾아온 걸까? 설마… 나?"

뒤를 돌아보니 아슬아슬하게 가슴에 살짝 걸친 듯 보이는 야한 검정 드레스를 입은 여자가 세이몬에게 눈웃음을 보내고 있었다.

"자, 놀러 온 거면 이쪽으로 와요. 잘해줄게. 우리 집 서비스 짱이야. 응?"

그러자 류미르가 약간 거칠다 싶을 정도로 그녀의 손을 세이몬에게서 떼어놓으며 정중하게, 그렇지만 차갑게 말했다.

"잘못 아셨습니다. 우린 길을 잘못 든 거예요."

그러자 옆에서 어떤 술 취한 듯한 아저씨의 혀 꼬부라진 비웃음 소리가 들렸다.

"켈켈켈, 그러면 그러취이~ 이봐, 거기! 그런 젖비린내나는 애송이들 상대하지 말고, 난 어때? 내가 훨씬 낫지 않아?"
그러자 주위에서 다발적으로 웃음소리가 들렸다.
"가자. 더 이상 있을 곳이 못 돼."
류미르와 세이몬의 손을 이끌고 그곳을 벗어나는 내 뒤로 아까 세이몬을 잡았던 여자의 목소리가 들렸다.
"좀 더 나이가 들면 한번 찾아와요. 그때 잘해줄게. 하긴 그때까지 내가 여기 있을지는 모르겠다!"
그리고 또 한 번 사람들의 웃음소리가 들렸다.

"기분 나빠. 놀림감이 된 기분이야."
그곳을 재빨리 빠져나오자 세이몬이 굳은 얼굴로 투덜거렸다.
"실제로 그랬지 뭐. 하아~ 정말 때를 잘못 찾았어. 이런 곳이 밤에는 어떻게 변하는지 짐작을 했어야 했는데……."
씁쓸한 기분으로 세이몬의 말을 받아주자 내 말 뒤에 류미르가 덧붙였다.
"저런 걸 보면 인간들이란 정말……."
류미르는 마땅한 단어가 생각나지 않은지 한참 동안 침묵을 지키다가 고개만 설레설레 저었다.
"오늘은 그냥 들어가서 자고, 내일 낮에나 나와보자고. 낮에는 우리가 볼 만한 구경거리가 많을 거야."
여관 쪽으로 발걸음을 옮기며 내가 제안하자 둘은 굳은 얼굴로 고개만 끄덕였다.
그러나 빠른 속도로 여관을 향해 걸어가던 우리는 여관 앞에 있는 어떤 사람들 때문에 발걸음을 멈출 수밖에 없었다. 그들은 우리가 묵고 있는 여관의 입구 앞 골목에 서 있었기에 우리가 여관으로 들어가려면 그들을 삥 돌아서 가던지 그들 사이를 뚫고 지나가야 했던 것이다.

그렇지 않아도 기분이 안 좋았던 세이몬은 입구를 거의 막고 있다시피 한 그들을 보자 투덜댔다.

"쳇, 이 길이 자기네 건가……."

그러나 그들 때문에 잠시 멈춘 사이 그들을 잠깐 살펴본 나는 또다시 새어 나오는 한숨을 간신히 억눌렀다. 그리고 살짝 류미르와 세이몬의 표정을 살펴보니 류미르는 그 상황을 금방 알아채고 굳은 얼굴을 더욱더 딱딱하게 굳히고 있었고, 세이몬은 아직 무슨 상황인지 알아채지 못한 듯 길을 막고 있다는 것에 화만 내고 있었다.

우리 앞에는 부자인 듯 보이는 뚱뚱한 50대 초반의 남자가 자신의 경호원인 듯한 사람들 5명을 거느리고 서 있었고, 그들 앞에는 다 낡고 떨어진, 아주 초라하고 지저분한 옷을 입고 있는 비쩍 마른 사내가 연신 고개를 숙이고 있었다. 그리고 그 비쩍 마른 사내의 깡마른 손에는 어떤 소녀의 손목이 잡혀 있었다.

그 소녀는 이제 막 16, 7세가 되어 보였는데 그녀의 눈에는 아이다운 순수함은 전혀 없었고, 마치 세상만사를 다 겪은 듯한 체념감만이 어려 있었다.

"그래, 이 계집이 네가 말한 그 계집이냐?"

뚱뚱한 남자는 모든 손가락에 커다란 보석 반지가 껴 있는, 톡 건들이면 터질 듯 토실토실한 손을 들어 소녀의 턱을 잡아 올려 그녀의 얼굴을 살폈다.

그 소녀는 검은 머리에 파란 눈동자를 가지고 있었고, 햇빛에 그을려 약간 까무잡잡한 얼굴에 주근깨가 조금 있었지만 그것이 소녀의 귀여움을 더해주고 있었다. 게다가 그 소녀의 이목구비는 제법 단정하여 보는 이로 하여금 호감을 가지게 할 만한 인상이었다.

단지 흠이라면 소녀답지 않은 그녀의 체념감 어린 무표정이 소녀의 호감을 낮아지게 만들고 있었지만 그 뚱뚱한 부자 영감은 그런 것쯤은 상관없는 모양이었다.

"호오, 제법 괜찮게는 생겼구나."

"헤헤헤, 그렇습죠, 나리. 게다가 제 딸이라서 하는 말이 아니라 이 계집은 제법 통통한 몸매를 가지고 있습죠. 품에 안는 기분이 아주 그만이랍니다."

"호오~ 그래?"

부자 영감은 그의 말에 소녀에게서 한 걸음 물러나 그녀가 입은 초라한 드레스 위로 나타난 몸매를 노골적으로 훑어보았다. 그러나 그녀의 몸매가 부자 영감이 기대한 것만큼 그렇게 풍성하지 않은 모양이었다. 부자 영감은 좀 탐탁지 않다는 얼굴로 초라한 소녀의 아버지를 바라보았다.

"흐음, 네 말대로 그렇게 풍성한 것 같지는 않은데?"

그러자 즉각 소녀의 아버지가 그의 말을 부정했다.

"아이고, 그냥 보고 어떻게 압니까? 제 말대로 한번 안아보시면 제 말이 진짠 줄 아실 겁니다."

"좋아, 네 말을 믿어보지. 뭐, 난 그렇게 까다롭지는 않으니까 말야."

부자 영감은 선심 쓰는 듯한 표정으로 소녀의 아버지에게 자그마한 가죽 주머니를 툭 던져 줬다. 그리고는 포동포동한 손으로 우악스럽게 소녀의 팔목을 잡아끌었고 소녀도 순순히 그를 따라 걸음을 옮겼다.

"아이고, 감사합니다, 나으리."

소녀의 아버지는 그 부자 영감이 여관 안으로 사라졌음에도 불구하고 그쪽에다 대고 연신 허리를 수그리고 있었다.

그때 세이몬이 나를 팔꿈치로 툭 쳤다. 깜짝 놀라 그를 바라보니 세이몬이 턱짓으로 어느 쪽을 가리켰다. 그쪽은 여관과 여관 사이의 어두컴컴한 작은 골목이었는데, 그곳에는 40대 후반으로 보이는 초라한 여성이 서서 소녀가 사라진 여관 입구를 하염없이 바라보고 있었다.

그녀는 소리내지 않으려는 듯 입술을 꽉 깨물고 있었지만 흐느낌은 주체할 수 없었는지 그녀의 뼈만 남은 듯한 어깨가 흔들리고 있었다.

"저 여자애 엄만가 봐."

"그러게……."

"가자. 이런 데 있으면 뭐 하냐?"

류미르가 굳은 음성으로 제일 먼저 걸음을 떼었다.

그런데 그때였다. 여관 입구를 향해 계속 절을 하고 있던 소녀의 아버지가 이제는 제 갈 길을 가려는 듯 몸을 돌려 걷다가 그의 뒤쪽으로 걸어가고 있던 류미르와 부딪쳤다.

소녀의 아버지는 무척 왜소한 체격이었으므로 류미르와 부딪치자마자 뒤로 두어 걸음 휘청이며 물러났다.

"에이, X팔! 어떤 재수없는 놈이야?!"

그는 부자 영감을 대할 때와는 정반대로 길거리에 침을 퉤 뱉으며 류미르에게 달려들었다.

"이 자식이 눈깔을 어따 두고 다니는 거야?"

소녀는 옆으로 서 있느라 우리에게 옆모습을 보이고 있었지만 소녀의 아버지는 부자 영감을 상대하느라 우리에게 아예 몸을 돌리고 있었기 때문에 그제야 우리는 소녀의 아버지 얼굴을 볼 수 있었다.

햇빛에 잔뜩 그을려 거친 피부를 가진 얼굴에는 주름이 가득하고, 몸은 뼈에 가죽만 입혀놓은 듯했다. 그러나 그의 눈은 야비한 빛을 번들거리며 류미르를 쏘아보고 있었다.

그의 앙상한 손으로 만들어진 주먹이 류미르의 얼굴을 향해 날아가자 그렇지 않아도 기분이 좋지 않았던 류미르는 그 주먹을 너무나 쉽게 피해 버리고는 평소의 그답지 않게—평소라면 그냥 피했을 텐데—소녀의 아버지에게 강하게 돌려차기로 한 방 먹였다.

류미르의 실력이라면 그가 살살 봐주면서 했어도 소녀의 아버지에게는 큰 충격이었을 텐데, 이번에는 그가 전혀 봐주지 않은 발차기였기에 소녀의 아버지는 공중을 붕 날아 길거리에 내동댕이쳐졌다.

"아이고, 저 자식이 사람 죽인다~!"

그는 그래도 정신을 못 차린 듯 일어나지 못한 채 땅에 널브러져서는 크게 고함을 질렀다. 그러나 지나가는 사람 어느 누구도 구경하면 했지 그를 도와주기 위해 나서는 사람은 아무도 없었다. 하지만 그는 아랑곳 않고 더욱더 큰 목소리로 고함을 질러댔다.

"누구 없소? 저 자식이 사람 죽이네~ 아이고, 나 죽는다아~!"

"됐어, 류미르. 그냥 내버려 두고 들어가자."

그에게 다가가 한 방 더 먹이려 하는 류미르를 나와 세이몬이 재빨리 붙잡고 여관 쪽으로 밀었다. 그런데 그때, 아까 소녀를 데리고 들어갔던 부자 영감이 소녀와 경호원들을 데리고 다시 걸어 나왔다. 소녀의 아버지가 지른 고함 소리를 들었는지 호기심이 생긴 얼굴이었다.

그러자 소녀의 아버지가 그의 모습을 보았는지 엉금엉금 기어 그에게 가서는 그의 발에 매달렸다.

"아이고, 나으리. 저 자식이 저를 죽이려 합니다요. 이럴 수가 있습니까?"

그는 한 손으로 류미르를 가리키며 애처로운 눈으로 울먹거렸다. 그리고는 그 얼굴을 그대로 소녀에게 돌려 다시 한 번 징징거렸다.

"아이고, 이 녀석아. 아비가 맞고 있는데 그냥 가만히 보고만 있을 거냐? 나으리께 아비 복수를 해달라고 하지 않고 뭘 하고 있는 게야? 어서 말씀드리라니까!"

부자 영감이 소녀의 의향을 묻는 듯 소녀 쪽으로 고개를 돌렸지만 소녀는 무표정한 얼굴로 아무런 말도 없이 무심하게 부자 영감의 발에 매달려 있는 아버지를 바라볼 뿐이었다. 그러자 소녀의 아버지는 더욱더 분통이 터진 듯 손을 휘둘러 가며 외쳤다.

"뭘 하고 있는 게야?! 아니, 그렇게 바라보기만 하면 다 해결된다디? 어서 말씀드리지 못해?!"

그러나 소녀는 계속 묵묵히 서 있을 뿐이었다. 소녀가 자신을 위해 말해 주지 않을 것임을 깨달은 소녀의 아버지는 다시 부자 영감에게 애처로운 눈길을 보냈다.

"나으리, 소인은 나으리를 위해 딸을 바치지 않았습니까? 그러니 저 좀 도와주세요."

그러자 부자 영감이 류미르를 힐끔 보더니 흥미진진한 얼굴을 해 보였다.

"하긴, 싸움 구경이 재미있긴 재밌지."

"암요, 그렇고 말고요."

소녀의 아버지가 부자 영감이 말을 끝내자마자 맞장구를 쳐댔다. 그리고는 류미르를 향해 의기양양한 얼굴을 해 보였다.

부자 영감이 뒤에 서 있는 경호원을 향해 뭐라고 속삭이자 경호원 중 한 명이 앞으로 걸어나왔다. 그러나 그는 곧 이어 여관에서 뛰어나온 지배인에 의하여 류미르에게 다가오지도 못하고 멈춰 서야 했다.

정말 기가 막힌 타이밍으로 여관에서 지배인이 쏜살같이 뛰어나와 부자 영감에게 다가가며 말한 것이었다.

"잠깐 기다리십시오."

아마 이 장면을 여관에서 계속 지켜보다가 정말 귀중한 손님들이―우리하고 부자 영감―싸우려고 하니까 뛰어나온 모양이었다.

부자 영감은 의아한 눈으로 지배인을 바라보더니 자신을 바라보는 경호원에게 손짓을 보냈다. 그러자 경호원은 그 자리에 멈춰서서는 다음 지시를 기다렸다.

지배인은 경호원이 자리에 멈춰 서자 재빨리 부자 영감에게 귓속말로 뭐라고 속삭였다.

아마도 우리가 그 여관의 최고급 방에 묵고 있는 손님이라는 말을 하는 것이리라. 그의 말을 듣고 있던 부자 영감의 눈이 놀란 빛을 나타내더니 지배인이 그에게서 떨어지자 어흠, 한번 헛기침을 하고는 경호원을 불러들였다.

도시에서 가장 큰 여관의 고급 방에서 묵는 사람이라면 어느 정도 배경이 있는 사람일 테니 우리 신분을 모르는 한 아무래도 우리를 건드리기에는 껄끄러웠을 것이다. 그는 그때까지 자신의 발에 매달려 있는 소녀의 아버지를 발로 한 방 차주고는 미련없이 몸을 돌려 다시 여관 안으로 들어갔다.

"아이고~ 나으리, 그냥 가시면 어떡합니까?! 나으리, 나으리이~"

소녀의 아버지가 당황해서 애타게 불렀지만 부자 영감은 뒤도 돌아보지 않았다. 그러자 류미르가 천천히 그에게 다가가 무시무시한 어조로 말했다.

"자, 이젠 누구한테 복수를 부탁할 거죠?"

소녀의 아버지는 절망적인 표정으로 주위를 둘러보았다. 그러나 그를 도와주려고 나서는 사람은 한 명도 없었고, 결국 그는 주위를 둘러보는 것을 포기하고는 떨리는 얼굴 근육으로 필사적으로 선량한 미소를 지어 보이면서 류미르를 바라보았다.

"아니, 내 말은… 그런 뜻이 아니라……"

"그럼, 무슨 뜻인데요?"

류미르는 너무나 살벌한 미소와 함께 다정스레 물었다.

"아니, 그러니까…… 그게……"

소녀의 아버지는 땅바닥에 주저앉은 채로 주춤주춤 뒤로 물러나더니 결국 포기했는지 류미르 앞에 무릎을 꿇고 고개를 숙였다.

"용서해 주세요, 나리. 이 미천한 놈이 높으신 분을 몰라 뵙고 그만… 이놈이 멍청한 놈입니다. 이놈이 바보입니다. 제발 용서해 주세요……"

이 사회가 아무리 신분 계급이 존재하는 사회라고는 하지만 어른이 자신보다 나이 어린 사람 앞에 무릎을 꿇고 애걸하는 장면은 과히 보기 좋은 장면은 아니었다. 류미르 또한 나와 같은 생각이었는지 눈살을 찌푸리고 있었고, 그의 주먹 쥔 손이 바르르 떨렸다.
 소녀의 아버지는 류미르의 모습을 보자 자신을 때리려는 줄 알고 너무 놀라 뒤로 넘어져 엉덩방아를 찧으면서도 자신의 머리를 보호하려는 듯 두 팔로 감싸 안았다.
 "잘못했습니다. 소인이 잘못했어요. 제발 자비를……."
 그때였다. 어두운 골목의 그늘에 몸을 숨기고 있던 소녀의 어머니인 듯한 여인이 그곳에서 뛰쳐나와 류미르 앞에 무릎을 꿇고 엎드렸다.
 "나으리, 이렇게 빕니다. 제발, 제발 용서해 주세요……."
 결국 그 모습을 보다 못한 내가 류미르의 등 뒤로 다가가 그의 어깨를 툭 쳤다.
 "그만 하면 됐어. 그러니까 이제 가자."
 그리고 우리는 땅바닥에 무릎을 꿇은 중년의 부부를 뒤로한 채 여관으로 들어왔다.

 "이해가 안 가. 어째서 그런 거지? 정말 이해할 수 없어. 왜 그랬냔 말야……."
 방 안으로 들어온 류미르는 거친 발걸음으로 거실을 왔다 갔다 하며 중얼거렸다.
 "그만 좀 왔다 갔다 해라. 정신없다."
 세이몬이 류미르를 따라 고개를 좌우로 돌려가면서 투덜댔지만 류미르는 그의 말은 못 들은 척 계속 끊임없이 움직여 댔다.
 "그냥 놔둬. 무지 심각해 보이는데 우리 말이 귀에 들어오겠냐?"

그러자 밤새도록 왔다 갔다 할 줄 알았던 류미르가 자리에 딱 멈추더니 돌연 나를 바라보았다.
"아린, 인간들은 왜 그러지?"
"뭘?"
"왜 잘난 척하고 싶어할까? 자신의 힘으로 잘나지 못하면 다른 사람들의 힘을 얻어서라도 잘난 척하고 싶어해. 막상 자신들보다 더 강한 사람들을 만나면 빌빌 기는 주제에."
그의 어조에는 강렬한 경멸이 담겨 있어 나는 아까 그 두 중년 부부의 모습을 떠올리며 실소를 머금었다.
"글쎄… 내가 어찌 알간?"
류미르는 다시 발걸음을 옮기며 혼자서 중얼거렸다.
"왜 그럴까? 그 모습이 보기 좋지 않다는 걸 모르는 걸까? 그런데도 그러고 싶을까?"
"그런 게 좋은가 보지."
세이몬이 졸린지 기지개를 켜며 말하자 또다시 류미르가 멈춰서서는 그를 돌아보았다.
"자신의 친 혈육을 팔 만큼?"
그러자 세이몬이 기지개를 켜다 말고 어벙벙한 얼굴로 류미르를 돌아보았다.
"친 혈육을 팔다니?"
"아니, 넌 아까 그 모습을 보고도 모르냐? 아까 내 앞에서 빌빌대던 남자가 자신의 딸을 그 뚱뚱한 영감탱이한테 팔았잖아!"
"그게 뭐?"
여전히 뭐가 뭔지 모르겠다는 표정으로 세이몬이 되묻자 그제야 류미르는 세이몬이 아직 인간 세상의 일을 다 모른다는 것을 깨달았는지 한숨을 내쉬며 손을 휘휘 저었다.

"관두자. 네가 그런 일을 알 리가 없지."

"뭐야, 그 태도는! 내가 뭘 모른다는 거야?"

세이몬은 류미르가 자신을 무시하는 행동에 발끈해 자리에서 일어나려 했지만 다시 몸을 돌려 우리를 바라보는 류미르의 강렬한 눈빛에 주춤거렸다.

"그런데 말야, 왜 그 부인은 그런 남편을 감싸는 거지? 자신의 친 혈육까지 팔아가면서 잘난 체하고 싶어하는 인간을 말야."

"뭐, 자신의 남편을 사랑했나 보지……"

나의 무성의한 대꾸에 류미르는 심각하게 고개를 가로저었다.

"아냐, 사랑하는 것 같진 않았어. 자신의 남편을 바라보는 눈이 따뜻하지 않았는걸?"

"그래? 그럼 부인이 아닌가?"

"그럼 뭐 하러 그런 사람을 위해 나서냐?"

"아, 그건 또 그렇네."

내가 너무 무성의하게 대꾸하자 결국 류미르가 화를 냈다.

"아린, 난 지금 심각하다고!!"

그러나 나는 여전히 심드렁했다.

"뭐가?"

"뭐냐니? 넌 아까 그 상황을 보고도 아무렇지도 않아?"

류미르가 자꾸 날 다그치자 나는 화가 났다. 덕분에 내 말투와 어조도 약간 격렬해졌다.

"어떤 반응을 바라는 거야? 그 사람은 정말 나쁜 사람이고, 그 사람 부인이랑 딸들은 너무 가여운 사람들이라고?"

"아린!!"

"난 널 이해할 수 없어. 그래, 네 말대로 그들을 보고 우리가 어떤 감정을 느꼈다고 쳐. 그래서?"

"뭐?"

"그래서 어쩌란 말야?"

류미르는 멍한 표정으로 나를 응시하면서 아무런 말도 하지 못했다. 그런 류미르를 바라보면서 나는 심호흡을 한번 하여 감정을 가라앉힌 뒤 침착하게 입을 열었다.

"왜 그러는 거야? 무슨 말을 하고 싶어?"

그러자 류미르는 평소의 그답지 않게 우물쭈물하면서 입을 열었다.

"아니, 난… 그러니까… 그런 사람 처음 봤어. 자신의 친딸을 팔다니… 그것도 자신보다도 더 나이가 많은 사람한테 말야……. 그래서 좀 놀란 것 같아."

"그랬냐?"

내가 또다시 시큰둥한 반응을 보이자 류미르의 눈꼬리가 올라갔다.

"아린, 넌 어째 다 알고 있었다는 듯한 말투다?"

"난 그런 이야기 많이 들었거든. 돈 때문에 자기 친자식이나 부인도 팔아먹거나, 너무 가난해서 자신의 아이를 버린다거나… 뭐, 돈 때문이 아니라 다른 여러 가지 일로도 그런 일이 있다는 이야기를 많이 들었지. 아까 그 사람은 돈 때문에 그런 것 같지만 말야."

그러자 류미르와 세이몬의 눈들이 둥그레졌다.

"아니, 그런 사람들이 또 있단 말야?"

"자신의 친자식을 버려?"

"흔한 건 아니지만… 문명이 발달할수록 많아지겠지. 뭐, 지금도 꽤 있을걸? 그리고 사람들이야 심하면 자신의 부모나 형제도 죽인다잖아. 흔하지야 않겠지만."

"헤에……."

세이몬은 꽤나 놀랍다는 얼굴이었다. 류미르는 침통한 얼굴로 조용히 있더니 조그맣게 중얼거렸다.

"그런 사람들은 정말 쓸모없는 사람들이야. 차라리 존재하지나 말지……."

"저런저런, 그렇게 말할 수는 없지. 안 그래? 우리는 지금 결과만 보고 말하는 거잖아. 아무리 그 사람들이 좋지 않은 일을 했다고 해도 꼭 그렇게 단정 지을 수는 없다고 봐. 혹시 알아? 우리가 모르는 어떤 사정이 있을지?"

"하지만 아까 그 부인은 정말 모르겠어. 어떻게 그 사람을 감싸주는 거지? 분명 사랑 때문은 아니야."

류미르는 또다시 인상을 찡그리고 중얼거렸다.

"글쎄, 우리가 모르는 사정이 있을지도 모르는 일이니까……."

우리는 별로 좋지 못한 기분으로 잠이 들었다. 덕분에 다음날 아침에 상쾌하지 못한 기분으로 일어났다.

"이게 다 너 때문이야, 류미르."

세이몬은 빵에다 버터가 섞인 포도 잼을 바르면서 투덜거렸다.

"뭐가 또 나 때문이야?"

류미르가 한쪽 눈썹을 치켜뜨며 묻자 세이몬은 빵에서 시선을 떼지 않은 채로 퉁명스럽게 대꾸했다.

"너 때문에 분위기가 썰렁하잖아."

세이몬의 말대로 우리는 평소와는 달리 조용하게 아침 식사를 하고 있어 분위기가 너무 썰렁했다. 하지만 류미르가 여전히 저기압으로 보이는 데다 나도 별로 기분이 좋은 상태는 아니었기 때문에 일부러 명랑하게 떠들고 싶은 기분은 아니었다.

"흥!"

류미르도 자신의 탓이라는 것은 부정 못하겠는지 코웃음만 치고 고개를 돌려 버렸다.

"이러지 말고 우리 온천에라도 갈까?"

세이몬이 혼자 툴툴대면서 빵을 뜯어 먹는 것이 맘에 걸린 나는 분위기도 바꿀 겸 녀석들을 둘러보며 제안했다. 그러나 류미르는 여전히 저기압인 표정으로 대꾸도 안 했고 세이몬도 별로 마땅찮은 표정으로 대꾸했다.

"잘 자고 일어나서 온천은 무슨… 피곤하지도 않는데."

"으이그, 그래. 맘대로 해라."

나도 기분이 안 좋은 상태였는데도 불구하고 분위기를 띄우기 위해 일부러 명랑하게 제안했건만 돌아오는 반응이 시원치 않자 나는 기분이 더 나빠졌다. 그래서 재빨리 아침을 끝내고 나 혼자 수건을 들고 온천으로 내려가 버렸다.

"칫, 칫, 젠장할… 류미르 녀석. 그런 사람도 있고 저런 사람도 있는 거지… 그걸로 저렇게 우울해하다니… 나까지 씁쓸해지잖아?"

온천 속에 몸을 담그고 있던 나는 자꾸만 가라앉는 내 기분을 조금이나마 풀어보기 위하여 소리 내어 투덜거렸다. 그러나 기분은 조금도 나아질 기미를 보이지 않아 더욱 심통이 난 나는 탕 옆, 바닥에 놓여 있던 차갑고 달콤한 과일 쥬스가 담긴 유리 잔을 거칠게 낚아채어 벌컥벌컥 마셨다.

"칫, 류미르 녀석… 엘프는 그렇게 완벽한감? 사람이 가지각색이니까 여러 가지 문명도 발달하고 예술도 발달하고 그러는 거지."

지금은 아무리 드래곤이라도 원래는 인간이었고, 지금까지 그런 기억을 가지고 있는 나는 완벽한 타 종족인 류미르가 인간의 안 좋은 면을 보고 충격을 받아 경멸하기까지 하는 모습에 기분이 좋을 리 없었다. 하지만 원래 그런 모습은 같은 인간이 봐도 눈살을 찌푸릴 일이었고, 그렇다고 지금 내가 어떻게 해결할 수도 없는 일이어서 나는 더욱 기분만 나빠졌다.

"칫, 어젯밤에 밖에 나가는 것이 아니었어… 그냥 자는 건데……."

혼자 소리 내어 투덜대다 다시 쥬스를 마시다 또 혼자 투덜대던 나는, 그래도 기분이 나아지지 않고 열이 올라 얼굴만 뜨거워지자 혼자 중얼거리는 걸 포기하고는 시무룩하게 탕을 나왔다.

그러나 방으로 돌아온 나는 보이는 녀석들 모습에 다시 한 번 방을 나가고 싶은 충동을 느꼈다.

류미르는 생기없는 표정으로 거실 소파에 앉아 멍하니 창밖만 바라보고 있었고, 그 옆에서 세이몬은 심심해서 어쩔 줄 몰라 몸을 배배 꼬고 있었던 것이다.

세이몬은 방으로 들어온 나를 바라보자마자 희색이 만연해져서 벌떡 일어났다.

"아린, 나 심심해~"

"우리 류미르는 내버려 두고 나갈까?"

"응, 응."

내가 힐끔 류미르를 곁눈질로 바라보며 세이몬에게 말하자 세이몬은 너무 좋아하는 표정으로 크게 고개를 끄덕였다. 그러나 류미르는 내 말을 못 들은 것처럼 미동도 하지 않았다. 그런 류미르의 태도에 조금 화가 난 나는 류미르의 옆으로 다가가 그가 앉아 있는 소파를 세게 걷어찼다.

쾅—!

"무슨 짓이야?"

류미르가 화난 얼굴로 나를 돌아보자 나는 그의 앞에 양손을 허리에 딱 걸치고 당당하게 섰다.

"우리 나갈 거야."

그러자 류미르는 다시 창밖으로 시선을 돌리며 시큰둥하게 대답했다.

"알았어. 잘 갔다 와."

"넌 그렇게 죽상을 하고 있을 거지?"

세이몬이 내 뒤에서 얼굴만 빠끔히 내밀며 이죽거리자 류미르가 다시 화난 얼굴로 돌아봤다.

"내가 죽상을 하든 밥상을 하든……"

그의 그런 모습에 왠지 더욱더 화가 치민 나는 몸을 홱 돌려 내 침실로 향하면서 크게 이죽거렸다.

"흥! 애송이 하이 엘프 녀석이 고고한 척하기는. 웃기지도 않아……."

그러자 내 뒤에서 즉각적인 류미르의 강렬한 목소리가 들려왔다.

"아린!!"

나는 고개만 돌려 그를 바라보았다. 그는 정말 무척이나 화가 난 얼굴로 자리에서 벌떡 일어나 있었다. 그러나 그런 것에 눈 하나 깜짝할 내가 아니었다. 나는 당당히 그에게 대꾸했다.

"왜?"

"애송이란 말 취소해."

"뭐?"

"애송이란 말 취소하라고. 누굴 애 취급하는 거야?!"

나는 그에게 약간 과장되게 코웃음을 치면서 그를 향해 완전히 몸을 돌려 건방지게 팔짱을 턱 하니 꼈다.

"하, 애송이를 애송이라고 한 건데 내가 왜 취소해야 해?"

"뭐라고? 내가 왜 애송이란 거야?!"

"바보 아냐? 애송이 짓을 하니까 애송이지. 그럼 어른이냐?"

"내가 무슨 애송이 짓을 했다는 거지?"

"지금 죽상하고 있는 게 애송이 짓이지. 그럼 아냐?"

"뭐? 아니, 그럼 아무것도 모르는 척 히히거리는 게 어른이냐?"

"누가 히히거리래? 적어도 네가 정말 어른이라면 다른 종족들의 어떤 모습을 보았든 간에 그 놀라움에 충격을 먹고 빌빌거리지는 않았을 거다."

나의 이번 일격에 류미르는 욱하는 모습이었지만 아무런 말도 하지 못했다. 그런 그의 모습에 나는 더욱 힘을 얻어 한 소리 보탰다.

"그리고 그런 모습은 사람들의 한 부분일 뿐이야. 우리가 지금까지 보아왔던 건 잊었어? 그런 것도 있고 저런 것도 있는 거지. 너, 설마 그런 모습을 보고 인간 전체를 더럽고 추하다고 생각하는 건 아니겠지?"

그러자 류미르는 얼굴이 약간 붉어졌다.

"뭐야? 정말 그랬던 거야? 그럼 우리가 여행하면서 그 이전에

봐왔던 모습들은 또 뭐라고 생각해? 그것도 어제 그 일 때문에 모두 추해 보이디?"

"그, 그런 건 아냐······."

류미르는 부정했지만 그의 목소리에 힘이 실려 있지 않아 나는 그가 그렇게 생각했다는 걸 눈치 챌 수 있었다. 그래도 저렇게 부정하는 걸 보니 자신이 잘못 생각하고 있었다는 걸 깨닫는 것 같아 나는 좀 더 그를 공격하기로 했다.

"그럼, 이제까지 죽상하고 있던 건 뭐야? 너 때문에 분위기가 썰렁했던 건 알고 있겠지? 그렇게까지 했던 이유는 뭐냐고? 놀란 것치고는 너무 심한 반응 아냐?"

그러자 류미르는 아무런 말도 못하고 자신의 발끝만 바라보고 서 있었다.

"흐응, 말 못하는 걸 보니 뭔가 안 좋은 생각을 하고 있었나 보네? 뭐야? 설마 인간들 세상에 실망해서 더 이상 인간들의 모습을 볼 가치가 없다고 생각한 건 아니겠지?"

나는 아무 생각 없이, 단지 류미르를 비꼬려고 한 말이었는데 의외로 류미르의 어깨가 움찔했다.

"뭐야? 정말 그렇게 생각했던 거야? 애 정말 애기네? 넌 숲에서 썩은 나무 한두 그루를 보고 그 숲 전체가 그럴 거라고 생각하니?"

그러자 류미르의 어깨가 더욱더 심하게 바르르 떨렸다. 그리고 곧 이어 그는 한층 더 붉어진 얼굴로 나를 향해 고개를 들면서 항변했다.

"아니야, 그렇게까지는 아니란 말야."

나는 속으로 씨익 승리의 미소를 지었다. 그리고 달래는 듯한 부드러운 어조로 류미르에게 말했다.
"그럼, 우리랑 같이 나갈 거지?"
그러자 류미르는 다시 입을 다물고 우물쭈물했다. 그의 그런 모습에 화가 난 나는 발을 한번 크게 구르며 소리쳤다.
"갈 거야, 안 갈 거야?!"
그 소리에 화들짝 놀란 류미르가 얼결에 대답했다.
"갈게. 가면 될 거 아냐?! 왜 화를 내고 그래?"
그의 그런 모습에 뒤에 있던 세이몬이 소리 죽여 킥킥 웃었다.

우리는 기분 전환도 할 겸 점심을 여관에서 먹지 않고 밖에 나가서 먹기로 했다. 그리고 아직도 기분이 좋아 보이지 않는 류미르는 냅두고 세이몬과 나는 신나게 떠들며 시장 거리를 걸었다.
이번에는 여관을 나서기 전에 미리 길을 물었던 탓으로 이상한 곳으로 빠질 염려도 없었다.
하날 도시의 밤과 낮은 정말 하늘과 땅만큼 달랐다. 밤의 하날 도시는 어느 거리에서나, 심지어 우리가 묵고 있는 여관 바로 앞의 골목에서도 술에 취한 남자와 야한 옷과 화장을 한 여성들을 쉽게 볼 수 있었지만, 낮의 하날 도시에서는 언제 그런 사람들이 있었냐는 듯이 활기 찬 분위기만 거리거리에 가득했다.
관광 도시답게 여기저기에서는 사치품과 기념품을 파는 가게가 많았고, 독특하고 예쁘게 생긴 장식품을 길거리에 늘어놓고 지나가는 사람들을 유혹하는 노점 상인들도 많았다.
우리도 그런 물품들을 하나하나 구경하면서 아까까지의 우울했던 기분들은 모두 잊어버리고 정말 즐거운 시간을 보냈다.
그런데 길거리에 늘어서 있는 노점상들 중 한곳이 눈에 띄었다.

수레 위에 판을 마련하여 그 위에 상품들을 늘어놓고 팔았는데, 그 위에 놓인 상품이란 대나무로 틀을 만들고 색색의 화선지로 면을 발라놓아 멋을 낸 등을 씌운 갓을 팔고 있었다. 그리고 그 옆에서는 가지각색의 모양을 가진 연들이 주르르 놓여 있었다.

그런 대나무와 화선지로 만든 물건들은 이곳에서 처음 봤기 때문에 나는 너무 감격에 겨워 그 수레로 다가갔다. 그곳에서는 이미 여러 사람들이 처음 보는 신기한 물건을 구경하기도 하고 만져 보기도 하고 있었다. 그리고 그 앞에서는 많은 사람들이 몰리자 신이 난 장사꾼이 침이 튈 정도도 떠들어대고 있었다.

"자, 자, 구경들 하세요. 구경은 공짭니다. 이렇게 신기한 물건을 어디서 다시 보시겠습니까? 한번들 와보세요. 아이고, 거기 예쁜 숙녀님. 숙녀님께서 사신다면 내 아주 싸게 드리지요. 이렇게 예쁜 아가씨가 사주시는 것만 해도 내 무지무지 큰 영광 아니겠습니까?"

그 장사꾼은 정말 입에 침도 안 바르고 평범하디평범해 미인이라 할 수 없는 어떤 20대 초반으로 보이는 아가씨를 붙잡고 외쳤다. 그러자 그 아가씨는 부끄러움에 약간 붉어진 얼굴로 기분 좋은 미소를 띠며 그녀의 두 주먹을 합친 것보다 조금 더 큰 연꽃 모양의 둥근 등갓을 골랐다.

"이거 얼마예요?"

"아이고, 역시 얼굴이 예쁘니까 보는 눈까지 높으시군요? 그래도 내 아가씨한테는 싸게 준다고 했으니까 딱 20셀만 내십시오."

그러자 그녀의 눈이 살짝 찌푸려졌다.

"어머, 너무 비싸요."

그러나 상인은 능청스런 얼굴로 대꾸했다.

"어허, 비싸다니요. 아가씨, 아가씨는 이 물건이 어디 물건인 줄 아시나요? 그리고 이게 어떤 용도로 쓰이는지 아시나요?"

그러자 전혀 모르고 있던 아가씨는 주춤거리며 자그맣게 대답했다.

"모르겠는데요……"

상인은 '그럼 그렇지' 하는 표정으로 다시 신나게 열변을 토하기 시작했다.

"이건 말입니다, 저 머나먼 동방에서 가져온 물건으로써, 이 종이를 보십시오. 이게 말입니다, 이 근처에서는 생산은커녕 볼 수도 없는 종이예요. 안 그렇습니까, 신사 분? 이런 종이 어디 가서 보셨는지요?"

아가씨 옆에서 자신의 딸이 고르는 모습을 지켜보다가 얼결에 지적된 30대 중반의 아저씨는 놀란 표정으로 고개를 설레설레 저었다.

"아니오, 본 적 없어요."

그러자 상인은 의기양양한 얼굴로 다시 아가씨 쪽으로 고개를 돌렸다.

"거 보십시오. 아마 아가씨도 이런 종이는 처음 보셨을걸요? 이게 저 머나먼 동방에서 사용되고 있는 종이인데, 내 오늘 아가씨를 위하여 특별히 설명해 드리지요."

상인은 그러면서 아가씨가 들고 있던 것 말고 판 위에 진열되어 있던 갓들 중에서 전등갓처럼 생긴 기와 지붕 모양의 갓을 들어 올렸다. 그것을 살짝 뒤집자 밑면이 넓어서 안쪽을 들여다보기 쉬웠다.

아가씨 근처의 모든 사람들은 흥미진진한 얼굴로 상인이 보여

주는 갓 속을 보며 그의 설명을 기다렸다.

"자, 이쪽을 보시면 말이죠, 여기 이 갓 모양을 지탱해 주는 대가 보이죠? 이게 바로 대나무라는 나무를 쪼개서 만든 거랍니다. 이 대나무란 말이죠, 이 근처에서 보기 힘든 나무죠. 에, 그러니까 아마도 대륙 끝에 있는 마틸산 근처라면 있을지도 모르겠습니다. 그런 아주 희귀한 나무로 만들어진 데다, 여길 보시면 하얀 종이가 보이시죠? 이게 약간 튼튼한 종이로 동양으로 말하면 치앙오지라고 한답니다. 참 이상한 이름이죠? 거기서는 이 종이로 방문이나 창문을 만드는 데 사용한다더군요."

나는 그 설명을 들으면서 속으로 쿡쿡 웃었다. 그 상인의 발음이 너무 안 좋았던 것이다.

'치앙오지가 뭐야? 치앙오지가… 창호지지.'

그러면서 계속되는 상인의 설명에 귀를 기울였다.

"그리고 이 치앙오지 위에다 다시 종이를 붙이는 게 바로 이 색이 있는 종이입니다. 이 종이는 워낙 얇고 다루기 어려운 아주 고급 종이인데, 이게 잘만 보관하면 몇백 년은 썩지 않고 보관할 수 있다더군요."

상인의 설명에 여러 곳에서 감탄사가 터져 나왔다.

"허어, 그것 참 신기한 종이일세."

"그러게. 이곳의 종이는 몇십 년 만 지나면 누렇게 변색되고 부스러지는데……"

"그것 참."

상인은 더욱더 신이나 설명에 박차를 가했다.

"그렇죠? 그렇죠? 그러기에 제가 머나먼 동방에서 들여온 아주 신기한 물건이라고 하지 않았습니까? 그곳 사람들은 여기에다 글이나 그림을 그린다고 하더군요. 뭐, 저도 보지는 못하고 들은 이야기입니다만, 어쨌든 이 종이를 후와? 후우? 아, 후우와서지라고 하더군요."

발음이 잘 안 되는지 인상을 찌푸리며 몇 번을 중얼거린 상인이 말했지만 그 역시 제대로 된 발음이 아니었다.

'화선지인데……'

그 상인의 발음을 고쳐 주고 싶은 마음이 굴뚝같았지만 여기서 아는 체하다 간 시선이 쏠릴 것 같아서 애써 눌러 참았다. 그때 아까 상인에게 지적되어 얼결에 대꾸한 아저씨의 10살 정도 되어 보이는 딸내미가 한쪽에 잘 진열되어 있는 연들 중 나비 모양의 연을 집어 들었다.

"아저씨, 이건 뭐예요?"

그러자 상인은 그 소녀가 집은 물건을 보더니 반색하며 소녀에게서 받아 들었다.

"예쁘지? 이건 말이다, 방이나 거실 벽에 잘 걸어놓는 장식품이란다. 어때, 예쁘지?"

나는 그 상인의 설명에 숨이 탁 막히는 것이 느껴졌다.

'연보고 장식품이라니……'

그 나비 모양의 연은 바깥쪽 날개가 노란색, 안쪽 날개가 빨간색, 그리고 몸통 모양은 초록색의 화선지가 붙어 있었다. 그 화선지의 빛깔이란 이런 곳에서 흔히 볼 수 있는 진하고 밝은 색이 아니라 은은하고 부드러운 빛깔을 띠고 있어서 사람들의 눈길을 끌고 있었다.

"색이 너무 예뻐요!"

"그렇지? 그렇지? 정말 독특한 색이지?"

소녀가 자신의 아버지를 희망찬 눈길로 바라보자 소녀의 아버지는 상인에게로 눈길을 돌렸다.

"그건 얼마요?"

"에, 이건 따님이 너무 예쁘니까 좀 싸게 해서 10셀만 내십시오. 원래 15셀인데 깎아드리는 겁니다."

15셀이면 이곳 물가로 볼 때 예전 세상에서는 맥도날드에서 특 불고기 버거 세트를 먹고도 충분히 남을 돈이었다. 그런데 거기에서 500원, 비싸야 천 원 정도 하는 연을 약 3배 정도 비싸게 팔다니…….

정말 장사 소질이 탁월한 상인이었다. 그러나 소녀의 아버지는 싼값에 샀다는 얼굴로 기분 좋게 10셀을 지불하고는 그 연을 넘겨받았다.

"조심해서 가져가야 한다. 약해서 잘못하면 부러지고 찢어지거든."

소녀는 상인의 말에 진지하게 고개를 끄덕이며 한 손으로 연을 조심스럽게 잡아 쥐고는 나머지 손은 아버지의 손을 잡고 인파 속으로 사라져 갔다.

그런데 그때 진열대의 구석에서 나는 독특한 것을 발견했다. 대나무를 가늘게 쪼개어 엮어 만든 듯한 가는 필통처럼 생긴 상자였다.

호기심에 그것을 집어 열어보니 그 안에는 대나무와 창호지로 만든 부채가 얌전히 놓여 있었다.

"어라? 이건……."

상인이 나의 놀란 외침을 듣고 내가 들고 있는 걸 보더니 '손님 잡았다'란 미소가 가득 한 얼굴로 내가 서 있는 쪽으로 다가왔다.

"이건 말이죠, 그 머나먼 동방에서 사용하는 부채랍니다. 이곳에서 사용하는 천 부채와는 다른 특이한 부채죠. 어때요, 독특하죠?"

나는 감격에 찬 눈으로 부채를 쫙 폈다. 부챗살이 내 손으로 약 두 뼘 정도 되는 길이인 부채가 펴지자 평소 귀족들이나 왕실의 숙녀들이 사용하는 부채보다 훨씬훨씬 더 큰 부채가 드러났다. 그리고 그 부채 한쪽에는 보름달 아래 멋진 대나무가 그려져 있었고 그 반대쪽에는 시 한 수가 한문으로 쓰여져 있었다.

"어때요, 독특한 그림이죠? 이게 바로 대나무라는 겁니다."

그러자 나는 짓궂은 장난기가 발동하여 상인에게 물었다.

"그럼 여기 써 있는 건 뭐예요?"

그러자 상인이 난처한 웃음을 흘리며 얼버무렸다.

"허허허, 글쎄요… 난 워낙 무식해서 우리 나라 글도 모르는데 남의 나라 글이 다 뭡니까?"

평소 한문이 하기 싫어 이과를 택한 나도 그 부채에 멋진 필체로 써 있는 한문을 읽지 못했다. 하긴, 휘갈겨 써 있어 아는 한자가 있더라도 알아볼 수 있을지도 의문이었다.

그러나 이런 오랜만에 보는 물건을 그냥 지나칠 수 없어 사기로 결심한 나는 상인에게 물었다.

"이거, 얼마예요?"

그러자 상인이 특유의 능글맞은 웃음을 씨익 웃으며 말했다.

"사시게요? 그건 좀 비싼데……"

"얼만데요?"

"그건 좀 희귀한 거라 50셀이거든요."

"50셀이요?"

내가 의심스러운 눈으로 상인을 째려보자 상인이 황급히 덧붙였다.
"아, 물론 내가 손님 같은 사람에게 비싸게 받을 순 없으니까 조금 깎아줘야지. 그래, 45셀 어때요?"
'이런 순 바가지.'
여기 돈으로 치자면 20셀이나 30셀 정도면 충분히 사고도 남을 것이다. 그런데 45셀이라니…….
나는 순간적으로 '너무 비싸요'라고 말하려고 했다. 그러나 가만 생각해 보니 사람들이 군소리없이 많이 사줘야 이 상인이 신이 나서 그 머나먼 동양에서 자꾸 물건을 가져올 것 같았다.
'그러면 그곳도 유익이 되겠지?'
옛 세상과 비슷한 곳이 잘되게 하고 싶은 마음이 한곳에서 스멀스멀 솟아오르자 이 얄미운 상인과 한바탕 실랑이를 벌이고 싶은 마음이 스르르 사라졌다.
"좋아요. 여기요."
나는 두 눈 딱 감고 50셀짜리 은화 한 닢을 내밀었다.
"허허허, 잘 고른 거예요. 이런 물건을 또 어디서 보겠어요?"
상인은 싱글벙글한 얼굴로 나에게 5셀을 거슬러 주었다.
"너희들은 뭐 살 거 없어?"
내가 잔돈을 손에 받아 쥐며 세이몬과 류미르를 돌아보자 그들은 고개를 설레설레 저었다.
"신기하긴 하지만 장식품은 별로야."
"나도. 짐만 되지 쓸 곳이 없잖아."
그들의 형편에 맞는 말이었으므로 나는 고개를 끄덕였다.
"하긴, 그럼 가자."

그 도시에는 구경할 것이 정말 많았다. 역시 관광 도시라서 그런지 그 도시에서 나오는 온천에 관한 특산물—온천욕 할 때 바를 크림, 화장품, 온천 돌 등등—을 제외하고도 여러 도시나 지방에서 올라온 각종 공예품과 장식품들을 파는 상점이 많았던 것이다.

게다가 우리를 즐겁게 했던 여러 가지 먹거리로 인하여 우리는 입을 쉴 새가 없었다(떠들랴, 먹으랴).

어느덧 너무 걸어다녀서 다리도 아프고 해도 뉘엿뉘엿 저물어 갈 무렵 우리는 공원 한구석에서 넓적한 철판 위에 호떡 비스무리한 빵을 구워 파는 아주머니를 발견했다.

"앗, 저거 맛있겠다."

먹는 것을 파는 곳이면 귀신같이 알아내어 제일 먼저 뛰어가는 세이몬이 이번에도 역시 먼저 알아내고는 그쪽으로 뛰어갔다.

"야, 그만 좀 먹자. 배부르단 말야."

류미르가 벌써 그 앞으로 다가가 호떡 비스무리한 빵—이제부터 편의상 호떡이라 하겠음—을 살펴보고 있는 세이몬을 향해 소리쳤다.

"이거 양이 얼마 안 되니까 하나씩 맛만 보자. 빨리 와봐. 맛있게 생겼어."

그러나 세이몬은 벌써부터 반짝반짝 빛나는 눈으로 그 기름이 좌르르 흐르고 있는 호떡들을 바라보고 있었으므로 우리는 한숨을 내쉬고 그쪽으로 다가갔다.

"딱 하나씩만이야."

"저녁은 다 먹었군……."

나와 류미르가 한마디씩 하면서 그쪽으로 다가가는데, 류미르가 호떡은 안 보고 호떡을 팔고 있는 아주머니만 유심히 살펴보는 것이었다.

"야, 뭐야? 안 먹어?"

벌써 호떡 세 개를 받아 든 세이몬이 하나는 나를 건네주고 하나는 류미르에게 내밀었는데, 류미르는 고개도 안 돌리고 손만 뻗어 호떡을 받아 드는 거였다. 그런데 더 이상한 건 류미르의 시선을 받은 그 아주머니는 될 수 있는 한 류미르의 시선을 피하기 위해 눈을 돌린다든가, 아님 괜히 불을 살피려고 허리를 숙인다든가 하면서 어색하게 움직이는 것이었다.

"왜 그래? 아는 분이야?"

류미르와 그 아주머니 사이의 분위기가 심상치 않자 세이몬도 호떡 먹는 것을 잊어먹고는 조심스레 물었다. 그러나 류미르는 세이몬의 말에는 대꾸도 안 한 채 차갑고 경멸이 가득 담긴 어조로 말을 내뱉었다.

"딸을 판 돈으로도 생계 유지가 어려운가 보죠?"

류미르의 차디찬 말에 아주머니의 몸이 움찔했다. 그러나 류미르는 거기에서 그치지 않았다.

"그럼, 이번에는 무얼 팔 겁니까? 아주머니 자신이라도 팔 겁니까? 그런데 아주머니를 누가 사려고나 할까요?"

류미르의 비웃음이 가득 담긴 어조에 지금까지 류미르와 시선을 맞추지 않으려고 땅만 바라보던 아주머니가 고개를 들어 류미르를 똑바로 바라보았다. 많은 고생으로 생긴 듯한 주름 사이로 보이는 흐린 파란 눈에는 눈물이 맺혀 있었다.

"함부로 말하지 말아주십시오. 저도 원해서 그랬던 건 아니었습니다."

　그 말을 끝으로 그 아주머니의 눈에서는 눈물이 주르르 흘러내렸다. 그리고 한번 터진 봇물이 쉽게 멈추지 않듯 아주머니는 여태까지 가슴속에만 쌓아놓고 한 번도 꺼낸 적이 없는 말들을 울먹이며 내뱉기 시작했다.

　"내가 능력만 있었어도… 딸을 팔지는 않았을 겁니다. 하긴, 능력이 있다면… 그 못난 남편에게 팔려가듯 결혼하진 않았을 테지요……"

　그녀는 거기까지 말한 뒤 지친 듯 그녀의 뒤에 놓여 있던 낡은 나무 의자에 걸터앉았다. 그리고는 옛일을 생각하는 듯한 몽롱한 표정으로 입을 열었다.

　"남편이 무능하고 비겁한 사람이긴 하지만 그렇다고 도박에 빠져 돈을 탕진하는 사람은 아니었습니다. 단지 평소에 친하던 사람끼리 돈을 걸지 않고 재미로 몇 번씩 했을 뿐이지요. 그러나 그의 실력이 꽤 괜찮았나 봅니다. 평소 그와 같이 놀음을 하던 사람이 그를 꼬셔서 진짜 도박판에 데리고 갔지요. 그런데 하필 거기서 사기 도박단을 만났습니다. 처음에 몇 번 돈을 따 재미를 붙이더니, 아예 집 안에 있던 돈을 몽땅 다 가져가서 털리고 말았지요. 그러고도 모자라 그는 그들에게 엄청난 빚을 지고 말았답니다. 그러니 어쩝니까? 우리는 돈을 갚을 능력이 없었고… 우리에게 제법 예쁜 딸이 있다는 걸 안 그들은 딸을 데려가려고 했지요. 하지만 그들에게 팔려가면 어찌 되는지 아십니까? 이 도시에 있는 어딘가의 매춘굴에 팔려가 몸과 인생 모두를 망치겠지요. 그걸 잘 아는 우리가 어쩌겠습니까. 차라리 이왕 몸 망치는 거 부자의 첩으로라도 들어가 그래도 편안한 인생을 보내게 해주는 것이 백배는 더 낫다는 생각에 남편이 도시를 이 잡듯 뒤져 돈 많고 여색을 즐기는 사람을 찾았지요. 후회는 없습니다. 못난 부모를 만나 지금까지 헐벗고 굶주렸는데, 이제부터라도 잘 먹고 잘 입으면 그것으로 족하지요……. 어쩌면 못난 남편 만나 나처럼 고생하는 것보다 훨씬 나을지도 몰라요. 그러니 그것으로 족해요……."

묵묵히 그녀의 말을 듣고 있던 류미르가 그녀가 말을 다 마친 듯하자 입을 열었다.

"형편없군요. 만약 그렇다면 남편이 돈을 다 잃고 난 뒤 도망가지 그랬어요? 차라리 그랬다면 딸을 팔지는 않았을 것 아닙니까?"

그러자 이번에는 그녀가 눈물에 젖은 눈으로 류미르를 바라보며 비웃었다.

"우습군요. 그것이 그렇게 쉬운 일이었다면 우리가 왜 안 그랬겠습니까? 그런 일은 당신들처럼 돈 많고 힘있는 사람들이나 가능하지요. 우리 같은 사람들이야 다른 곳으로 가봤자 또 이런 곳으로 흘러들 텐데요. 더욱이 아는 사람도 전혀 없는 곳에 가서 위험한 일 안 당한다고 누가 장담합니까. 차라리 돈없고 힘없어도 터를 닦고 생리를 잘 아는 곳에 남는 게 낫지……."

류미르는 아무런 말도 못하고 물러났다.

우리가 그곳을 떠날 때까지도 그녀는 멍하게 앉아서 허공을 응시하고 있었다. 그러나 곧 다른 사람들이 호떡을 사기 위하여 다가가자 벌떡 일어서서 아무 일도 없었다는 듯 손님을 맞이했다.

"거봐, 내가 뭐랬어? 우리가 모르는 사정이 있을지도 모른댔잖아."

내가 류미르를 힐끔 노려보며 힐책하자 세이몬도 맞장구쳤다.

"맞아. 왜 그런 말을 한 거야? 덕분에 좋은 분위기만 다 망쳤잖아."

이제 해가 다 저물어 골목골목에 가로등이 하나둘씩 켜지기 시작하자 우리는 또 어젯밤 같은 일이 벌어질까 두려워 발걸음을 빨리 놀렸다.

그런데 그때 여관으로 가는 것만 생각하던 나는 세이몬이 갑자기 걸음을 멈춰 나를 잡아채 앞으로 거의 고꾸라질 뻔했다. 간신히 균형을 잡고 세이몬에게 잡힌 옷자락을 거칠게 빼내며 그를 노려보았다.

"이게 무슨 짓이야?"

그러나 세이몬은 나의 무서운 눈빛은 거들떠보지도 않고 어느 가로등도 없는 허름한 골목을 가리켰다. 그곳에는 어떤 인영이 사람 키만한 물체를 낑낑거리며 거의 끌다시피 옮기고 있었는데, 이상한 건 그 인영은 힘들게 그 물건을 옮기면서도 주위의 누군가가 자신을 볼지 몰라 두려워하는 것처럼 연신 주위를 둘러보고 있는 거였다.

그러다 하필 그 모습을 바라보고 있던 우리와 눈이 마주쳐 너무 놀란 나머지 들고 있던 그 물체를 떨어뜨리고는 바들바들 떨면서 벽 쪽으로 붙었다. 그런데 그 물체가 바닥과 충돌함과 동시에 신음 소리 비슷한 소리가 났다. 놀란 우리가 그쪽으로 달려가자 벽 쪽으로 붙어 바들바들 떨던 인영이 떨리는 다리로도 재빨리 튀려고 골목 안쪽으로 몸을 돌렸다.

그러나 그런 걸 가만 놔둘 정의의 사나이 류미르가 아니었으므로 그는 허공을 박차 몸을 한 바퀴 돌린 뒤 도망치려는 인영 앞에 멋들어지게 착지했다. 인영 앞에 착지한 류미르는 인영을 바라보다 놀란 표정을 짓더니, 곧 이어 그 표정은 비웃음으로 바뀌었다.

"우리는 정말 인연이 많은 모양이군요, 아저씨?"

그의 말에 인영을 돌아본 세이몬과 나는 할 말을 잃었다. 그는 아까 그 아주머니의 남편, 즉 어젯밤 류미르에게 한 대 얻어맞았던 그 남자였던 것이다.

"나, 나리……."

그 남자는 주춤주춤 뒤로 물러나며 떨리는 목소리로 중얼거렸다. 그러나 류미르는 그의 모습에 동정을 느끼지 않는 듯 싸늘한 어조로 물었다.

"무슨 일을 하고 있었는데 우리를 보자마자 놀라 물건도 버리고 가시나요?"

세이몬이 그 남자가 들고 있던 물건을 감싼 다 낡아빠진 천을 풀러내자 거기엔 정신을 잃고 있는 한 남자의 창백한 얼굴이 보였다. 그런데 더욱 놀라운 건 그 남자의 머리카락이 칠흑처럼 검고 피부는 약간 노란 동양인이었던 것이다.

내가 놀란 눈으로 그 남자의 얼굴을 바라보다 재빨리 그에게 달려가 코에 손가락을 대어보니 약간이나마 숨을 쉬는 듯한 바람이 느껴졌다.

"아직 살아 있군."

왠지 모를 안도감을 느낀 내가 류미르를 돌아보자 류미르는 한층 더 무서운 눈으로 그 남자를 바라보았다.

"설명이 필요할 것 같은데요?"

그러자 그 남자는 떨리는 목소리로 겨우겨우 입을 열었다.

"저는… 단지… 단지… 저 남자를 데려가 치료해 주려고 했던 겁니다……. 정말입니다. 딴 뜻은 없었어요."

"그런데 왜 사람들의 눈을 피해 옮기는 거죠?"

"그건… 그건……."

남자가 우물쭈물하면서 대답을 못하자 류미르가 발을 한번 크게 굴렀다.

"제대로 대답 못해요!"

놀란 남자는 자신도 모르게 바닥에 엎드리며 울음 섞인 목소리로 대답했다.

"잘못했습니다……. 저 사람이 제법 괜찮은 옷을 입고 있었기에 치료해 주면 돈을 얻지 않을까 싶어서… 딴 녀석들이 보면 가만 두지 않을까 봐 몰래 데리고 간 겁니다. 정말입니다. 믿어주세요."

류미르는 아직도 의심스럽다는 눈으로 그 남자를 바라보고 있었지만 나는 그 남자를 취조하는 것보다 정신을 잃은 동양인을 치료하는 게 우선이었기 때문에 류미르를 말렸다.

"그만둬, 지금 그게 문제가 아니잖아. 아저씨, 됐으니까 이거 받고 그만 가보세요. 이 사람은 우리가 알아서 할 테니까."

그러면서 그 남자 앞에 50셀짜리 은화 한 닢을 던져 주었다. 남자는 은화를 주워 금액을 확인해 보더니 놀란 눈으로 날 바라보다가 내가 다시 달라고 할까 봐 두려운 듯 허겁지겁 자신의 허리띠 속으로 쑤셔 넣고는 허겁지겁 골목 안으로 달려 들어갔다.

"자, 우리도 가자. 여기서 치유 마법을 걸었다간 딴 사람들이 볼 수도 있으니까 여관으로 돌아가서 해야겠어. 내가 이 사람을 데리고 먼저 갈 테니까 너희들은 걸어서 여관으로 가서 열쇠를 받고 방으로 오도록 해."

나는 내 할 말만 한 뒤 세이몬과 류미르의 대꾸는 듣지도 않고 여관 방으로 공간 이동해 버렸다.

류미르와 세이몬이 여관 방으로 들어왔을 때에는 내가 이미 데려온 동양인을 깨끗이 씻기고 치유까지 해준 뒤였다. 그 둘은 조용히 거실로 들어와서는 긴 소파 위에 이불을 덮고 누워 있는 동양인의 얼굴을 힐끔 바라본 뒤 의아한 눈으로 나를 바라보았다.

"이거 배역이 바뀐 거 아냐? 보통 내가 저 사람을 돕자고 했을 테고 너하고 세이몬은 시큰둥했을 텐데."

류미르가 피식 웃으며 먼저 말을 꺼내자 그 뒤를 이어 세이몬까지 물었다.

"아는 사람이야?"

나는 안락의자에 털썩 주저앉으며 궁금한 표정으로 서 있는 세이몬과 류미르를 올려다보았다.

"아니, 아는 사람은 아닌데 궁금한 게 있어서."

"헤에, 저 사람은 운이 좋았군."

"그러게 말야."

류미르와 세이몬은 더 이상 묻지 않고 각자 자신들의 방으로 들어가더니 곧 이어 수건과 깨끗한 옷가지들을 가지고 나왔다.

"우리들은 온천에 갔다 올게."

"넌 그 사람 지켜보고 있을 거지?"

녀석들은 내가 온천에 같이 가지 않을 거란 걸 아예 기정사실화시켜 놓고서는 내 대답도 듣지 않고 나가 버렸다. 그래서 난 녀석들의 뒤통수에 대고 소리쳐야 했다.

"야, 나가는 김에 여기 과일 샐러드 좀 갖다 달라고 해라."

그리고 문 닫기 전에 세이몬의 대답을 들을 수 있었다.

"알았어~"

그 둘이 나가고 나자 갑자기 방 안이 조용해졌다. 나는 그 사람이 누워 있는 소파로 다가가 그의 얼굴을 내려다보았다. 동양인치고 하얀 얼굴이긴 하지만 이곳 사람들에 비하면 약간 노란 피부이기는 했다. 그리고 송충이처럼 짙은 눈썹과 반듯한 이목구비, 각이 진 턱이 꽤나 강한 인상을 풍겼다.

"헤에, 남자답게 생겼군."

그런데 아무래도 이 사람이 깨어나려면 좀 시간이 걸릴 듯했다. 이렇게 가만히 앉아서 깨어나기만 기다릴 인내심이 없는 나는 깨울까 말까 심각하게 고민하기 시작했다.

'어디 이상한 데로 끌려갈지 모르는 걸 구해줬겠다, 씻겨줬겠다, 치유까지 해줬는데 약간의 실례는 괜찮지 않을까?'

여기까지 생각한 나는 이번에는 어떻게 깨울지 고민하기 시작했다. 그런데 그 고민은 얼마 가지 않아 방문을 두드리는 누군가에 의하여 방해를 받았다.

"누구세요?"

"룸 서비스입니다."

방문 밖에서 예의 바른 목소리가 들렸다. 문을 열자 제복을 입은 젊은 청년이 은 쟁반에 유리로 만들어진 그릇을 얹고 서 있었다.

"과일 샐러드 시키셨지요?"

나는 문 옆으로 비켜서서 그가 들어오도록 했다.

"어디다 놔드릴까요?"

"저 탁자에다 놔주세요."

그는 내가 가리킨 소파 사이에 있는 낮은 탁자 위에 쟁반째로 놓더니 나를 향해 몸을 돌렸다. 그리고 뭔가 심오한 눈빛을 던지며 한마디했다.

"또 다른 시키실 일은 없으십니까?"

그의 심오한 눈빛이 뭔지를 알아차린 나는 피식 웃었다. 그리고는 그에게 50셸짜리 은화 한 닢을 던져 주며 말했다.

"됐어요. 접시는 내일 아침에 가져가도 되죠?"

"물론입니다. 그럼 즐거운 시간 보내십시오."

그는 공중에서 떨어지는 은화를 익숙한 솜씨로 탁 잡더니 벌어지는 입을 애써 감추며 허리를 숙였다.

그가 나가자 나는 동양인이 누워 있는 소파의 맞은편에 털썩 주저앉아 눈을 감고 있는 그를 빤히 바라보며 천천히 은 포크를 집어 샐러드를 찍었다.

'그냥 흔들어 깨울까? 아니면 물을 약간 끼얹는 건… 에이, 그건 좀 심했다. 그냥 흔들지 뭐. 그래도 안 일어나면 그때 물을……'

그러나 내가 거기까지 결론을 내린 고민은 내 앞에 누워 있는 동양인이 약한 신음과 함께 천천히 눈을 뜨면서 필요가 없게 되어버렸다.

'쳇, 괜히 고민했잖아.'

그가 초점을 맞추려고 눈을 깜빡이는 모습을 보며 애꿎은 샐러드만 콕콕 찔러댔다.

초점이 맞춰져 천장이 보였던 모양인지 그의 눈이 순간적으로 크게 떠지면서 벌떡 몸을 일으켰다. 그리고는 사방을 두리번두리번거리다가 막 샐러드를 입에 넣고 있는 나와 눈이 마주쳤다.

'헤에, 저 검은 눈동자는 정말 오랜만에 보는군.'

나는 약간 감동을 느끼며 그의 눈동자를 뚫어져라 바라보았다.

껌뻑껌뻑.

깜빡깜빡.

우린 서로를 마주 보며 눈만 깜빡대고 있었다.
그는 나에게 설명을 요구하는 듯한 눈길을 보내고 있었지만 나는 애써 모른 척하며 그가 입을 열기를 기다렸다. 결국 기다리다 못한 그가 먼저 입을 열었다.
"저… 여기가 도대체 어디인지……."
약간 어색한 발음. 우리 나라 사람이 영어를 하면 저런 발음일까?
"내 방."
나의 짤막한 대답에 그의 얼굴에 당황하는 빛이 어렸다.
"아니, 그게 아니라……."
그는 너무 당황한 나머지 빤히 그를 바라보는 내 눈길을 피하려고 고개를 돌리다가 어두워진 창문을 발견하고는 벌떡 일어섰다.
"앗, 시간이 벌써……."
그리고 재빨리 창문으로 달려가던 그는 갑자기 멈칫하더니 자신의 몸을 내려다봤다.
그의 옷은 좀 심하게 찢겨져 있어 내가 여관에서 제공하는 목욕 가운으로 갈아입혀 놨었던 것이다.
그는 처음에는 자신이 입고 있는 옷을, 그리고 그 다음에는 자신의 몸을 찬찬히 살펴보더니 경악에 가까운 얼굴로 나를 돌아보았다.
"제가 도대체 얼마나 여기 있었나요? 혹시, 혹시 며칠 동안 이곳에 있었던 건……."
'헤에, 동양인도 얼굴이 하얘질 수 있구나.'
그의 하얗게 질린 얼굴을 재미있게 바라보던 나는 그가 듣고 싶어하는 대답을 간략하게 해줬다.
"한 시간도 안 됐어."
"한… 시간?"
그의 하얗게 질린 얼굴에 천천히 혈색이 돌아왔지만 그의 표정은 여전히 당황한 표정이었다.
"하지만, 하지만 난 꽤 많이 다쳤을 텐데… 그런데 겨우 한 시간이라니……."
"맞아, 꽤 많이 다쳤더군. 얼굴은 멍이 들고 팅팅 부어서 알아볼 수도 없었고, 오른손은 꺾인 데다 옆구리도 장난이 아니던데?"
나의 친절한 설명에 그는 어벙벙해졌다.
"하, 하, 하……."
그러더니 다시 설명을 구하는 눈으로 나를 바라봤다.
"저기, 그러면……."
"아, 누가 당신을 치료해 줬냐고? 내가 했어."
"아, 그러십니까? 이거 참……."
"고마워할 것 없어. 당신한테 궁금한 게 있어서 구해줬을 뿐이니까."
그의 고마워하던 얼굴이 돌연 긴장으로 딱딱하게 굳어졌다.
"무슨……."
그런 그에게 싱긋 웃어준 나는 과일 샐러드의 마지막 조각을 입 안에 넣고 그 옆에 얌전히 놓여 있는 대나무 상자를 집어 올려서 그 상자를 바라보는 그의 눈이 커지는 걸 재미있게 바라보며 뚜껑을 열고 그 안에 든 부채를 꺼냈다.
"이걸 알고 있는가 싶어서."
"그걸 어디서……."

"오늘 낮에 길거리에서 어떤 노점상이 팔더군. 연이랑 등갓이랑 부채를."

그의 얼굴이 흥분으로 인하여 붉어졌다. 그는 격양된 목소리로 소리쳤다.

"그건 저희 겁니다."

그런 그를 향해 나는 차갑게 웃어주며 물었다.

"어떻게 증명할래?"

그는 기다리고 있었다는 듯 그 부채에 대해서 술술 이야기했다.

"그것은 대나무로 살을 만들고 창호지로 면을 붙여 만든 것으로 창호지는 이쪽 지방에서는 전혀 볼 수 없는 종이로 제가 살고 있던 동방 지역에서 만든 겁니다. 그리고……"

하지만 나는 그의 말을 다 듣기도 전에 손을 들어 그의 말을 막았다.

"이 부채를 나에게 판 상인도 잘 알고 있더군. 화선지와 창호지에 대해서 말야."

그러자 그의 얼굴이 다시 굳어졌다. 그런 그를 향해 나는 슬쩍 웃어주고는 말을 덧붙였다.

"하지만 창호지와 화선지란 말의 발음은 엉망이더군. 연도 공중에 띄우는 것이 아니라 벽에 거는 장식품이라고 설명하고."

그의 눈이 놀라움으로 다시 커졌다.

"어떻게 그런 걸……"

"지금 그게 문제가 아니잖아?"

나는 그에게 부채를 쫙 펴 보였다. 그리고는 그림과 글이 쓰여 있는 면을 그가 서 있는 쪽으로 돌리고는 그가 잘 볼 수 있도록 약간 들었다.

"이거 누가 만들었지?"

"제가 만들었습니다."

나는 왠지 모를 만족스러운 기분을 느끼며 말했다.

"그럼, 여기 글을 읽어봐."

"擧頭望山月(거두망산월)이요, 低頭思故鄕(저두사고향)이라— 이백."

"이쪽 말로 풀어 말하면?"

"머리 들어 산 위의 달을 바라보다가, 머리 숙여 고향을 생각하네."

과연, 대나무 위에 떠 있는 고고한 보름달과 썩 잘 어울리는 시였다.

"고향을 생각하며 쓴 시로군."

내가 만족스런 웃음을 짓자 그의 표정이 한결 편안해 보였다.

"저… 그런데……."

"응? 뭐?"

"저… 실례지만 나이가……."

나는 속에서부터 웃음이 치밀어 오르는 것을 느꼈다. 그는 아무리 적게 잡아봐야 20대 중반으로 보이는 것에 비해 나는 많이 봐줘야 17, 8세로 보였던 것이다.

"풋, 왜? 내가 반말해서 기분이 나쁜가?"

"아니… 그게……."

"그럼, 기꺼이 존칭을 써드리지요."

나의 말투가 180도 바뀌자 그는 더욱더 당황해서 입만 벙긋거렸다.

"아니, 그러니까……."

나는 그의 당황한 얼굴을 무시하고 입을 열었다.
"이곳에 혼자 오셨나요?"
그러자 그가 아차 하는 얼굴로 고개를 창 쪽으로 돌렸다.
"일행이 있습니다. 여관에서 저를 기다리고 있을 텐데……."
"어쩌다 그런 꼴을 당했지요?"
그러자 그의 얼굴이 다시 내 쪽으로 돌아왔고, 돌아온 그의 얼굴은 우울해 보였다.
"여관에서 이곳 사람을 만났습니다. 처음 만났는데도 불구하고 무척 친절하고 이 도시에 대해서 이것저것 가르쳐 주더군요. 그리고 우리가 만드는 물건에도 흥미를 보여 우리가 물건들을 팔러 왔다고 하자 잘 팔릴 것 같다며 자신도 상인이니 같이 동업을 하자고 하더군요."
"그래서 그 사람이랑 물건을 팔러 나갔는데 그 사람이 당신을 버리고 물건만 가지고 튀었군요?"
"예, 사람들이 많이 모이는 곳으로 안내한다며 지름길로 가자고 하더군요. 상인들이 많아서 자리 싸움이 치열하다나요? 그래서 그 사람을 따라 지저분하고 어두운 골목을 가고 있었는데 갑작스레 그 사람이 일격을 가하더군요. 불시의 공격이라 고스란히 맞아 뒤로 나자빠진 사이 그 사람이 물건을 가지고 가버렸어요. 그 뒤에 그 사람을 찾으러 골목을 헤매다가 좋지 못한 사람들을 만나……."
"흐음, 어떻게 된 건지 알겠어요. 그럼 당신 일행은 어디 있나요?"
"이 도시 변두리에 있는 '새바람'이란 여관에 있습니다."
"좋아요. 쇠뿔도 단김에 빼랬다고, 당신 일행이 기다리고 있을 테니 지금 같이 가볼까요?"

 "어딜 간다고?"

 방문이 벌컥 열리며 류미르가 먼저 들어오고 그 뒤로 볼이 퉁퉁 부은 세이몬이 들어왔다.

 "이 사람 일행이 묵고 있다는 여관. 그런데 생각보다 빨리 왔네?"

 내가 의아한 눈으로 그 둘을 바라보자 류미르가 의기양양한 웃음을 지으며 대답했다.

 "하하하, 네가 무슨 짓을 벌일 것 같아서 빨리 왔지."

 그러자 뒤에 서 있던 세이몬이 볼멘 음성으로 투덜거렸다.

 "웃기고 있네. 뜨거워서 탕에도 못 들어간 주제에. 못 들어가면 자기만 들어가지 말 것이지 왜 나까지 못 들어가게 하는 거야?"

 류미르의 얼굴이 새빨개지며 그의 고개가 푹 숙여졌고 어떻게 된 일인지 짐작이 간 나는 쿡쿡 웃었다.

 "잘됐네. 마침 너희들 빨리 오라고 할 참이었거든. 세이몬, 아직 시간은 많으니까 나중에 또 가면 되잖아. 그러니까 오늘은 어디 좀 가자."

 "이 시간에? 어딜?"

 놀란 눈으로 나를 바라보는 세이몬에게 나는 상큼하게 웃어줬다.

 "도시 변두리에 있다는 새바람 여관에."

 류미르와 세이몬은 뜨악하는 표정을 지었지만 나는 자신만만한 웃음만 지어 보일 뿐이었다.

 "아린, 너 제정신이야?"

 결국 세이몬이 의심스러운 눈으로 나를 바라보며 물었다.

"어제 그 일을 당하고도 또 밤에 나가려고 하냐?"

그래서 나는 거만한 눈초리로 그를 바라보며 친절하게 설명해 줬다.

"쯧쯧쯧, 어리석긴. 어제는 우리가 구경을 가려고 한 거고, 오늘은 목표가 정해진 이상 뭐 하러 귀찮게시리 물어물어 힘들게 거길 찾아가? 게다가 도시 변두리라면 꽤 멀 텐데. 이 여관에 있는 마차를 타고 갈 거야."

그러자 세이몬과 류미르의 눈이 놀라움으로 인해 커졌다.

"마차? 여관에 마차도 있어?"

"있을걸? 그리고 없어도 자기네가 알아서 대령해 줄 거야."

왜, 귀여운 여인이란 영화를 보면 마지막쯤에 가서 여주인공이 호텔 리무진을 타고 자신의 집으로 돌아가지 않는가? 이 정도 고급스런 여관이라면 그와 비슷하게 마차 한 대쯤은 가지고 있을 것이다.

내 짐작대로 이 여관에는 손님들을 위한 고급 마차를, 그것도 여러 대를 보유하고 있었다.

덕분에 우리는 아무 탈 없이 편안하게 도시 변두리의 새바람 여관을 찾아갈 수 있었다.

"아, 깜빡했는데… 당신 이름이 뭐죠?"

흔들리는 마차 안에서 어두워진 바깥 풍경을 아무 생각 없이 내다보고 있던 나는 이 사람 이름을 아직 모르고 있다는 것이 떠올랐다. 나의 이 질문에 류미르와 세이몬이 어이없다는 표정으로 바라보았다.

"아니, 아직까지 자기 소개도 안 했어?"

"그러게……."

"뭐, 그럴 수도 있는 거지. 당신, 이름이 뭐예요?"

자신도 미처 생각 못하고 있었는지 떨떠름한 표정으로 있던 그 동양인 남자는 피식 웃으며 입을 열었다.

"류진우라고 합니다."

그러자 세이몬과 류미르의 표정이 묘하게 변했다.

"유찌이누?"

"아냐, 류찌누라고 하는 것 같은데? 되게 희안한 이름이네."

그러자 자신을 류진우라고 밝힌 남자는 그럴 줄 알았다는 표정으로 입을 열었다.

"이곳에서는 제 이름을 발음하기 어려워하더군요."

세이몬과 류미르는 그의 이름을 익히기 위해서인지 계속 입속으로 되뇌었다. 하지만 그래봤자 그 발음이 그 발음이었다.

"됐어. 하지도 못할 발음을 뭐 하러 계속해? 그나저나 나는 아힌, 이쪽 푸른 머리는 류미르, 그리고 검은 머리는 세이몬이에요."

"아, 예. 만나서 반갑습니다."

나의 소개에 그들은 마차 안에서 어색하게 고개만 까딱여 인사를 나누었다.

우리가 그러고 있는 사이 마차의 속도가 느려지더니 곧 멈추면서 마부의 목소리가 들렸다.

"도착했습니다, 손님."

마부의 말에 마차에서 내리니 과연 낡은 나무 현판에 새바람이라고 멋드러지게 쓰여진 오래되어 보이는 여관이 우리 앞에 버티고 있었다.

류진우는 마차에서 내리자마자 급한 발걸음으로 여관 안으로 뛰어 들어갔고 나와 세이몬도 뒤를 따랐다. 그리고 곧 이어 류미르가 마부에게 기다리라고 하면서 뛰어 들어왔다.

 류진우가 여관에 들어서자마자 곧장 방들이 있는 2층으로 뛰어 올라가 어느 방문을 벌컥 열어젖히면서 들어가자, 곧 이어 그 안에서는 시끌벅적하게 그를 환영하는 소리가 들려왔다.

 그가 들어간 방의 문간에 서서 방 안을 들여다보니 그와 같은 동양인 사람들 대여섯 명이 그를 얼싸안은 채로 방방 뛰고 있었다.

 빠른 목소리로 우리가 알아듣지 못할 말로 대화하는 그들의 얼굴에는 안도감과 함께 기쁨이 가득 차 있었다.

 그리고 얼마 후 진정한 그 사람들 중 류진우보다 약간 나이가 더 들어 보이는 남자가 우리를 바라보며 의혹의 눈초리를 보내자 그 모습을 본 류진우가 그에게 뭐라고뭐라고 말했다. 류진우의 말을 다 듣고 난 그는 얼굴 가득히 미소를 담고 우리에게 다가와 손을 내밀었다.

 "안녕하십니까? 전 진우의 형입니다. 제 동생을 도와주셔서 뭐라고 감사의 말을 해야 할지 모르겠군요."

 류진우보다도 더욱더 어색하고 서투른 이쪽 말이었다. 그의 말에 류미르가 앞서 그의 손을 잡으며 같이 미소 지었다.

 "별말씀을. 만나서 반갑습니다."

 류미르는 그들이 이쪽 말에 서투르다는 것을 눈치 챘는지 알아듣기 쉽게 천천히 말했다.

 "이쪽은 제 동생들인 아힌과 세이몬입니다."

 류진우의 형이라고 소개한 사람은 나와 세이몬에게 고개를 숙여 보인 뒤 들어와 앉게 할 양으로 자신이 머물고 있던 방을 둘러보았다. 그러나 그 방은 그들의 일행만으로도 꽉 찰 정도로 좁은 방이었기에 우리가 들어갈 자리가 없었다. 그러자 그는 다시 우리에게 고개를 돌리며 어색하게 웃었다.

"이럴 게 아니라, 여긴 너무 좁으니 식당으로 내려가실까요? 제가 맥주라도 한잔 대접하겠습니다."

식당의 한구석에 자리를 잡은 그들은 좀 더 상세하게 자신들의 소개를 했다. 류진우와 그의 형, 류민우를 제외한 나머지 5명의 사람들은 그들의 수하라고 했다.

저 머나먼 동양의 상인 집안인 두 형제는 그쪽에서 더 이상의 이익이 없어 걱정하고 있을 때 이곳의 이야기를 듣고는 이쪽으로 진출해 보려고 이곳의 문화를 익히고 자신들이 내놓는 물건들의 반응을 살피고자 왔다는 것이다.

그런데 막상 시작하려니 막막하던 차에 진우를 속이고 달아난 그 상인을 만나 안심을 하고 있었는데 물건을 팔러 나간 진우가 돌아오지 않아 애를 태우고 있었던 모양이었다.

그리고 그 설명의 뒤를 이어 진우가 자신이 겪었던 일을 설명하고 나자 민우를 비롯한 그들의 수하들이 분한 표정을 지었다.

"이제 어쩌시겠습니까?"

그들의 모습을 조용히 바라보고 있던 류미르가 조심스럽게 물었다.

"글쎄요… 우선은 그 상인을 찾아야겠죠. 그래서 물건을 되찾고 진우가 당한 일을 복수할 겁니다. 그 다음 일은 그 뒤에 가서 생각하죠."

민우의 격양된 어조를 가만히 듣고 있던 나는 그의 화를 풀어

주고 분위기도 띄울 겸 피식 웃으며 입을 열었다.

"그나저나 그 물건들 꽤나 인기가 좋더군요. 무엇보다 이 도시가 관광 도시이다 보니 기념품을 찾는 사람들이 많은 데다, 그 물건들은 처음 보는 신기한 물건들이었으니까요. 잘만 하면 장사는 꽤 잘되겠던데요?"

그러자 그들의 얼굴이 조금이나마 펴졌다.

"그렇게 반응이 좋았습니까?"

"그럼요. 저도 거기서 부채를 하나 샀는걸요."

내가 품속에 넣어두었던 부채를 꺼내서 보여주자 그들의 표정이 훨씬 밝아졌다. 그러자 내 표정을 조심스레 살피고 있던 류미르가 불쑥 말을 꺼냈다.

"괜찮으시다면 저희가 내일 그 상인을 찾는 걸 도와드리죠."

민우는 너무나 기쁜 표정으로 류미르의 손을 덥석 부여잡았다.

"정말 그래주시겠습니까? 그러신다면 저희야 더없이 고마울 뿐이죠."

류미르는 슬쩍슬쩍 나와 세이몬의 눈치를 살피며 허락을 구했다.

"어때, 너희들은?"

"난 찬성. 감히 날 속인 놈을 그냥 둘 순 없지."

내가 오른손을 살짝 들어 보이며 찬성하자 세이몬이 의아한 눈으로 나를 바라보았다.

"그 사람이 뭘 속였는데?"

"뭘 속이긴? 나한테 훔친 물건을 팔았잖아. 그거면 충분히 날 속인 거야."

그러자 류미르가 기대에 찬 눈으로 세이몬을 바라보았다.

"너?"

세이몬은 류미르와 나를 번갈아 바라보더니 어깨를 으쓱하며 대답했다.

"그러지 뭐, 마땅히 할 일도 없었으니까."

그러나… 다음날 그 상인을 찾으러 우리 모두가 길거리로 나섰지만 그 어디에서도 그 상인은 찾을 수 없었다.

전날 연과 등갓을 팔던 장소로 가보았지만 그곳에는 땅에 펼쳐진 널따란 천 위에 색색의 실로 만든 장식품을 파는 다른 상인이 있었고 우리가 찾던 상인은 보이지 않았다.

다른 곳에서 물건을 팔 수도 있었기에 우리는 흩어져서 그를 찾았고, 그래도 못 찾자 나중에는 류미르가 실프들을 불러내어 찾았지만 그 어디에서도 연과 등갓을 파는 상인은 보이지 않았다.

빨간 노을이 하늘을 물들이고 있을 무렵 시내 중심에 있는 공원에 모인 우리들은 허탈한 심정으로 서로를 바라보고 있을 뿐이었다.

"못 찾았군요."

"아무래도 이 도시를 떠난 모양입니다. 아니면 도시 어둠 깊숙이 몸을 숨겼을지도……."

진우와 민우가 중얼거리듯 우리에게 말을 건네자 류미르가 고개를 끄덕이며 민우의 말에 동의했다.

"어쩌면 이 도시의 뒷골목 길드에 가입한 사람일지도 모르지. 그럼 더욱 찾기 힘들 거야."

그리고 그의 뒤를 이어 나도 한마디 덧붙였다.

"그것뿐이 아니지. 만약 길드에 가입한 녀석이라면 찾는다 해도 복수는 못할걸. 그랬다간 당장에 보복이 시작될 테니, 이 도시에 있지도 못할 거야."

"게다가 이제부터 장사하는 것도 걱정이야. 물건들을 팔 때 녀석들이 가만 안 있을지도……."

세이몬도 걱정스럽게 덧붙이자 분위기는 점점 어두워졌다. 그러자 진우가 주먹을 불끈 쥐며 결연하게 외쳤다.

"괜찮습니다. 그런 일이라면 이곳에 올 때부터 짐작하고 있었던 일이니까요. 이 정도에 쓰러진다면 애초에 여기 오지도 않았을 겁니다."

민우도 고개를 끄덕였다.

"물론이야. 우리가 이 정도에서 무너진다면 류씨 가문의 자식들이 아니다. 맨손으로 우리 가문을 일으키신 증조부님을 나중에 떳떳하게 뵈려면 이 정도 일에 쓰러져서야 되겠냐?"

그 모습을 바라보고 있자니 나는 왠지 가슴 한구석이 뿌듯해짐을 느끼며 기분이 좋아졌다.

"뭐, 새로운 도시에서 개척하려면 합작하는 방법이 안전하겠지?"

나 혼자 중얼거리자 모두 나를 돌아보았다.

"합작?"

류미르가 대표로 포인트를 짚어 묻자 민우와 진우가 힘 빠진 어조로 말했다.

"하지만 우린 이곳에 아는 사람이 아무도 없는데… 더구나 어제 같은 일이 또 일어날지도 모르는데……."

그러나 나는 자신만만하게 피식 웃을 뿐이었다. 그러자 세이몬이 눈치 챘다는 듯 물었다.

"아, 알았다. 너, 너희 아빠한테 부탁하려는 거지?"

"전체를 다 부탁하는 건 아냐. 난 단지 이곳 지부장과의 만남을 주선해 주려 할 뿐이야. 그리고 그 뒷일은 당신들이 알아서 해야 겠죠. 그 사람에게 당신들과 합작하면 많은 이익을 얻을 수 있다는 확신을 주는 건 당신들 몫입니다. 제 말뜻을 아시겠죠?"

내가 민우의 눈을 똑바로 바라보자 한동안 내 눈을 마주 보고 있던 그가 천천히, 그러나 정중하게 나에게 고개를 숙였다.

"고맙습니다. 저희에게 기회를 주셔서……"

그 길로 나는 그들을 이끌고 이 도시에 있는 아펜젤러가 지부를 찾아갔다.

그 도시에서도 중심가에 위치한 커다랗고 호화스러운 건물에 다짜고짜 쳐들어간 나는 당황한 진우네 사람들과 류미르, 세이몬의 눈길을 뒤로한 채 경호원들을 잔뜩 끌고 나온 30대 중반으로 보이는 사내에게 거만하게 한마디 던졌다.

"난 아시리안 시스파슈타인이다. 이곳 지부장을 만나러 왔으니 나오라고 하도록."

그 사내는 어리둥절한 표정이었지만 내 당당한 모습이 맘에 걸렸는지 뒤에 있는 사람 하나를 어디론가 보냈다. 그리고 얼마 기다리지 않아서 은테의 네모난 안경을 쓴 무척 깐깐하고 날카로운 인상을 가진 중년 남자가 나타났다.

그는 나를 보자마자 날카로운 눈길로 뚫어져라 바라보더니 피식 웃으며 고개를 숙여 보였다.

"본점으로부터 연락은 받고 있었습니다. 무슨 일이십니까?"

그가 공손한 어조로 물어오자 주위 사람들이 다 놀란 표정을 지었다. 그러나 그와 나는 그들의 표정을 싹 무시한 채 담담하게 서로를 응시하고 있었다. 나는 한참이나 그를 응시하고 있다가 마주 피식 웃었다.

"과연 이곳 지부장으로 있을 만하군."

"칭찬 감사합니다. 당신도 역시 그분의 따님이시군요."

"흥, 그런 말 하나도 안 기뻐."

나는 몸을 획 돌려 내 뒤에 어벙벙한 얼굴로 서 있는 류민우를 잡아끌었다.

"이 사람이랑 면담해 봐. 시간은 당신 맘이야. 그럼 난 간다."

"저런, 차라도 한잔하시지 않고."

"별루."

나는 그렇게 하날 도시 지부장 앞에 어벙벙한 류민우를 데려다 놓고 그 즉시 몸을 돌렸다.

그러자 그도 뒤에서 외쳤다.

"멀리 안 나가겠습니다. 안녕히 가십시오."

"당신도 잘 있어."

세이몬과 류미르만 데리고 건물을 나오자 류미르가 걱정스런 표정으로 물었다.

"괜찮을까? 그 사람 무지 깐깐해 보이던데."

"그 정도의 사람도 설득하지 못한다면 성공하지 못하지. 그나저나 과연 주르단이야. 벌써 각 지점에 연락을 해놨군."

내가 피식 웃으며 말하자 세이몬이 아는 체했다.

"아아, 그 주르단 아펜젤러? 너한테 끔찍이 잘해주던?"

"응. 그 인간이 만약 이야기를 안 해놨었다면 아빠를 호출할 생각이었어."
 농담조로 말한 내 말에 담긴 속뜻을 눈치 챘는지 류미르가 고개를 설레설레 저었다.
 "어련하겠냐? 호출 정도가 아니라 아예 뒤집어놨겠지."
 "호호호, 잘 아네."
 그런데 그때 뭔가를 골똘히 생각하고 있던 세이몬이 뜬금없이 중얼거렸다.
 "흐음, 세상에 쓸모없는 인간은 없구나."
 그의 전혀 상황에 맞지 않은 말에 류미르가 의아한 눈으로 돌아보며 물었다.
 "그게 무슨 말이야, 세이몬?"
 "아니, 있잖아, 그저께 자신의 딸을 팔던 남자 있지? 네가 그 사람이 쓸모없는 인간이라고 했었잖아? 그리고 아린은 자신의 아버지를 무지 미워했었고."
 "음… 미워한 건 아니다. 단지 그에게 화가 났고, 그의 도움은 받기 싫었지."
 "어쨌든. 그런데 말야, 그 두 사람이 없었다면 우리는 아까 그 찌이누와 미누를 만나지도 못했을 거고, 또 도와주지도 못했을 것 아냐. 아, 그러고 보니 그 못된 상인이 없었더라면 아린이 아펜젤러가에 도움을 청할 일도 없었겠구나."
 그러자 류미르가 피식 웃으며 대꾸했다.
 "하지만 그 못된 상인이 없었더라면 애초에 우리가 그들을 만날 일도 없었겠지. 설사 만났다 하더라도 이렇게 도움을 줄 일은 없었을 거야."
 "그렇게 따진다면 이 세상에 쓸모없는 사람은 한 사람도 없겠다."

내가 웃으면서 말하자 세이몬이 손가락으로 나를 가리키며 열정적으로 말했다.
"바로 그거야. 그게 내가 하고 싶은 말이었어."
"하, 하, 하, 그게 그렇게 되나?"
"그런가 보지."
"그렇다니까."
"그래, 그렇다고 해라."
"그래그래, 세이몬, 네 말대로 이 세상에 쓸모없는 사람은 한 사람도 없어."
류미르의 결론을 짓는 듯한 말에 의기양양해져 어깨와 목이 뻣뻣해진 세이몬을 보고 류미르와 나는 서로 마주 보며 미소 지었다.

## 제30화
# 아린 일행, 마왕 일행 되다

## 아린 일행, 마왕 일행 되다

"이름하여 마왕 대작전!!"
"그런데 만약, 갑자기 마왕이란 존재가 나타나 공주를 납치해 갔는데
저 기사가 마왕을 무찌르고 공주를 구해낸다면?"
"기사는 영웅이 되고 공주와 결혼하겠지."


류진우, 민우 형제를 아펜젤러 지부에 데려다 주고 온 우리들은 며칠이 지나자 하날 도시를 뜨기로 했다. 며칠 동안 질리도록 온천에 들어간 세이몬과 나는 슬슬 온천욕에 질리기 시작했던 것이다.

류미르는 여전히 온천에 몸을 담그지 못하고 바깥에서 식힌 물로 몸을 씻을 뿐이어서 류미르를 온천 안으로 집어넣으려는 노력도 시들해진 우리는 이 도시를 떠나기로 했다.

"그럼 이제 어디 가게?"

떠나기에 앞서 아침 식사를 하기 위해 식탁 앞에 앉은 세이몬이 떠나자는 의견에 찬성하면서 질문을 던졌다.

"글쎄, 요즘은 통 보석 수집에도 흥미가 사라져 버려서……."

내가 시큰둥한 표정으로 '세계 100대 보물' 책을 뒤적거리자 세계 지도를 살펴보고 있던 류미르가 고개를 들어 세이몬과 나를

번갈아 보았다.
"그럼, 우리 소르드 왕국이나 테아칸 왕국에 한번 가볼까?"
"응?"
"뭐?"
"소르드 왕국이나 테아칸 왕국에 한번 가보자고. 생각해 보니까 우리가 그동안 여러 나라를 여행해 봤는데 그 두 나라만 안 가본 것 같아서 말야. 지금 마땅히 갈 곳도 없잖아. 그러니 한번 가보자고."
"헤에, 하지만 우린 퀠튼 연합국도 다 가보지 못했잖아?"
"으이구, 세이몬. 꼭 그렇게 일일이 따져야겠어? 그리 다 가보지는 못했더라도 큰 국가는 가봤잖아. 게다가 그 나라를 가는 동안 다른 나라도 거쳤고."
세이몬은 류미르 말에 꼬투리 잡다가 곧바로 이어진 류미르의 반격에 한 방 먹고 풀이 죽어 어색하게 말을 돌렸다.
"그, 그런가? 그런데 그 테아칸 왕국은 어디서 많이 들어봤던 것 같다?"
그런 그의 모습에 싱긋 웃어주면서 이번에는 내가 대답했다.
"내가 테아칸 왕비의 목걸이를 가지고 있잖아. 그것 때문에 퀠튼 연합국에 있을 때 경매장에서 한바탕 소란도 부렸었고."
거기까지 설명하자 그제야 세이몬이 생각났다는 듯한 얼굴을 했다.
"아, 맞아. 그랬었지!"
"그리고 그 테아칸 왕국은 드워프가 있는 걸로 유명하지. 그 모든 공예품과 건축에 뛰어난 능력을 가지고 있는 땅의 종족 말야. 그 나라는 산맥이 많아서 그런지 광산이 많거든."

나의 뒤이은 설명에 세이몬이 흥미있는 얼굴로 고개를 끄덕였다.

"오~ 그래? 그 드워프라는 종족이랑 광산이란 걸 한번 보고 싶다."

그러나 류미르의 표정은 세이몬과는 정반대였다.

"헉, 그 나라에 드워프들이 많아?"

"잉? 류미르, 어째 네 표정이 뭐 씹은 표정이다?"

내가 의아한 표정으로 그를 돌아보자 세이몬이 히죽히죽 웃었다.

"혹시 드워프 여자를 따라다니다 차인 것 아냐?"

"설마……"

세이몬의 농담에 허허, 웃음을 흘리고 있는데 류미르의 씹어뱉는 듯한 말에 웃음이 안으로 쏙 들어갔다.

"흥, 그런 보물이나 좋아하는 녀석들을 뭐 하러……"

류미르가 더 험악한 표정으로 빵에다 포크를 거칠게 찍어대자 나와 세이몬은 의아해졌다.

"왜 그래, 류미르?"

"맞아, 왜 죄없는 빵은 못살게 굴어?"

"내 맘이야."

류미르는 여전히 뚱한 얼굴로 자신이 찍어대는 빵을 들어 거칠게 한 입 물었다.

"왜 그러는 거야? 뭐가 맘에 안 들어? 정말 드워프 여자한테 차이기라도 한 거야?"

나의 계속되는 물음에 류미르는 빵을 씹어대면서 할 수 없다는 듯한 표정으로 입을 열었다.

"무슨 그런 가당찮은 소리를… 그런 녀석들 따위 이쪽에서 사절이다."

그의 격렬한 반응에 세이몬과 나는 어이가 없었다.

"뭐야? 정말 드워프랑 무슨 일이 있긴 있었나 보네?"

"무슨 소리. 그런 녀석들과는 아무 일도 없어. 아니, 우리 엘프들은 그 녀석들을 좋아하지 않는다고. 그 녀석들은 숲 속에 살면서 숲을 사랑하는 마음이 전혀 없어. 뭐든 다 자신들이 원하는 대로 뜯어고치고, 부수고, 만들지. 자연 그대로 보존하는 법이 없다니까. 그 녀석들이 사는 곳에는 숲이 남아나질 않아. 그러면서 그걸로도 성이 안 차는지 땅을 얼마나 파대는지 알아? 녀석들이 사는 곳 지하는 완전 미로야. 그걸 또 자랑 삼아 이야기하지."

그의 끝이 없을 험담에 세이몬과 나는 어리벙벙해졌다.

"류미르, 숲을 파괴하는 거라면 인간도 마찬가지일 텐데?"

세이몬의 의아한 질문에 류미르의 입이 순간적으로 딱 닫혔다. 그는 우물우물하더니 결국 내뱉듯이 말했다.

"어쨌든 드워프랑 우리 엘프랑은 사이가 안 좋단 말야."

그러자 세이몬의 입꼬리가 묘하게 치켜 올라갔다.

"그으래? 그렇단 말이지? 아린, 우리 테아칸 왕국에 놀러 가자. 거긴 구경할 게 많을 것 같아."

우거지상이 되어 세이몬을 노려보는 류미르의 표정과 그 눈길에 뻔뻔스런 미소를 띠고 있는 세이몬을 바라보며 난 슬그머니 세이몬 편을 들어주었다.

"그럴까? 하긴 그곳은 드워프가 많이 살고 있는 나라여서 그런지 여러 가지 공예품이나 보석, 장식품으로 유명하지. 나도 한번 가보고 싶던 나라였어."

"그럼 가자. 어때, 류미르? 너도 처음에 테아칸 왕국이나 소르드 왕국에 한번 가보자고 했으니까 불만없지?"

세이몬이 생글생글 웃으며 류미르를 보자 류미르는 뭐 씹은 표정으로 입만 꾹 다물고 있었다. 아마 처음엔 테아칸 왕국에 드워프들이 많이 살고 있다는 것을 몰랐던 모양이었다.

세이몬은 류미르가 아무런 말도 하지 않자 씨익 웃는 얼굴로 나를 바라보았다.

"아린, 어쩔까?"

나도 세이몬에게 마주 웃어주며 짓궂게 대답했다.

"무언은 긍정. 그럼 우리 테아칸 왕국에 가자."

세이몬과 나는 약속이나 한 듯이 류미르를 바라봤고 류미르는 계속 쳇쳇거리며 빵만 잘근잘근 씹어댔다.

그런데 문제가 생겼다.

에스라 왕국에서 테아칸 왕국까지 가려면 바다를 건너가야 했다. 그러나 전에 드래곤 로드에게 인사를 하러 가기 위하여 에스라 왕국에서 테아칸 왕국까지 가본 적이 있는 나는 배를 타고 아르카스해를 건너는 것이 얼마나 지루하고 재미없는 일인지 잘 알고 있었다.

그렇기에 세이몬과 류미르에게 배를 타고 건너는 것보다는 차라리 소르드국을 지나가는 육로로 통해 가는 것이 어떻겠냐고 제안을 했다.

물론 소르드국과 테아칸 왕국과는 바이투산맥이 가로막고 있었지만 우리에게 산맥을 넘는 것이야 정 어려우면 날아서 넘으면 되는 거였기에 별로 문제될 것이 없었다.

그러나 류미르와 세이몬은 내 제안에 강력하게 반대했다.

이유인즉슨 배를 한번 타보고 싶다는 거였다.

그것이 얼마나 재미없고 지루한 것인지 아무리 설명을 해봐도 너는 많이 타봐서 그러는 것이 아니냐는 핀잔만 돌아올 뿐이었다.

그래서 내가 녀석들에게 배를 타는 것의 실체를 보여주고자 에스라 왕국의 국경을 따라 유유히 흐르는 아브록강을 왕복하는 배를 타고 바다로 가자고 제안했다.

그것도 배를 타는 것이었고, 한 일주일은 넘게 타고 가야 항구에 도착하기에 그동안 녀석들이 배를 타는 일에 질릴 것이라 예상하고 제안한 것이었다.

하지만 녀석들은 아브록강이 에스라 왕국과 소르드 왕국의 국경이란 말을 듣자마자 내가 녀석들을 꼬셔서 육로로 갈 거라고 생각했는지 강력하게 반대했다.

아무리 녀석들에게 배를 더 태워주려고 한다 해도 녀석들은 막무가내였다.

그래서 나는 속으로 한숨을 푹푹 쉬면서 녀석들이 원하는 대로 에스라 왕국에서 가장 큰 패링던항구까지 말을 타고 가기로 했다.

녀석들은 항구에 도착하자마자 끝이 보이지 않는 넓디넓은 바다와 소금기 어린 바람에 무척 신기해했다. 게다가 항구에 정박해 있는 수많은 크고 작은 배들을 둘러보며 더욱더 즐거워하며 어쩔 줄 몰라 했다.

"쯧쯧, 그렇게 좋아하는 게 며칠이나 갈지 어디 두고 보자."

류미르나 세이몬은 어린애같이 비린내나고 지저분한 부둣가를 걸어가며 한순간도 가만히 있질 못하고 이리저리 두리번두리번거렸다. 나는 즐거워하는 녀석들을 끌고 예전에 할아버지가 이곳에서 배를 구하기 위해 하셨던 대로 항구 관리소를 찾아갔다.

그곳은 말 그대로 이 커다란 패링던항구를 관리하는 곳이었기에 그에 걸맞게 건물도 무척 컸다. 게다가 우리처럼 여객선을 찾으러 온 사람들을 맞이하는 관리소 직원들도 10명씩이나 되었지만 그 사람들로도 부족하여 우리는 이 항구에 있는 배에 관한 정보를 찾기 위해서는 늘어선 사람들 뒤에 서서 거의 20분이나 기다려야 했다.

"어떻게 오셨습니까?"

우리 차례가 되자 30대 정도 되어 보이는 통통하고 인상 좋은 여성이 우리를 맞았다.

"테아칸 왕국으로 가는 여객선을 찾는데요."

그녀는 자신 앞에 놓인 책상 위의 여러 서류 더미 중 한 뭉치를 꺼내어 뒤적이더니 나를 올려다보았다.

"배는 많아요. 언제 출발하시게요?"

"내일 아침에 출발하는 게 있을까요?"

"어디 보자… 내일 아침에 출발하는 여객선은 2개군요. 둘다……."

그녀가 말을 하고 있는데 세이몬이 중간에 끼어들어 나에게 물었다.

"꼭 내일 아침 걸 타야 할 필요 있어? 오늘 거 타면 안 될까?"

류미르도 뒤에서 거들었다.

"그래그래, 어차피 배를 타는 거니 따로 준비할 건 없잖아. 저기요, 혹시 오늘 저녁에 출발하는 여객선은 없나요?"

그러자 여인은 다시 서류를 몇 장 넘기며 살펴보더니 말했다.

"음… 여기 있군요. 오늘 저녁에 출발하는 배가 하나 있어요."

그녀는 거기까지 말한 뒤 우리를 어쩔 거냐는 시선으로 바라봤다.

"혹시 배 타는 데 준비할 게 많아? 그렇지 않으면 그냥 오늘 저녁이라도 출발하지?"

"맞아맞아, 빨리 가자고."

세이몬과 류미르가 그렇게까지 말하는데 나 혼자 내일 출발하는 배를 타자고 우길 수는 없는 노릇이었다. 나는 한숨을 푹 쉬며 체념한 어조로 중얼거렸다.

"그래, 너그들 맘대로 해라."

그러자 류미르와 세이몬이 의기양양한 표정으로 씨익 웃으며 여인을 바라봤고 여인도 그들에게 마주 웃어주며 입을 열었다.

"오늘 저녁에 출발하는 배는 '빅토리아호'라고 제37부두에 있어요. 수수료는 5셀 되겠습니다."

류미르는 그녀의 말에 재깍 자신의 주머니에서 5셀짜리 동전을 꺼내 기분 좋게 내어주었다.

"감사합니다. 제37부두는 이 건물을 나가셔서 7번째 줄의 3번째 칸이에요."

"예, 고맙습니다."

류미르와 세이몬은 그녀에게 고개를 숙여 인사하고는 한숨만 푹푹 쉬고 있는 나를 끌고 건물을 나왔다.

바다를 왕래하는 배들은 규모가 무척 컸다. 그렇기에 항구에 들어올 수 있는 근해를 왕래하는 작은 배들을 제외한 큰 배들은 항구에서 좀 떨어진 깊은 바다에 닻을 내리고 작은 보트로 항구에 들어온다.

　부두는 편편한 돌들이 일직선상으로 쫙 깔려 있는 데서 어느 정도의 간격에 따라 나무로 만들어진 부둣가가 평행으로 바다를 향해 죽 뻗어 있었다.

　그리고 그 나무로 만들어진 부두에는 일정한 간격으로 자리가 표시되어 있는데 그곳에는 각각 크고 작은 배들이 정박해 있었고 그 앞 말뚝에는 번호들이 쓰여져 있었다.

　우리들은 관리소 여직원이 가르쳐 준 대로 7번째 줄의 3번째 칸을 찾아가자 그곳에는 한 20명 정도 탈 수 있는 보트가 2개 정박해 있었고, 각각의 배에는 선원들로 보이는 대여섯 명의 사람들과 손님들로 보이는 사람들이 타고 있었다.

　우리는 그 두 개의 보트 중 하나 근처에 다가가 그곳에 타고 있는 선원으로 보이는 사람에게 말을 걸었다.

　"혹시 빅토리아호로 가는 보트입니까?"

　류미르가 정중하게 말을 걸자 그 보트에 있던 선원 중 나이가 많아 보이는 사람이 류미르를 힐끔 바라보더니 귀찮다는 듯 미적미적 일어나 배에서 내려 류미르 앞에 섰다.

　"그런데 무슨 일이슈?"

　"빅토리아호가 오늘 저녁 테아칸 왕국으로 떠난다는 말을 들었습니다. 그래서 저희가 그 배에 타려고 하는데요?"

　"아, 손님이신가? 오늘 저녁에 떠나는 건 맞소. 그러니 배에 오르려면 지금 이 보트를 타던가, 아니면 조금 있다가 다시 오던가 하쇼. 지금 배로 가는 길이니까. 지금 타겠소?"

　그러자 류미르가 나를 바라보았기에 내가 그 선원에게 대답해야 했다.

"아뇨. 볼일이 있으니까 잠시 후에 타겠습니다. 언제까지 오면 될까요?"

"흐음, 배가 떠나려면 약 2시간 정도 남았으니까 넉넉잡아 한 시간 뒤에 오시오. 돈은 배에 올라서 내니까 준비하고."

"그러죠. 감사합니다."

나는 그 선원에게 고개를 꾸벅 숙여 보이고 세이몬과 류미르를 데리고 부둣가를 떠났다.

"아린, 무슨 볼일 있어?"

세이몬이 의아한 얼굴로 물어보자 나는 그에게 대꾸하기 전에 길가에 서 있던 과일 파는 사람에게 다가가 마시장이 어디 있는지 물어보았다.

"마시장은 왜?"

류미르까지 궁금하게 여기자 나는 상인의 대답을 듣고 나서 그들의 궁금증을 풀어주었다.

"말을 팔려고. 배에 말을 태울 순 있겠지만 그러면 말에게 별로 안 좋거든. 차라리 이 항구에서 말을 팔고 목적지 항구에서 말을 사는 편이 훨씬 나."

그러나 급하게 말을 팔기 때문에 제값을 받지 못하는 것이 흠이긴 했다.


우리는 별다른 볼일은 없었기 때문에 말을 팔고 나서 곧바로 부둣가로 돌아왔다.

그곳에는 아까와는 다른 손님들을 태운 선원이 우리를 보고는 아무 말 없이 보트에 태워주었다.

세이몬과 류미르는 흥분된 얼굴로 보트의 한구석에 앉아 배의 흔들림을 감상하며 떠들어댔다. 그런 녀석들의 모습을 보며 나는 피식피식 나오는 웃음을 삼키며 그런 모습들이 얼마나 갈지 생각해 보았다.

난 녀석들의 편의를 위하여 빅토리아호에서 남아 있는 선실 중 제일 좋은 일등실로 잡았다.
이곳에 있으면 무슨 일이 생길 경우 서비스를 잘 받을 수 있기 때문이었다.
나의 예상은 빗나가지 않아 녀석들은 저녁에 배가 닻을 올리고 출발한 뒤 두 시간이 채 지나지 않아 얼굴들이 새파랗게 질리더니 멀미를 하기 시작했다.
"내 그럴 줄 알았다니까……."
나는 한숨을 푹 내쉬면서 뱃전에서 바다 쪽으로 몸을 기울이고 속에 든 것을 열심히 토해대는 녀석들 사이에 서서 두 녀석의 등을 두드려 주었다.
"우에에엑~"
"우엑, 우엑, 우에엑~"
양쪽에서 좋지 못한 음향을 사운드로 들으며 열심히 팔 운동을 하고 있으려니까 저쪽에서 나이가 지긋한 한 선원이 다가왔다.
"쯧쯧, 배를 처음 타보시는 모양이군요?"
그는 오랫동안 배를 탄 사람인지 주름이 가득한 얼굴은 검게 그을려 있었고 피부는 매우 거칠었다.
그의 굵고 투박한 손이 류미르 쪽으로 오더니 그의 등을 툭툭 두드려 주었다.
"처음 며칠 간만 고생하시면 될 겁니다. 젊은 분들이시니 금방 익숙해지실 거예요."

 많은 세월의 연륜이 담긴 그의 부드러운 어조에 류미르는 겨우 고개를 들고 그에게 감사의 미소를 보냈지만 그것도 잠시, 그는 다시 고개를 뱃전으로 내밀어야만 했다.

 녀석들은 좀 더 토해대더니 이젠 나올 게 없는지 우엑우엑거리기는 했지만 더 이상 토하지는 않았다. 그리고 하도 토해서 노래진 얼굴들로 갑판 위에 철푸덕 엎어졌다.

 "젠장, 내 이럴 줄 알았다니까."

 나는 투덜투덜거리며 류미르와 세이몬의 다리 한쪽씩 각각 붙들고 녀석들을 끌고 가려 하자 그때까지 류미르의 옆에 서 있던 선원이 나를 제지하고는 자신이 류미르를 업었다.

 나는 그에게 감사의 미소를 보내고는 얼른 세이몬을 들쳐 업고 앞장서서 그에게 우리가 묵고 있는 선실로 안내했다. 그의 도움을 받아 녀석들을 선실에 있는 침대에 눕히자마자 나는 그에게 감사의 마음을 전했다.

 "정말 감사합니다."

 "뭘요. 손님께선 전에 배를 타보신 모양이군요?"

 "예, 예전에 몇 번……"

 "하하하, 그나마 다행이군요. 일행 분들이 깨어나면 선원에게 부탁해서 묽은 수프와 과일 좀 먹게 하세요. 물을 많이 마시게 하시구요."

 그는 인자하게 웃으며 우리의 선실을 나섰다. 나는 그가 나가자마자 고개를 절레절레 흔들고는 지쳐 잠들어 있는 녀석들에게 회복 마법을 걸어주었다.

이틀이 지나고 사흘이 지나자 처음에는 물도 못 마시던 녀석들이 서서히 음식을 먹을 수 있었고 멀미로 고생하는 것도 서서히 줄었다. 덕분에 그동안 배를 타는 즐거움을 느끼지 못했다며 다시 흥분을 느끼던 녀석들은 신이 나서 갑판 위로 뛰어나갔다가 얼마 되지 않아 시무룩하게 선실로 돌아왔다.

할 일이 없어 선실에서 책을 읽고 있던 나는 녀석들이 시무룩한 표정으로 문을 열고 들어오자 의아해져서 돌아봤다.

"표정들이 왜 그래? 아까는 신이 나서 나가더니만?"

"아니… 그게…… 이것저것 만지다가 선원들한테 혼났어."

세이몬이 풀 죽은 어조로 중얼거리듯 말하자 류미르도 옆에서 고개를 끄덕였다.

"맞아. 아까 세이몬이 돛대 위에 올라간다고 했다가 선원한테 얼마나 혼났는 줄 알아? 게다가 입은 또 얼마나 거칠던지……."

그러자 시무룩해 있던 세이몬의 이마에 힘줄이 하나 솟았다.

"나만 그랬냐? 너도 닻을 내리는 사슬을 만지다가 혼났으면서."

"흥, 그래도 난 너보다 덜 혼났다."

"뭐? 하, 하지만 넌 두 번이나 혼났잖아."

"넌 뭐 안 그랬어?"

또 싸우기 시작하는 녀석들을 바라보며 나는 말릴 기분도 나지 않아 '탁' 소리나게 책을 덮고 의자에서 일어나 선실을 나가 버렸다.

"어? 아린? 어디 가?"

"너 때문이잖아, 세이몬!!"

"왜 나 때문이야!"

"……"

당황해서 나를 부르는 녀석들의 목소리를 뒤로하고 계단으로 향했다.

'쯧, 시끄러운 녀석들.'
갑판으로 올라오자 끝도 없이 펼쳐진 푸른 바다와 그 바다와 같은 색을 하고 있는 맑은 하늘이 눈에 들어왔다.
"하아~ 오늘따라 구름 한 점 없네?"
뭍과 멀리 떨어져 있어 바닷가에서 흔히 보던 갈매기 한 마리도 없었고, 게다가 가끔 볼 수 있었던 물 위에 몸을 내밀고 있는 고래 한 마리 보이지 않았다.
"쳇, 지루해라. 내 이럴 줄 알았다니까. 차라리 소르드 왕국을 통해서 산맥을 지나가면 이렇게 심심하지는 않잖아. 짜식들, 내 말을 믿지 않고 어디 너희들이 얼마나 재미있게 노는지 두고 보겠어."

그러나 오래 기다릴 것도 없었다.
"심심하다… 심심해…… 심심하네…… 심심하구나…… 심심해라……."
갑판 위에서 어느 정도 시간을 때우다가 선실로 돌아오니 제일 먼저 보이는 것은 세이몬이 침대 위에 엎드려 턱을 괴고 계속 중얼거리는 모습이었다.
"쯧쯧, 내 그럴 줄 알았다니까."
세이몬의 측은하기까지 한 모습에 안됐다는 듯 고개를 설레설레 흔들어주자 이번에는 바닥에 고정되어 있는 테이블 앞에 앉아서 세계 지리서를 펴 들고 있는 류미르의 모습이 눈에 들어왔다.
지리서라는 것이 재미로 보는 것도 아니고 교양 서적도 아닌

데다 필요할 때마다 내가 가끔 보았지 류미르는 손도 대지 않은 책이었다. 그런데 그 책을 테이블 위에 펼쳐 놓고 세상에서 가장 재미있는 책인 양 열심히 들여다보는 류미르의 모습에 피식 웃음이 나왔다.

"류미르, 그거 재밌냐?"

류미르 바로 앞 의자에 앉으면서 말하자 류미르는 고개도 들지 않고 대꾸했다.

"아아, 볼 만해."

그러나 한 시간이 지나도록 류미르는 한 페이지만 계속 들여다보고 앉아 있었다.

"아린, 나 심심해. 류미르, 넌 심심하지 않냐?"

세이몬의 기운없는 목소리에 류미르가 즉각 대꾸했다.

"어쩌라고?"

"우리 놀자. 뭘 하고 놀든지 제발 놀자. 나 너무 심심해 죽겠어."

그러자 류미르가 들여다보고 있던 지리서를 탁 덮으며 한숨을 쉬었다.

"놀거리가 있으면 내가 이러고 있었겠냐?"

"히잉~ 아리이이인~?"

세이몬이 나를 돌아보며 울상을 지었다. 그러나 나는 보고 있던 마법서에서 눈을 떼지 않은 채 냉정하게 대답해 주었다.

"시끄러. 내가 분명히 말했었지? 배 타면 무지무지 지루하다고. 그런데 내 말을 안 들은 건 너희들이야. 그러니 알아서 놀앗!"

나는 배를 타면 얼마나 지루할지 알고 있었기에 그에 대비하여 미리미리 책 몇 권을 준비해 놓았던 것이다.

물론 녀석들 몰래.

그리고 정 지루하면 미리 알아둔 뭍에 공간 이동해서 몇 시간은 때우다 올 수도 있었다.

이것도 녀석들에게는 비밀이었다.

그러니 지루해서 어쩔 줄 몰라 하는 건 녀석들뿐이었다.

나의 냉정한 대답에 세이몬은 풀이 죽었는지 더 이상 아무런 말도 하지 않았다. 그리고 그 두 녀석이 지루함을 달래기 위하여 취한 행동은 잠이었다. 밤낮으로 먹는 시간과 잠깐 몸을 풀기 위해 갑판을 산책하는 시간을 제외하면 녀석들은 계속 잤다. 그리고 정 잠이 오지 않으면 침대에서 뒹굴뒹굴거렸고, 그래도 심심하면 아예 나에게 마법을 걸어 재워달라고 부탁했다. 덕분에 녀석들은 항상 잠에 취해서 멍한 상태로 지내야만 했다.

그렇게 지루한 시간들을 겨우겨우 보내던 녀석들이 테아칸 왕국의 항구인 어소시에이츠 항구에 도착한다는 소리에 얼마나 기뻐했는지 모른다. 마치 죽었다가 살아난 친구를 만난 양 둘이 껴안고, 비비고, 방방 뛰고, 뒹굴고 난리도 아니었다.

그리고 배가 닻을 내리고 보트를 내려 우리를 항구로 데려다줄 때까지 기다리지 못하고 저 멀리 뭍이 보이자마자 얼른 짐을 챙겨서 허공으로 날아올랐다.

"그것 봐. 내 말 안 들으니까 그런 거잖아. 내 말만 들으면 자다가도 빵이 생기고 안 들으면 고생만 한다는 진리를 이제는 깨달았겠지?"

항구 근처에 있는 큰 식당에서 나는 두 녀석을 내 앞에 앉혀놓고 평소에 하지 않았던 길디긴 설교를 늘어놓고 난 뒤 녀석들의 대답을 요구했다.

"응, 알았어. 이젠 말 잘 들을게."

"나도. 그러니 이제 제발 밥 좀 먹자, 응? 벌써 이게 몇 분 째냐? 배고파 죽겠다."

류미르의 말에 옆에서 식판을 들고 기다리고 있던 종업원이 동감이라는 듯 고개를 끄덕였다.

"좋아. 이번 한 번만 봐주겠어. 하지만 다음에 또 그러면 이 정도로 끝나지 않을 거란 걸 명심해. 알았어?"

"그래그래, 알았어, 알았다니까."

"미 투. 그러니 밥부터 먹자."

그날 녀석들은 배에서 잠에 취해 사느라 거의 식사를 못했던 걸 만회라도 하려는 듯 엄청 먹어댔다. 덕분에 그 식당 요리사는 우리가 먹어치우는 요리를 빨리빨리 해주느라 엄청 고생했을 것이다. 녀석들은 인간이 아니라는 것을 증명이라도 하듯 각각 정식 5인분에 같이 딸려 온 디저트로도 모자라 추가 디저트를 세 개씩이나 더 먹고 그제야 만족해서 식당을 나왔다.

그리고 그 길로 말을 사기 위하여 마시장 쪽으로 향했다.

많은 사람들로 붐비는 시장을 통과하여 어떤 지나가던 사람이 가르쳐 준 마시장으로 향하는데 갑자기 우리 앞쪽에서 소란스런 소리가 들렸다.

"저기다, 저기 간다~!!"

"쫓아라. 이번에야말로 잡아야 한다!"

그리고 얼마 안 있어 그 소동을 알아챈 사람들이 양쪽으로 물러나 내준 길로 여러 명의 칼을 든 남자들에게 쫓기는 한 남자와 한 여자의 모습을 볼 수 있었다.

여자는 오랜 시간 쫓겨다녀서 그런지 무척 피로하여 파리해진 얼굴로 헉헉대고 있었고, 남자 쪽도 별다를 바 없었지만 그래도 주저앉지 않고 여자의 손을 꼭 붙들며 열심히 달리고 있었다.

그러나 결국 여자의 체력에 한계가 왔는지 여자는 길 옆으로 피하지 않고 멀뚱히 그 모습을 보고 있던 우리 앞에 털썩 주저앉고 말았다.

"이런, 리타… 헉헉헉……."

여자가 주저앉는 바람에 그렇지 않아도 땀이 나서 미끄러웠을 여자의 손을 놓친 남자는 걸음을 멈추고 돌아보다 여자가 땅에 주저앉은 것을 알고는 얼른 그녀 곁으로 가 부축하려고 했다. 그러나 여자는 기운없이 겨우겨우 고개를 저었다.

"헉, 헉, 알렌… 나, 도저히 못 가겠어요……. 헉, 헉… 더 이상은… 무리야……."

"하지만… 헉, 리타… 여기서… 멈추면 잡힐 거야."

"당신이라도… 도망가요. 저들은… 날 어쩌지 못해요……."

'웬 신파극?'

난 갑작스럽게 일어난 일에 황당함을 감추지 못하고 연인인 듯한 두 사람이 하는 양을 지켜보고 있었다. 그리고 그러는 동안 두 사람을 쫓고 있던 사람들은 벌써 다가와 우리를 비롯한 두 사람을 빙 둘러쌌다. 그리고 그들 중 대장으로 보이는 가는 팔 자 콧수염을 기른 남자가 입을 열었다.

"어이, 거기. 너희들은 이 일에 상관없을 테니 빨리 꺼져라. 괜히 영웅 행세한답시고 끼어들지 않는 게 좋을 거다. 운 좋은 줄 알아라. 코흘리개 녀석들 손봐줬다가 웃음거리가 되고 싶지는 않으니까."

그의 험한 말에 류미르와 세이몬의 이마에 힘줄이 하나씩 솟았다.

"흥, 누가 끼어들었다는 거야? 우린 가만히 있었는데 저 사람들이 온 거라고."

세이몬의 말에 이어 류미르까지 냉정한 어조로 입을 열었다.

"누가 코흘리개라는 겁니까? 그리고 우리가 가든 안 가든 그건 저희 맘입니다."

"이 자식들이 어린 녀석들이라 봐줄려고 했더니만."

팔 자 콧수염 남자가 흥분으로 얼굴이 벌게지자 세이몬이 코웃음 치며 말했다.

"흥, 보아하니 어느 정도 나이가 있어서 좀 봐주려고 했더니만… 그런 기분까지 싹 가시게 하는군."

"재주도 좋아."

류미르까지 그의 말에 맞장구치자 나는 한숨이 저절로 나오는 것을 느꼈다.

'그래, 이 녀석들이 그냥 가리라고 생각한 내가 바보지. 그런데 왜 하필 이곳에 온 첫 저 팔 자 콧수염 남자를 만난 거지?'

콧수염 남자가 분을 이기지 못하여 온몸을 부들부들 떨자 이곳에 온 첫날 소동을 일으켜 자칫 잘못하다간 쫓기는 신세가 될까 두려워진 나는 한마디했다.

"공간 이동!!"

그리고 그곳으로부터 약 100m 정도 높이의 허공에다 일행을 비롯한 우리 앞에 쓰러지는 바람에 원인 제공을 한 남녀를 띄워놓고 아래를 내려다보았다.

거기에서는 갑작스레 사라진 우리 때문에 무척 당황한 콧수염 남자와 그의 부하들이 우왕좌왕하다가 잠시 후 우리를 찾기 위함인지 뿔뿔이 흩어지는 모습이 보였다.
"뭐 하러 이리 올라온 거야? 저 자식들한테 한 방 먹이지도 못했잖아?!"
"맞아. 우리 실력이라면 충분히 묵사발로 만들어놓을 수 있었는데."
류미르의 아쉬움이 담긴 항의와 세이몬의 동조에 나는 다시금 한숨을 푹 내쉬었다.
"야, 내가 이렇게 했으면 뭔가 이유가 있는가 보다 하고 가만히 나 있을 것이지 웬 항의들이야? 내가 너희들에게 누누이 내 말을 들으라고 강조한 지 한 시간도 채 지나지 않았다. 그런데 벌써부터 반항하는 거냐?"
그러자 세이몬과 류미르의 얼굴이 한풀 꺾였고, 그 모습에 나는 쯧쯧, 혀를 차는데 두려움에 벌벌 떨며 둘이 찰싹 달라붙어 있는 연인들의 모습이 눈에 들어왔다.
"흠, 어쨌든 아래로 내려가서 이야기하자. 저 사람들이 불쌍하다."
그리고는 곧장 여관을 찾아가 방을 하나 구한 뒤 일행 모두를 그 방 안에다 쑤셔 넣었다.

"잘 들어. 이 나라는 다른 나라와의 교류가 바다로만 이루어지는 만큼 거의 고립되어 있는 나라라고. 그런데 이런 나라에서 쫓기는 신세가 되면 얼마나 골치 아프겠어? 바다만 막아놓으면 보통 사람들은 도망칠 곳이 없단 말야. 그리고 우리는 이곳에 놀러 온 거잖아. 그런데 구경 하나 못하고 도망만 치거나, 아님 다시 이

나라를 벗어나야 하면 얼마나 열받는 일이냐?"

 류미르와 세이몬을 앞에 앉혀놓고 또 일장 연설을 해대자 녀석들의 고개가 숙여졌다.

 그런데 말을 끝내고서도 녀석들이 아무런 반응을 안 보이자 내 눈꼬리가 치켜 올라갔다.

 "그래, 안 그래?"

 발까지 탕 구르며 외치자 녀석들의 고개가 반사적으로 번쩍 올라갔다.

 "응… 그래… 네 말이 맞아."

 "응, 응."

 나는 녀석들의 반응이 좀 맘에 안 들었지만 지금 옆에 다른 사람도 있는데 괜히 열 내고 싶지 않아서 이번에는 그냥 넘어가기로 했다.

 "다음에 또 내 허락 없이 이런 일을 일으킨다면 그땐 정말 가만 안 둘 거야, 알았어?"

 "알았어. 다음부터 안 그럴게."

 "나도……"

 "좋아. 그럼 거기 당신들, 왜 쫓기는 거지? 당신들을 쫓는 사람들은 또 누구야?"

 내가 녀석들의 대답을 듣고 아직도 둘이 꼭 붙어 앉아 벌벌 떨고 있는 연인에게로 고개를 돌리자 류미르와 세이몬의 얼굴도 자연 그쪽으로 돌아갔다. 그러자 남자가 자리에서 일어나 우리에게 정중하게 고개를 숙였다.

 "우선, 어찌 되었든 저희를 도와주신 것 정말 감사드립니다. 덕분에 살았습니다. 하지만 저희가 왜 쫓기는지는 말씀드릴 수 없습니다. 여러분을 더 이상 말려들게 할 수는 없으니까요."
"뭐, 그렇게 우리를 생각해 준다니 고맙긴 하지만, 그럼 이제부터 당신들은 어쩔 거죠?"
"저희는 이 나라를 떠날 겁니다. 최대한 빨리 다른 나라로 가는 배 편을 알아볼 생각입니다. 그래서 말인데… 저어……"
그가 뭔가를 바라는 듯한 눈빛으로 우리를 보며 주저하자 의아한 얼굴로 류미르가 물었다.
"왜요? 뭐 부탁하실 거라도?"
"이런 부탁 정말 염치없는 줄 알지만… 제가 배 편을 알아보고 올 때까지만 이 여자를 부탁드릴 순 없을까요? 최대한 빨리 알아보고 오겠습니다."
그러자 류미르와 세이몬이 '이 정도도 안 봐준다면 넌 못된 녀석이다' 라는 눈길로 나를 쳐다보았다.
'류미르면 몰라도 세이몬까지 왜 저런 눈으로 보는 거야?'
나는 속으로 궁시렁궁시렁거리며 대꾸했다.
"뭐, 그 정도야… 어차피 우리도 오늘은 여기 머물 생각이니 상관없겠지요."
남자는 다시 한 번 고개를 숙여 감사의 뜻을 표했다.
"정말 감사합니다. 그럼 빨리 다녀오겠습니다."
그는 여자 쪽으로 얼굴을 돌려 그녀의 뺨에 살짝 입을 맞추며 걱정하지 말라고 속삭이고는 챙이 넓어 얼굴을 절반 정도 가리는 모자를 깊숙이 눌러쓰고 방을 나섰다.
그녀는 남자가 방을 나갈 때까지 가냘픈 미소를 짓고 있었지만 그가 방을 나서자마자 곧바로 걱정이 가득한 표정으로 바뀌어 커튼을 내린 창가로 가서 커튼 틈 사이로 계속해서 밖을 내다보기만 했다. 그 모습이 안쓰러웠는지 류미르가 예의 미소를 띠며 부드럽게 말을 걸었다.

"저기, 피곤하실 텐데 좀 쉬시는 게 어떠세요? 남자 분이 갔다 오시려면 좀 시간이 걸릴 텐데."

그러나 여자는 뒤도 안 돌아본 채 고개만 좌우로 흔들었다.

"그럼, 뭐 간단하게 드실 거라도……."

그래도 여자는 고개를 좌우로 흔들 뿐이었다.

"놔둬, 불안할 거야. 그러니까 그냥 건드리지 말고 냅둬."

내가 류미르의 팔을 툭툭 쳐 나를 보게 한 뒤 낮게 속삭이자 류미르는 고개를 끄덕이고 조용히 의자에 앉았다.

"근데 아린, 우린 이제 어디로 갈 거야?"

방 안이 조용해지자 분위기에 눌린 세이몬이 머쓱하게 물어왔다.

"글쎄, 우선은 수도로 가볼까? 아무래도 그곳이 구경할 게 많겠지?"

"뭐야, 그건 너무 무책임한 발언 아냐?"

류미르가 옆에서 핀잔을 주자 괜히 머쓱해졌다.

"하지만 그렇다고 마땅히 갈 곳도 없는걸 뭐. 류미르, 넌 가볼 만한 곳을 알고 있어?"

내가 약간 풀이 죽어 류미르를 바라보자 류미르도 머쓱하게 웃었다.

"흠, 너도 없는데 나라고 있겠냐?"

"그러면서 뭘 따져, 따지기는."

"아니, 말이 그렇다 이거지……."

내가 째려보자 류미르는 말끝을 흐리며 다시 머쓱하게 웃어 보일 뿐이었다.

"하아~ 그나저나 우리 계속 여기 있어야 해?"

세이몬이 방 안에만 있기 답답한지 부루퉁한 표정으로 나를 돌아보았다.

"아무래도 그렇겠지? 그 남자가 올 때까지만 있으면 되니까 조금만 참아."

내가 달래는 듯한 어조로 말하자 세이몬이 다시 지루하단 표정으로 테이블 위에 엎드렸다.

"심심하다……."

그러자 여자가 미안한 얼굴로 돌아보며 어쩔 줄 몰라 했다.

"저, 정말 죄송해요. 괜히 저희 때문에……."

"괜찮아요. 살다 보면 그럴 수도 있는 거죠 뭐."

류미르가 제일 먼저 나서서 여자에게 부드럽게 웃어 보였다. 여자가 우리 쪽으로 완전히 돌아섰기 때문에 나는 그녀의 모습을 관찰할 수 있었다.

흔히 평민 여성들이 입는 약간 거칠면서도 튼튼한 옷감으로 된 투박한 원피스에 값싼 장식품이 하나 달려 있는 가죽 끈으로 허리까지 내려오는 갈색 머리카락을 하나로 동여매고 있었다.

그러나 그녀의 옷차림새와는 어울리지 않게 허리와 어깨를 펴고 당당하게 서 있는 모습이 어딘지 기품이 있었고, 그녀의 손은 평생 고생이라고는 안 해본 여성처럼 하얗고 가늘기만 했다. 그리고 그녀의 크고 파란 눈동자는 불안과 우리에 대한 미안함이 가득 차 있었지만 그와 함께 단호한 결단력을 함께 지니고 있는 듯했다.

그녀는 그렇게 뛰어난 미인은 아니어도 단아한 얼굴 선과 뚜렷한 이목구비를 지니고 있어 한번 본 사람들은 다시금 돌아보게 만드는 매력을 가지고 있었다. 그리고 여자로서는 약간 큰 키와 늘씬한 팔다리가 시원스러워 보였다.

하지만 불안하게 맞잡은 두 손의 손가락을 자꾸만 꼼지락대고 있는 여자의 모습이 너무나 안쓰러워서 그냥 보고 있을 수만은 없었다.

"그렇게 서 있으면 다리 안 아파요? 우리 당신 안 잡아먹으니까 제발 좀 앉아요. 쳐다보려니 목이 아프네."

내가 정말 목이 아픈 것처럼 목뒤를 주무르며 퉁명스럽게 말하자 류미르의 눈썹이 치켜 올라갔다.

"아힌, 그게 무슨 말이야?"

"좀 앉으라고. 천장 안 무너지고 바닥 튼튼하니까 제발 불안하게 서 있지 말아요."

"아, 예."

여자는 류미르의 시선에도 불구하고 다시금 말하는 내 퉁명스런 어조에 화들짝 놀라면서 침대 가에 엉덩이만 살짝 걸터앉았다. 여자가 편안하게 앉지 못하자 그것이 내 탓이라는 듯 류미르가 나를 째려보았다.

"꼭 그렇게 퉁명스럽게 말해야겠냐?"

"시꺼, 내 맘이야."

"에휴……."

류미르는 더 이상 아무런 말도 못하고 고개만 설레설레 저었다.

그 뒤로 불편한 침묵만이 방 안에 감돌았고 우리 모두는 불편한 자세로 앉아 남자가 돌아오기만을 기다렸다.

드디어 우리 방 쪽으로 조심스럽지만 급한 발걸음이 들리더니 곧 이어 방문을 두드렸다.

류미르가 일어나 방문을 열지 않은 채로 물었다.
"누구세요?"
"접니다."
바깥에서 들려오는 낮은 목소리에 여인의 얼굴이 환해졌다.
"알렌이에요."
그녀의 말에 류미르는 얼른 달려가 문을 열어주었고 여자는 자리에서 벌떡 일어나 희망으로 가득 찬 환한 미소를 지었다. 그러나 방 안으로 들어온 남자가 모자를 벗자 드러난 그의 굳은 표정에 여자의 얼굴에서 미소가 사라졌다.
"알렌, 무슨 일이에요?"
남자는 힘없는 미소를 지어 보이며 말했다.
"우리 초상화를 가지고 있는 병사들이 항구에 쫙 깔렸어요. 게다가 항구 관리소에 우리 초상화가 붙어 있구요. 거기에는 현상금까지 붙어 있더군요. 게다가 배를 타는 사람들을 하나하나 다 조사하고 있어요. 그리고……"
남자는 거기까지 말한 뒤 미안한 얼굴로 우리를 돌아보았다.
"저분들까지 찾고 있더군요. 같은 일행이라고 생각하나 봐요."
그러자 여자는 절망적인 얼굴로 자리에 털썩 주저앉았다.
"어떻게 해요? 이젠 더 이상 도망칠 곳도 없군요. 이 나라를 벗어나지 않는 한 우린 곧 잡힐 거예요."
남자는 우리를 돌아보았다.
"지금 병사들이 여관을 뒤지고 있는 걸 보고 오는 길입니다. 여러분도 여기 계시면 위험할 테니 어서 몸을 피하십시오."
"하아~ 완전히 말려들었군."
내가 천장을 보며 한숨을 내쉬자 남자의 고개가 밑으로 숙여졌다.

"정말 죄송합니다. 이렇게 될 줄은 몰랐습니다."

"이렇게 된 거 죄송하단 말로 끝낼 수 없다는 건 알고 계시겠죠?"

나의 냉정한 어조에 남자의 고개는 더욱 숙여졌다. 그리고 류미르와 세이몬이 나무라는 시선으로 나를 바라보는 것도 느낄 수 있었다. 하지만 그렇다고 지금 이 문제를 해결할 수 있는 건 아니었기에 나는 일부러 그들의 시선을 모른 체하고 남자를 향해 말을 이었다.

"그럼, 어디 쫓기는 이유나 들어볼까요? 이젠 충분히 들을 수 있는 자격이 생긴 것 같은데."

보통 영화 같은 데서 보면 이 정도의 말을 들으면 그 이유를 말해 주는 것이 정석이었다.

그러나 이 알렌이란 남자는 나의 이 현실적이고 논리적인 말에도 눈 하나 깜짝하지 않았다.

"정말 죄송합니다. 하지만 그건 말씀드릴 수 없습니다."

나는 그의 단호한 거절에 순간 당황했다.

'아니, 내가 뭐 잘못 말했나? 아님, 내 논리성이 부족한 거야?'

그러나 그런 당황스런 심정을 겉으로는 내색하지 않은 채 나는 더욱더 차갑게 입을 열었다.

"그래요? 그렇담 당신 스스로 이 사태를 해결할 수 있나 보군요. 그럼, 어떻게 해결할지는 들어볼 수 있을까요?"

그러자 남자는 뭔가를 굳게 결심한 얼굴로 여자 쪽으로 얼굴을 돌렸다.

"리타, 우리 돌아갑시다."

그의 주저하는 말이 끝나자마자 여자의 그렇지 않아도 큰 눈이 더욱더 커졌다.

"알렌? 지금 뭐라고……?"

"우리 돌아가요. 지금으로써는 방법이 없어요."

남자는 여자의 시선을 차마 마주 볼 수 없었는지 바닥을 바라보며 말했다.

그러자 여자가 한걸음에 달려와 남자의 어깨를 양팔로 붙들며 소리쳤다.

"지금 그게 무슨 말이에요? 돌아가자니! 우리가 어떻게 거기서 빠져나왔는데… 당신 지금 그거 진심으로 하는 말이에요?"

"미안해요. 하지만 이런 말 하는 내 심정을 이해해 줬으면 해요. 항구가 막힌 이상 더 이상 도망가기란 불가능해요. 돌아가면 적어도 당신만은 무사할 거예요."

"그럼 당신은요? 당신은 어떻게 되는 건데요? 아니, 말할 필요도 없죠. 당신은 죽을 거예요. 그렇지 않나요? 그런데 그걸 뻔히 알면서도 나보고 돌아가자고 해요?"

"하지만 언젠가는 붙잡힐 거예요. 우린 더 이상 갈 곳이 없어요. 여기서 도망친다고 해도 겨우 며칠을 버틸 수 있을 뿐이라구요."

그러자 여자는 남자의 어깨를 거칠게 밀었다. 그리고는 남자에게 등을 돌리고 자신의 양 어깨를 단단히 감싸며 외쳤다.

"싫어요! 안 가요. 당신과 죽는 한이 있더라도 절대로 돌아가지 않겠어요."

"리타, 제발……"

남자가 애절하게 부르자 여자는 다시 거칠게 돌아섰다.

"당신이 죽는 걸 나보고 보란 말이에요? 그리고 돌아간다 하더라도 내가 무사할 것 같아요? 그는 날 그냥 두지 않을 거예요. 그런데 돌아가라고요?"

"적어도… 적어도 당신만은……"

남자의 목소리는 꽉 잠겨 낮은 쇳소리를 내고 있었다.

"웃기지 말아요, 알렌. 난 절대로 안 돌아가요!"

그들의 하는 행동과 대화를 듣고 있던 나는 한 가지 결론을 내릴 수 있었다.

"사랑의 도피행이군?"

내 말에 무척이나 놀란 듯 남자와 여자는 동시에 나를 보며 두 눈을 크게 치켜떴다.

"나원 참, 로맨스 소설에서나 보던 신분이 다른 두 사람의 사랑을 찾기 위한 여행을 직접 보게 되다니. 보아하니 여자 쪽이 신분이 더 높은 것 같은데요?"

남자와 여자의 눈이 점점 더 커졌다.

"그, 그걸 어떻게……"

여자의 벌린 입에서 신음처럼 흘러나온 말이 내 말이 사실이라는 것을 증명해 주자 류미르와 세이몬이 날 존경스럽다는 듯이 쳐다보았다.

"훗, 이 정도야 뭐… 아니, 이게 아니지. 웃겨, 정말. 당신들을 찾기 위하여 국가의 항구를 전부 폐쇄할 정도이니 당신 아마 이 나라의 공주나, 아니면 그에 버금가는 권력가 집안의 딸이겠군? 아무리 귀족이라도 함부로 국제 항구를 폐쇄하기란 힘들 테니까."

남자의 어깨가 밑으로 축 처졌다.

"그렇습니다. 이분은 현 테아칸 왕국 국왕 폐하의 하나뿐인 외동딸이신……"

그러나 나는 그의 말이 다 끝나기도 전에 손을 들어 그의 입을 막았다.
"아, 됐네요, 됐어. 당신네 이름을 듣고 싶은 건 아니니까. 그렇담 결론은 간단하네. 이봐요, 거기 철없는 공주. 당장 돌아가요. 그렇지 않으면 내가 직접 당신을 왕성 뜰에다 떨어뜨려 줄 테니까!!"
내가 여자를 무섭게 노려보며 이야기하자 여자는 움찔해서는 남자의 등 뒤에 숨었다.
그러나 자신의 의지를 꺾고 싶은 마음은 없는 듯 떨리는 목소리로 계속해서 주장했다.
"싫어요. 절대로 돌아가지 않겠어."
내 머리 속에서 뿌지직 하는 소리와 함께 내 작고 가는 인내심 줄이 끊어졌다. 나는 거칠게 남자의 뒤쪽에 있는 여자의 손을 잡고 끌어내었다.
"웃기고 있네. 정말 철이 없어도 한참 없잖아!"
그러자 놀란 남자와 세이몬, 류미르가 달려들어 남자가 리타를 잡고 류미르와 세이몬이 내 양팔을 잡아 여자에게서 나를 떼어놓았다.
"리타……."
"아힌, 이게 무슨 짓이야?"
"진정해, 아힌. 진정하라고."
그러나 나는 잔뜩 흥분해서 몸부림을 쳤다.
"지금 진정하게 생겼어? 공주로 태어나서 호강에 호의호식하고 살았으면 사람이 자각머리가 있어야 할 것 아냐? 도대체 이게 무슨 짓이야? 철없이 가출이나 하고 말이야. 자기 때문에 얼마나 많은 사람들이 고생하고 있는지 알기나 할까? 게다가 당신 부모님이 얼마나 걱정할지 생각해 봤어? 이 철없는 아가씨야. 공주면 공주답게 자신의 위치와 의무를 생각해야 할 것 아냐? 널 찾아다니는 사람들 고생하는 건 물론이고 너 때문에 온 왕성이 발칵 뒤집혀진 데다 아마 널 모시고 있던 시종이나 시녀들은 문초를 받고 있겠지. 게다가 너희 부모님이 네 생각 때문에 국정을 소홀히 한다면 그 고생은 다 백성들이 받는다는 걸 알아, 몰라? 이 철부지 같으니라고. 너 같은 공주들 때문에 백성들이 고생하는 거야."

그 리타라는 공주는 남자 품에 안겨서 훌쩍훌쩍 울기만 했다. 그리고 그 모습이 날 더 흥분하게 만들었다. 그래서 난 이번에는 남자에게 화살을 돌렸다.

"당신도 말야, 도대체 자각이 있는 거야, 없는 거야? 공주를 데리고 튀었으니 죽는 건 당연하지. 아마 왕궁을 드나들 정도로 지체 높은 귀족가 아들이거나 기사 같은데, 제법 현명하고 처신이 바른 줄 알았더니 이제 보니 영 철없기는 저 여자랑 마찬가질세? 당장 저 여자 데리고 안 돌아가?! 지금이라도 당장… 읍, 읍."

나의 신랄한 말이 계속 이어지는 도중에 누군가 내 입을 손으로 틀어막았다. 눈을 치켜뜨며 손의 임자를 바라보니 류미르였다.

류미르는 나의 매서운 눈초리를 받고 약간 움찔했지만 그래도 손을 치울 생각을 하지 않았다. 오히려 나에게 한마디했다.

"아린, 네가 전에 나한테 한 말 기억 안 나? 어떤 일이든 우리가 모르는 사정이 있을 수 있다고 했잖아, 안 그래?"

그의 말을 한 장본인이 나였으므로 그 뜻이 무엇인지 잘 알고 있던 나는 손과 발, 그리고 눈에 힘을 풀었다. 그러자 류미르와 세이몬이 안도의 한숨을 내쉬더니 날 잡고 있던 손들을 풀었다.

"에휴, 웬 힘이 그렇게 세냐? 이제 보니 나보다도 더 센 것 같아."

세이몬이 어깨를 손으로 가볍게 주무르면서 투덜거리자 나는 괜히 흥분해서 난리 친 게 머쓱해져 헛기침을 했다.

"험, 험……."

류미르는 그런 나를 보고 작게 웃더니 아직도 찰싹 달라붙어 있는 두 남녀를 바라보았다.

"무슨 사연이 있는 것 같은데, 말씀해 주시겠습니까? 그렇지 않으면 이 녀석이 당신들을 곧장 왕국으로 끌고 갈 겁니다."

그러자 남자는 포기한 듯 한숨을 푹 내쉬더니 여자를 자신에게서 떼어내 근처에 있는 의자에 앉혔다. 그리고 그녀를 그윽한 눈으로 한참을 바라보고 있더니 곧 우리에게로 몸을 돌려 이야기를 시작했다.

"저는 왕궁 기사대 소속의 기사입니다. 그리고 이분은 아까 말씀드린 대로 이 나라의 공주님이시고요. 저희는……."

그러나 나는 그 남자의 말을 또 가로막았다.

"아, 아, 당신들의 로맨스 이야기는 듣고 싶지 않으니까 도망친 사연에 대해서나 얘기해 봐요."

그러자 남자가 나를 향해 난처한 웃음을 흘렸다.

"성격이 불 같으시기도 하지만 무척 급하시기도 하군요. 간략하게 말씀드린다면, 약해진 국왕의 권력을 쥐고 흔드는 이 나라의 늙은 재상이 아예 왕권을 강탈하기 위하여 공주와 결혼을 강행하려 했기 때문이지요. 원래 저희가 서로 사랑하기는 했지만 이루어진다는 건 언감생심 꿈도 꾸지 않았습니다. 제가 감히 공주님을 감당할 수도 없으려니와 공주님도 이 왕국을 이어받으시려면 그에 합당한 능력과 지위를 가진 부군을 맞아야 한다는 걸 공주님이나 저나 잘 알고 있었으니까요. 그러나 인자하시지만 우유부단한 성격이신 국왕 폐하를 천천히 밀어내고 자신이 완전히 권력을 장악하여 마음대로 휘두르는 재상이 공주님까지 넘보자 도저히 참을 수 없더군요."

남자는 거기까지 말한 뒤 어떠냐는 듯한 표정으로 나를 바라보았다. 그래서 나는 한 가지를 더 물었다.

"그래서요? 그 재상이 권력을 휘두른 다음 나라가 어떻게 되었죠? 그 재상이 나라를 잘 다스렸을 수도 있잖아요?"

그러자 남자가 피식 웃었다.

"그 재상은 현재 52세의 나이이며 공주님보다 5살이나 더 많은 아들도 있죠. 그리고 아내는 2년 전 병으로 죽었지만 첩이 10명이 넘는다죠, 아마? 게다가 그가 권력을 휘어잡은 후로 세금은 2배로 올랐고, 국가의 중요 직책은 다 그의 측근들이 맡았답니다. 그리고 재상을 제거하려고 했던 사람들은 다 처형되고 말입니다. 현 국왕 폐하께서도 재상에게 꼼짝 못하시는 처지랍니다. 이 정도면 어떻습니까?"

그의 너무 의기양양해 보이는 얼굴이 맘에 안 들어 나는 한마디 더 했다.

"흥, 당신의 말이 사실인지 거짓인지 어떻게 알지?"

그러자 그에 대한 대답은 옆에 가만히 듣고 있던 류미르와 세이몬이 했다.

"사실인 것 같아. 전혀 꾸밈없는 얼굴이거든."

'내 생각도 그래.'

"흠, 그래?"

뭐, 나도 그렇게 생각하고 있었는데 세이몬과 류미르까지 그렇게 생각한다면 내가 계속 그를 의심하는 척할 필요는 없다고 생각했다. 그래서 나는 남자의 눈을 정면으로 바라보다가 고개를 돌려 의자에 앉아 자랑스럽다는 듯이 남자를 바라보는 여자에게 다가갔다.

내가 뚜벅뚜벅 걸어가자 내가 다가감을 느낀 여자가 나를 바라보고는 찔끔한 표정으로 움츠러들었다. 그리고 남자는 걱정스런 얼굴로 여자의 곁에서 그녀를 보호하려는 듯 서 있었다.

그런 그에게 씨익 웃어 보인 나는 여자가 앉아 있는 의자 옆에 있던 의자에 털썩 주저앉았다. 그리고 어리벙벙한 표정을 짓는 류미르와 세이몬, 그리고 남자를 향해 싱긋 웃으며 입을 열었다.

"자, 그럼 이유도 알았으니 작전을 짜볼까?"

류미르와 세이몬은 얼굴이 환해져서 얼른 자리에 앉았다. 내가 이렇게 나온 이상 그 남자와 여자를 적극적으로 도와줄 거란 걸 잘 알고 있는 탓이었다.

"생각해 놓은 게 있어?"

세이몬의 물음에 나는 더욱더 환한 웃음을 지으며 말했다.

"그러엄, 내가 누구냐? 벌써 다 생각해 놨다구."

그러자 류미르까지 궁금증을 얼굴에 나타내며 입을 열었다.

"그래, 이번엔 어떤 작전인데?"

나는 나에게 시선을 던지는 모든 이들의 얼굴을 한번씩 쭉 돌아보며 의미심장한 미소를 지었다.

"이름하여 마왕 대작전!!"

"엥? 그게 뭐야?"

"웬 마왕?"

남자와 여자는 류미르와 세이몬처럼 입을 열어 말은 안 했지만 그들도 황당하단 표정을 지었다. 그러나 난 녀석들의 그런 표정에 한심하다는 듯이 쯧쯧, 혀를 차며 부연 설명을 하기 시작했다.

"쯧쯧, 이것들아, 내가 허튼 작전 짜는 것 봤어? 이것도 다 이유가 있어서 그런 거야. 봐봐, 우선 내 목적은 저 남자와 여자가 국왕이랑 기타 관료들한테 인정받는 결혼을 하는 거야. 그 국가 권력을 쥐고 흔든다는 재상도 찍소리 못하게 말이지. 그럴려면 우선 저 빽없는 기사가 공주랑 결혼할 대의명분이 서야 하거든? 그런데 이 나라는 현재 저 기사가 큰 공을 세울 일이 없잖아. 내전이 있는 것도 아니고, 전쟁이 있는 것도 아니니까. 더군다나 지금은 도망 중이고 말야. 그런데 만약, 갑자기 마왕이란 존재가 나타나 공주를 납치해 갔는데 저 기사가 마왕을 무찌르고 공주를 구해낸다면?"

그러자 류미르가 즉각 대답했다.

"기사는 영웅이 되고 공주와 결혼하겠지."

"바로 그거야. 그리고 공주를 구해내지 못한 재상은 찍소리도 못할 거구. 안 그래?"

내가 남자와 여자를 바라보며 묻자 남자가 미적미적한 태도로 대답했다.

"그야 그렇긴 하지만… 소설 속에나 나올 법한 일을 어떻게… 더욱이 마왕이란 존재 자체도……."

"까짓거 만들면 돼요. 그건 걱정하지 말아요. 우리가 다 알아서 할 테니까. 당신은 나중에 공주가 마왕에게 납치당한 후 왕에게 가서 '제가 구해오겠습니다' 하면 되는 거예요."

내가 신이 나서 이야기하자 세이몬도 나섰다.

"그렇다면 마왕성도 필요하지 않아? 성은 어떻게 할 거야?"
그러자 이번에는 류미르가 남자를 바라보며 물었다.
"혹시 왕성과 가까운 곳에 버려진 성 같은 건 없을까요? 아니면 아무도 살지 않는 저택이라도."
"글쎄요… 전 잘……."
남자가 난처한 표정으로 고개를 가로젓자 지금까지 가만히 있던 공주가 주저주저하며 나섰다.
"저기요… 요새라도 괜찮나요?"
"아무도 살지 않는 곳이라면 상관없어요."
류미르가 얼굴이 환해져서 고개를 끄덕이자 공주가 안심하며 입을 열었다.
"국사를 공부할 때 안 건데요, 예전에 드워프와 인간 사이에 전쟁이 있을 때 만들어진 요새가 있어요. 지금은 드워프와 우리 사이에 평화 조약이 맺어졌기 때문에 필요없어져서 폐허가 되었다고 해요."
"하지만 리타, 그곳은 너무 오랜 세월 동안 아무도 살지 않던 곳인데……."
남자가 난처한 표정으로 말하자 나는 고개를 저었다.
"상관없어요. 차라리 더 잘됐는지도 모르죠. 그런데 그거 왕성이랑 가까운 곳에 있어요?"
그러자 남자가 내 쪽으로 고개를 돌렸다.
"예, 수도의 외성에서 약간 떨어진 곳에 있습니다."
"그래요? 수도랑 가깝다면서 계속 사용하던가, 아님 아예 없애지 않고 용케 놔두었네요?"
내가 의아함을 감추지 못하고 묻자 남자가 얼른 대답했다.

"아, 그게 그 요새가 숲 속에 있거든요. 숲이 꽤 울창해서 사람들도 별로 다니지 않고 해서 그냥 둔 걸로 알고 있습니다."

"헤에, 더 잘됐잖아? 좋아요. 그럼 마왕성은 거기로 하고, 당신들은 왕성으로 돌아가세요. 우선은 공주가 왕성에서 납치되어야 하니까. 에, 그렇다면 남자는 어떻게 하나……."

내가 약간 망설이는 눈으로 남자를 보자 남자는 자신있는 표정으로 대답했다.

"걱정 마십시오. 제 몸 하나는 간수할 수 있습니다. 저는 왕성 근처에 몸을 숨기고 있다가 공주가 납치되어 갈 때 왕 앞에 나서겠습니다."

"아뇨, 그러지 말아요. 왕 앞에 나섰다가 그 자리에서 처형되면 곤란하니까."

그러자 류미르가 나섰다.

"이러면 어때? 저 남자도 우리와 함께 있다가 기사들이 잔뜩 몰려와서 우리에게 당하고 있을 때 '짠' 하고 나타나 마왕을 무찌르고 공주를 구하게 하는 거야."

"아, 그거 좋겠다. 어차피 마왕을 무찌를 때 증인들이 필요하니까. 왕성 기사들이 증인이라면 더할 나위 없지. 그래, 그렇게 하자."

"그럼, 공주 납치는 언제 할 거야?"

이번에는 세이몬이 물었다.

"공주 결혼식 날. 그때는 모든 귀족들과 그들의 병사들이 수도에 몰려 있을 테니까. 공주가 마왕에게 납치되어 갔다는 증인도 충분하고, 또 마왕성으로 공주를 구하러 올 기사들도 금방 올 수 있을 테니까 일석이조야."

내가 막힘없이 술술 설명하자 남자와 여자가 감탄의 빛을 떠올렸다. 하지만 그래도 남자는 걱정되는지 걱정스런 어조로 물었다.

"정말 그렇게 할 수 있습니까? 혹시 위험하진 않을까요?"

그러자 내가 입을 열기도 전에 세이몬이 먼저 나서서 자신있는 표정으로 대답했다.

"걱정 마세요. 다 잘될 테니까."

류미르는 세이몬의 얼굴을 바라보며 예쁜 자식을 보는 듯이 피식 웃다가 세이몬이 사나운 눈초리를 보내자 그의 시선을 피하려는 듯 슬쩍 자리에서 일어나 창가 쪽으로 다가갔다.

"자, 그럼 대충 됐고… 우선은 공주를 어떻게 왕성으로 돌려보내느냐가 문제인데 말야……"

내가 공주를 바라보며 중얼거리자 창가에 서서 밖을 내다보고 있던 류미르가 대꾸했다.

"생각하려면 빨리 해야 할 거야. 병사들이 몰려오고 있거든."

"뭐라고요?"

류미르의 말에 제일 놀란 남자가 빠른 속도로 창가로 뛰어가 밖을 내다보더니 얼굴이 하얗게 질려 우리를 돌아보았다.

"이런, 재상의 사병들이야."

그러자 공주의 얼굴도 새파랗게 질렸다. 그러나 그때 난 또 좋은 아이디어를 떠올렸다.

"이봐요, 혹시 연기 잘해요?"

내가 공주를 바라보며 생글생글 웃자 공주의 얼굴에 한줄기 희망의 빛이 떠올랐다.

"뭐, 좋은 생각이라도 있어?"

류미르가 내 쪽으로 다가오며 묻자 남자도 류미르를 따라 탁자로 다가왔다. 나는 기대감 어린 눈으로 바라보는 남자와 여자를 번갈아 바라보면서 설명했다.

"우선 당신들 짐은 챙겨놔요. 그리고 아래층이 소란스러우면 둘만 방 밖으로 나가서 도망가는 척하다가 일부로 잡혀줘요. 그럴 때 공주, 당신이 당신 목숨을 담보로 남자를 보내주라고 해요. 이해했어요? 그럼 다음에는 우리가 알아서 할 테니까. 그러면 공주는 자연스럽게 왕성으로 돌아갈 테고 이 사람은 우리와 함께 남겠죠. 어때요? 할 수 있겠어요?"

그러자 공주는 입을 앙다물고는 고개를 끄덕였다.

"해볼게요."

"좋아요. 그럼 단검 하나를 소지하고 있어요. 나중에 단검으로 당신 목을 겨누면서 협박해야 하니까."

류미르가 자신의 허리춤에서 아무런 무늬가 없는 평범한 단검 하나를 꺼내어 건네주자 공주는 조심스럽게 그걸 받아 자신의 품속에 갈무리했다. 그리고 때맞춰 밑에서는 요란스러운 소리가 들려왔다.

"왔나 보군. 그럼 시작해요."

남자는 공주의 손을 꼭 잡고는 굳은 얼굴로 우리를 한번 돌아본 뒤 방문을 열고 바깥으로 나갔다.

"저기 있다. 잡아라!"

곧 병사들의 외침이 들렸고 여러 사람들의 발자국 소리가 들렸다. 우리는 방문을 꼭 닫고 바깥에서 들려오는 소리에 귀를 기울였다.

잠시 후 사방이 조용해졌다. 더 이상 요란한 소리가 들려오지 않는 걸 보니 잡힌 모양이었다. 그리고 그 뒤에 우리가 짰던 대로 공주의 날카로운 목소리가 들렸다.

"그를 놔줘. 그렇지 않으면 너희들은 내 시체를 끌고 가게 될 것이다!"

우리는 살며시 문을 열고 바깥으로 나가 계단으로 이어지는 복도 끝의 그림자에 몸을 숨기고 아래층 상황을 살폈다.

예상했던 대로 남자는 병사들에게 포박되어 한쪽에 무릎을 꿇고 있었고, 공주는 자신의 목에 단검을 들이댄 채 자신의 앞에 서 있는 가사로 보이는 중년 남자를 바라보고 있었다.

그 중년 남자는 전의 그 팔 자 수염 남자였다.

"공주님, 이러시면 곤란합니다."

"네놈에게 그런 소리 듣고 싶지 않다. 어쩔 거냐? 그를 놔준다면 순순히 따라갈 테지만 그렇지 않으면 내 가만있지 않으리라."

공주가 다시 앙칼지게 소리쳤고, 그러자 난처한 표정을 짓고 있던 팔 자 수염 남자가 어쩔 수 없다는 표정으로 병사들에게 눈짓을 보냈다. 그러자 남자 옆에서 그를 지키고 있던 병사들이 그의 포박을 풀어주었고, 남자는 천천히 일어나 공주를 한동안 바라보더니 여관 밖으로 나갔다.

"자, 이제 우리도 가자."

나의 속삭임에 류미르와 세이몬이 고개를 끄덕였다.

우리는 즉시 방으로 들어와 창문을 열고 하늘로 날아올랐다.

얼마 날아가지 않아서 우리는 골목으로 들어가는 알렌을 발견할 수 있었고, 멀지 않은 곳에 그를 찾기 위하여 골목골목을 뒤지는 병사들을 발견하였다.

류미르가 얼른 바람의 정령에게 부탁하여 알렌이 병사들에게 발견되기 직전 아슬아슬하게 그를 허공으로 올라오게 만들었다.

"자, 이제 공주는 왕성으로 돌아갈 테니 우리는 슬슬 마왕성을 꾸미러 가볼까?"

내가 일행들을 돌아보며 활기 차게 외치자 세이몬이 슬그머니 끼어들었다.

"저기, 아린? 우리 여관비를 안 냈는데?"

"괜찮아, 괜찮아. 사람이 살다 보면 그럴 수도 있는 거지 뭐."

"그런 거야?"

"그러엄, 그런 거야."

"아, 그런 거구나."

세이몬과 내가 정답게 대화를 나누고 있는데 류미르가 괜히 헛기침을 하면서 슬그머니 알렌과 우리 사이에 끼어들었다.

"저, 알렌? 이 녀석들은 그냥 두고 우린 마왕성으로 갈까요?"

그리고 그 즉시 그는 세이몬과 나에게 쫓겨 더 높은 허공을 날아야 했다.

알렌의 안내로 도착한 왕성 외각 숲에 오랜 세월 동안 버려진 요새는 그동안 사람의 손길이 없었다는 것을 여실히 증명해 주듯 곳곳의 돌담이 무너져 있었고 벽은 이끼투성이었다.

나무로 만들어진 요새 문은 곰팡이가 슬고 찌그러져 문의 구실을 하지 못한 채 겨우겨우 벽에 달려 있었다.

안으로 들어가 보니 수북이 쌓인 먼지들에 여기저기 지푸라기나 나뭇조각 같은 것들은 물론이고, 가끔 동물들도 왔다 갔다 했는지 그들의 식사 찌꺼기와 배설물들이 널려 있어 곰팡이 냄새

말고도 고약한 냄새까지 났다.

"하아~ 여기가 마왕성이란 말이지?"

류미르가 이곳저곳을 돌아보며 한숨을 푹 내쉬었다.

"청소하려면 꽤나 시간이 걸리겠군."

"아냐, 다 할 필요는 없고, 우리가 쓸 방 하나하고 마지막을 장식할 넓은 홀만 청소해. 나머지는 쓰지도 않을 거니까 할 필요 없어."

우리가 쓸 만한 방을 고르느라 류미르와 멀찍이 떨어져 있던 나는 류미르의 중얼거리는 소리를 듣자마자 소리쳤다. 덕분에 천장에 묻어 있던 먼지들이 우수수 떨어져 내렸다.

"에구구, 여기선 함부로 소리도 못 지르겠군."

결국 우리는 제일 온전하게 보존되어 있는 방—지휘관이 쓰던 방 같았다—을 우리가 머물 곳으로 정하고 나는 류미르와 알렌, 그리고 세이몬에게 청소를 부탁한 뒤 요새 바깥으로 나왔다. 공주를 구하려고 기사와 병사들이 몰려왔을 때를 대비하여 요새 주위에 결계를 치기 위함이었다.

요새 주위에는 일정한 거리의 공터가 있었는데 예전에는 땅이 드러나 있었겠지만 지금은 풀이 무성하게 자라 있었다. 그런 풀에 걸려 넘어지지 않게 조심하면서 요새 근처에 있던 바위나 큰 나무 등등 결계석에 적당한 것들을 찾아서 표시하며 요새를 한 바퀴 돌아본 뒤 마법서를 꺼내어 강력한 일루젼 결계를 펼치기 시작했다.

이 일루젼 결계는 자신이 보길 원하는 모습을 보여주는데, 얼마나 강력한지 보이는 건 물론이고 촉감까지도 환상에 젖게 하는 결계였다.

이곳에 오는 기사들이나 병사들은 마왕의 성을 기대하고 있을 테니 음침하고 별의별 종류의 몬스터들이 득실대는 마왕성으로 보일 것이다.

그리고 같이 왔던 마법사들이 일루전에 걸려 마법을 난사했을 때 숲에 피해가 가지 않도록 결계 안에서 일어나는 물리력이 바깥으로 나가지 못하게 막는 결계도 만들어야 했다.

평소 결계를 거의 사용하지 않던 내가 강력하고 섬세한 결계를 만드느라 땀을 뻘뻘 흘리며 일하고 있는데 어느새 청소를 다 끝냈는지 알렌과 세이몬, 그리고 류미르가 어슬렁거리며 걸어나왔다.

"아린, 아직도 다 못한 거야?"

류미르가 제일 먼저 날 발견했는지 손을 번쩍 들어 올리며 외쳤다.

"거의 다 했어. 너희들은 청소 다 했어?"

그러자 이번에는 세이몬이 대답했다.

"물론. 우리가 누구냐."

"그 홀은 음침하게 꾸몄겠지?"

"꾸밀 필요도 없더군요. 오랫동안 버려져 있어서 청소를 해도 여전히 음침하던데요."

"하하, 그래요? 자, 그럼 결계도 다 끝났으니까 이제 수도로 가자."

내가 마지막 문장을 다 그려 넣자 결계가 웅— 울리며 완성되었음을 알렸다. 그 소리를 기분 좋게 들으며 결계를 그리기 위하여 계속 바위 위에 수그리고 있던 몸을 펴고 일행을 둘러보며 말하자 일행의 얼굴이 황당한 표정들로 변했다.

"수도? 거긴 왜?"

류미르가 대표로 나에게 물어왔다.
"왜긴, 공주 결혼식 날짜도 알아야 하고, 또 공주를 납치하려면 수도에 있어야지. 안 그래?"
"거야 그렇긴 하지만……."
"아, 맞다. 배역도 짜야지. 알렌은 영웅 역이고, 마왕이랑 영웅을 도와줄 역이 필요해. 아무래도 혼자 마왕을 무찔렀다는 건 믿기 힘드니까 말야. 그래서 말인데 마왕 편은 나와 세이몬이 하고—전에 해본 적이 있으니까—류미르는 하이 엘프라고 해서 영웅을 도와주자."
"그러지 뭐."
"나도 좋아."
류미르와 세이몬이 고개를 끄덕이며 찬성하자 알렌도 덩달아 고개를 끄덕였다.
"그러면 수도로 출발해 볼까?"
그러자 알렌이 놀라서 나를 쳐다보았다.
"아니, 벌써요? 공주가 수도에 도착하려면 더 있어야 할 테고, 더욱이 결혼을 빨리 한다 해도 한 달은 걸릴 텐데요?"
"그렇지는 않을 거예요. 아마 공주가 잡혔다는 소식이 전해지자마자 결혼식을 준비했을걸요? 아마도 공주가 왕궁에 도착하고 나서 일주일이나 이 주일쯤 후면 할 거예요. 게다가 그렇게 되면 수도에는 사람들이 몰려 여관 잡기가 힘들어질 것 아니에요? 그러니 미리미리 가서 여관 잡아놔야죠."
나의 술술 잘 나오는 설명 뒤에 세이몬이 한마디 덧붙였다.
"구경도 하고 말야."
"맞아, 이왕 간 김에 구경은 해야지."

"그럼그럼."

나와 류미르가 세이몬의 말에 맞장구치자 알렌의 얼굴은 황당함을 넘어 경악의 빛을 띠었다.

"그러다 잡히면 어쩔려구······."

"에이, 무슨. 공주를 잡았으니 더 이상 병사들을 풀지는 않을 거예요. 게다가 그렇다고 해도 설마 우리들이 수도로 돌아올 거라고 생각하겠어요?"

"하지만······."

"걱정 말아요, 괜찮으니까. 정 걱정되면 수도로 가자마자 머리를 염색하거나 가발을 사서 변장하고 다녀요."

류미르가 거기까지 말하자 알렌은 마지못해 동의하는 표정으로 고개를 끄덕였다.

우리가 수도에 도착해서 마왕과 멋진 영웅 동료로 변장할 소품들을 사러 돌아다니며 겸사겸사 구경하고 있는 동안 일주일이라는 시간이 흘렀고, 드디어 공주가 왕성에 도착했다. 그리고 바로 그 다음날 공주의 결혼식이 선포되었다.

결혼식은 일주일 후.

"거봐, 내 말이 맞지? 아마 그 재상은 다시는 이런 일이 일어나지 않게 서둘러서 결혼하려고 했을 거야."

내가 공주의 결혼식을 알리는 벽보를 발견하고 세이몬과 류미르를 향해 의기양양한 표정을 지어 보이자 류미르가 주위에 몰린 사람들을 눈짓으로 가리키며 나를 툭툭 쳤다.

"쉿!"

"아참."

다행히도 우리 주위에 모인 사람들은 벽보를 보느라 내 말을 듣지 못한 모양이었다. 그래서 우리는 안도의 한숨을 쉰 다음 얼른 여관으로 돌아왔다. 그리고 나서 류미르와 알렌은 미리 마왕성으로 돌아가서 우리를 기다리기로 했고, 세이몬과 나는 남아서 공주를 납치하기로 했다.

드디어 결전의 날.
왕성에서는 갖가지 오색 깃발들이 휘날렸고 축포도 요란하게 울렸다. 거리는 축제 분위기였으며 사람들은 잠시 후에 있을 공주 결혼식 행차를 기다리느라 모두 길거리로 나와 있었다.
만약 공주가 결혼식을 무사히 치른다면 공주와 그의 부군이 된 재상은 화려하게 꾸민 마차와 백마를 탄 기사 호위병대를 이끌고 수도를 한 바퀴 돌게 될 것이었다.
'하지만 그렇게는 안 될걸.'
나는 속으로 싱긋 웃으며 세이몬과 함께 왕성으로 갔다. 왕성으로 가는 길에는 많은 인파들이 몰려 있어서 날아서 가야만 했다. 그리고 왕성의 구석, 후미진 곳에 들어가서 재빨리 마왕으로 분장했다.
이번에도 마왕 역은 바로 나였다.
머리는 허리까지 내려오는 푸른 색이 감도는 검은 가발을 썼고, 거기에 검은색의 어깨 보호대에 검은 망토를 둘렀다. 옷도 온통 검은색으로 입었으며 발에는 무릎 바로 밑에까지 오는 검은 가죽 부츠를 신었다. 그리고 포인트로는 가슴 정중앙에 오백 원짜리 동전보다 큰 빨간 루비 브로치를 달았고, 귀에는 자수정의 길다란 귀걸이를 착용했다.

손에도 검은 가죽 장갑을 낀 나는 마지막으로 검은 나비 모양의 가면으로 얼굴을 가린 뒤 세이몬을 돌아보았다.

"어때? 괜찮아?"

"멋있어."

"좋아. 이제 슬슬 공주가 등장하길 기다려야지."

우리는 왕성의 커다란 홀을 들여다볼 수 있는 큰 창문 꼭대기에 올라앉아 화려하게 차려입은 귀족들이 가득 차 있는 홀을 들여다보았다. 홀의 끝에 있는 큰 단상에 벌써 결혼식을 주도할 신관이 나와 있는 걸 보니 곧 신랑이랑 신부가 등장할 것 같았다.

그리고 잠시 후.

커다란 나팔 소리와 함께 홀의 큰 문이 좌우로 활짝 열리면서 신랑과 신부가 천천히 들어왔다. 그리고 그들이 단상에 거의 다 도착했을쯤 세이몬과 나는 마주 보며 고개를 끄덕였다.

"하나, 둘, 셋!!"

와장창창—!

홀의 한 벽면을 거의 다 차지하고 있는 커다란 창문을 단숨에 깨뜨리며 창문을 넘어 홀 중앙에 내려서자 모든 이들의 시선이 우리에게 쏟아졌다. 그리고 새파랗게 질린 귀족들이 히스테리컬한 목소리로 경비병들을 부르는 가운데 홀의 큰 문이 열리고 창을 든 병사들이 우르르 몰려 들어와 내 주위를 둘러쌌다.

"이런, 이런, 이런."

내가 느긋한 어조로 주위를 둘러보며 입을 열자 병사들의 얼굴은 긴장감으로 인하여 한층 더 굳어졌다.

그때였다. 결혼식을 주관하기 위해 단 위에 올라서 있던 대신관이 크게 소리쳤다.

"이 무슨 무례한 짓인가? 그대는 누구인가?"

그래서 난 그에게 지지 않기 위해서 목청을 높여 대답해야 했다.

"저런, 무례한 쪽이 누구인지 모르겠군."

"무엇이라?"

나의 대답에 대신관을 비롯한 제사장의 한쪽 눈썹이 치켜 올라갔다.

"아니, 이 나라의 하나뿐인 공주가 결혼하는 큰 행사에 왜 나만 쏙 빼놓은 거지? 왜 난 초대 안 하느냐 말이다, 이런 무례한 녀석들 같으니라고. 감히 나 혼돈의 마왕을 무시하다니, 내가 가만있을 줄 아는가!"

그러자 대신관의 얼굴이 급속히 하얘지며 동시에 홀 안이 소란스럽게 웅성거렸다.

"마왕이라니… 아니, 이게 무슨 소리인가?!"

덕분에 내가 평소처럼 말해 봤자 이 소란스러움에 묻혀 소리가 잘 전달될 것 같지 않아 이런 어수선한 분위기일 때 내가 많이 써먹던 수법을 동원해야 했다.

콰과광—!!

내 바로 앞에다 파이어 볼 한 방을 먹이자 큰 불꽃과 함께 폭발음이 일어났고, 덕분에 주위 사람들이 깜짝 놀라는 바람에 조용해졌다.

"아, 이제야 조용해졌군. 감히 내 말이 끝나지도 않았는데 말야, 이곳 사람들은 정말 무례하기 짝이 없군."

내가 주위를 한번 둘러보며 살벌한 시선을 보내자 사람들은 모두 내 시선과 마주치지 않기 위하여 땅을 바라보기 시작했다.

"흠, 흠, 어쨌든 내가 이곳에 온 이유는 비록 너희들이 날 큰 행사에 쏙 빼놓았다고 해도 이 내가 넓은 아량으로 용서해 주고 너희들에게 선물을 주기 위함이지."

그러나 내가 이렇게 말했는데도 불구하고 대신관은 얼굴색 하나 안 변하고 크게 소리칠 뿐이었다.

"닥쳐라! 이곳은 너 따위가 들어올 수 있는 곳이 아니다. 소동을 벌인 것은 괘씸하나 오늘이 특별한 날이고 하니 이쯤해서 그냥 덮어두겠다. 그러니 썩 물러가거라!"

"어라? 이런 경우가 있나! 이 몸께서 친히 축하를 해주기 위해 오셨는데 이런 푸대접이라니!!"

"흥, 넌 초대받지도 않은 손님이다. 네가 얼마나 대단한 실력을 가졌는지는 모르겠으나 너 하나쯤은 상대할 수 있다. 그러니 어서 물러가거라."

"아, 저 신관 되게 맘에 안 드네? 좋아, 네놈이 그렇게 말한다니 그냥 가주지."

나는 일부러 뜸을 들이면서 천천히 허공에 떠올랐다. 그리고 공주를 바라보며 살짝 눈짓을 하자 공주가 남들이 눈치 채지 않을 정도로 미미하게 고개를 끄덕였다.

"대신, 이곳에 온 대가는 가져가야겠어."

내 말이 끝나자마자 공주가 허공으로 붕 떠올라 내 손에 착 안착했다.

"비명을 질러요."

내가 공주에게 살짝 속삭이자 공주가 고개를 끄덕이더니 비명을 지르기 시작했다.

"꺄아아악~ 살려주세요오오오~ 아바마마아아아~"

아린 일행, 마왕 일행 되다

'어이구, 귀 따거워.'

나는 속으로 눈살을 찌푸렸으나 내색 안 하고 마지막 마무리의 말을 던졌다.

"네 녀석들의 실력이 얼마나 있는지 한번 두고 보겠다. 난 왕성 외각 숲에서 살고 있으니 공주를 구하고 싶거든 언제든지……"

그러나 내 말은 갑작스레 날아온 불화살에 의하여 중단되었다. 얼른 실드를 쳐서 막기는 했지만 방심하고 있는 사이에 허를 찔린 거라 속에서 식은땀이 흘렀다.

"야, 너희들은 예의도 없냐? 왜 자꾸 내가 말하는데 가운데서 끊는 거야? 한 번만 더 방해했다간 이 홀을 지옥으로 만들어줄 테다!"

내가 할 수 있는 한 제일 무서운 어조로 외쳤건만 아래에서는 아래 나름대로 불화살을 날린 마법사에게 날카로운 질책을 하느라고 내 말은 전~혀 듣지도 않고 있었다.

"공주가 다치면 어쩌려고 그러는 건가?!"
"맞소, 너무 무책임한 행동이었소."
"당신이 궁중 마법사가 맞긴 맞는 건가?!"
"쯧쯧, 사람이 자각머리가 없긴……"
"저 녀석 스승이 도대체 누구야?!"
"……"

'뭐 이런 놈들이 다 있어?!'

"어쨌든 난 간다. 공주를 구하고 싶으면 알아서 너희들이 와라!!"

나는 내 존재를 무시하고 다시 소란스러워지는 홀에 화가 치밀어 큰 소리로 필요한 대사를 하고 하늘 높이 날아올라 공간 이동을 해버렸다.

"쳇, 쳇, 무슨 사람들이 그래? 마왕이 앞에 떡하니 버티고 있는데 자기네들끼리 떠들기나 하고. 내가 너무 안 무섭게 등장했나?"
괜히 투덜투덜거리면서 흰 색과 황금색이 적절하게 섞인 화려한 드레스를 입은 공주를 바닥에 내려놓자마자 얼른 알렌이 달려들어 그녀를 부축했다.
"괜찮소?"
"예, 전 괜찮아요."
"자, 그럼 이제는 사람들이 몰려올 때를 기다리면 되겠군."
류미르가 기대감이 가득 찬 눈빛으로 두 손을 비비며 중얼거리자 모든 사람들이 긴장과 기대감이 어린 눈으로 고개를 끄덕였다.
그리고 바로 이틀 후, 은색으로 반짝이는 갑옷을 입은 한 무리의 기사단과 그들을 따르는 병사들이 요새로 우르르 몰려들었다. 그들은 너무나 평범한 숲 속과 오래되어 허물어지기 직전인 요새를 바라보고는 고개를 갸웃거렸으나 기사단에 섞인 신관들과 마법사들이 이상하다고 주의를 주자 경계를 늦추지 않고 조심스레 전진했다.
그리고 얼마 후 요새 앞의 넓은 공터로 들어서자마자 내가 쳐 놓은 결계에 걸려들어 긴장된 얼굴들은 경악으로 물들었다.
"우아아악~ 몬스터들이다!!"
"함부로 움직이지 마라. 모두 전투 위치로!!"
"이런 치사한 마왕 같으니라고. 이곳에다 몬스터들을 매복시켜 놓다니!!"
아무도 없는 허공에다 화살을 뿌리고 검을 휘둘러 대고 마법까지 난사하는 모습들이란 우습기도 하고, 또한 불쌍하기도 했다. 그러다 자신들끼리 난리 치는 통에 부상자가 생기자 신관들이 얼른 달려들어 부상자들을 치유하기 시작했다. 그리고 결계의 가장 깊숙한 곳으로 들어간 이들은 내가 심혈을 기울여서 만들어 놓은, 자신들의 동료가 몬스터들로 보이는 환각에 빠져 자신들끼리 검을 겨누기 시작했다.

바깥쪽에서 그 모습을 본 마법사들이 아무리 환각이라고 외쳐도 그들 귀에는 전혀 들리지 않았으므로 소용이 없었고, 부상자들은 점점 늘어만 갔다. 환각에 걸려들었다는 걸 알아챈 마법사들도 자신들의 힘으로 풀 수 없다는 걸 알고는 어쩌지 못해 발만 동동 구를 뿐이었다.

세이몬과 나는 주의 깊게 지켜보고 있다가 너무나 심한 상처를 당해 거의 죽을 것같이 보이는 사람들은 얼른 저주의 마법을 걸어 바위로 만들어 버렸다. 이번 일에 마왕을 등장시키기는 했지만 우리 때문에 무고한 사람들이 죽는 건 보고 싶지 않았던 것이다.

그리고 이 저주의 마법은 결계가 풀리는 즉시 풀리게 될 것이었다.

한참의 시간이 지나자 실력이 뛰어난 자들 몇몇이 요새 안으로 들어왔다. 요새 안에는 별다른 결계를 만들어놓지 않아서 쉽게 마왕이 기다리는 홀로 들어올 수 있었다. 그리고 마왕으로 분장한 나와 부하로 변장한 세이몬이 홀에서 기다리고 있다가 들어서는 사람들에게 정지 마법을 걸었다. 그들은 움직이지도 못하고 그 자세로 있다가 나중에 용사가 마왕을 무찌르는 걸 본 증인이 될 것이다.

하루가 다 가기도 전에 두 개의 기사단이 더 왔고, 덕분에 요새 공터에는 바위들의 숫자가 급격히 늘어났으며 마왕성의 홀에도 마법에 걸린 사람들이 급격히 늘어났다.

"저기, 아힌? 이제 슬슬 영웅을 등장시켜도 되지 않을까?"

날이 저물어 방으로 자러 가자 기다리고 있던 류미르가 걱정스런 시선으로 물어왔다.

"이 정도면 괜찮지 않겠어? 더 이상 일을 벌이는 건 아무래도……."

"그럴까? 하지만 하루 만에 영웅이 나타나는 건 좀 그렇지 않아?"

"맞아. 영웅은 맨 마지막에 나타나는 거야."

세이몬과 내가 류미르의 의견에 반대하자 옆에서 듣고 있던 알렌과 공주도 끼어들었다.

"그렇지만 시간을 더 끌다간 나중에 신전에서 전적으로 마왕을 무찌르기 위해 나설 거예요. 아마 벌써 성기사단을 파견해 달라고 신전 쪽에 서신을 보냈을지도……."

"맞아요. 그렇게 된다면 당신들이 힘들어질 거예요."

그러자 류미르도 다시 우리들을 바라보며 다시 한 번 더 강조했다.

"이걸로 끝내자. 이 정도면 충분해."

"하지만 이 정도에서 물러나면 아힌은 힘없는 마왕으로 남게 될 거야."

세이몬이 아쉽다는 눈으로 바라보자 류미르는 고개를 저었다.

"지금 그게 문제가 아니잖아. 원래 처음부터 목적은 저들의 결혼이 인정되게 하는 거였어. 이 정도라도 충분히 마왕이 강했으니까 공주를 구해 가면 결혼이 인정될 거야."
"그럼 재상은? 그 사람도 혼내주는 게 아니었어?"
세이몬의 또 다른 질문에는 내가 대답했다.
"재상은 저 사람들이 알아서 해야지. 어차피 재상은 건드릴 생각도 없었어. 당신도 잘 들어요, 알렌. 당신이 마왕을 무찌른 걸로 어느 정도 왕성에서 지지 기반이 생기겠죠? 그걸 잘 이용해서 재상을 누르든지, 아니면 반대로 재상에게 제거당하든지 그건 당신이 알아서 할 일이에요. 우리가 도와주는 건 당신들의 결혼이 공식적으로 인정되게 하는 것뿐이니까. 그 결혼이 성사되느냐 무효가 되느냐는 당신들이 알아서 하세요."
내가 알렌을 돌아보며 말하자 알렌이 굳은 얼굴로 고개를 끄덕였다.
"물론입니다. 그런 것까지 당신들에게 의지할 마음은 없어요. 그건 제가 알아서 하겠습니다."
"그래야죠."
그의 모습에 우리는 괜히 흐뭇함을 느껴 미소를 지었다.
"자, 그럼 영웅 등장 날짜를 정해야지? 이건 내 생각인데, 공주가 납치된 지 아직 3일밖에 안 지났어. 지금 영웅이 나타나는 건 너무 빨라. 그러니까 하루 더 기다린 다음 영웅을 출현시키자. 내일 모레에. 솔직히 내 생각은 그것도 빠르지만 일을 크게 할 생각은 없으니 어쩔 수 없지 뭐. 어때?"
내가 주위를 둘러보며 동의를 구하자 류미르와 알렌은 어쩔 수 없다는 표정으로, 그리고 세이몬은 아쉽다는 표정으로 고개를 끄덕였다.
"그래, 네 말대로 할게."

"저도 조금 더 기다리죠."

"아쉽지만, 하는 수 없지 뭐."

그러나 그 다음날 나는 내 고집대로 더 기다리지 말고 차라리 류미르의 말대로 할걸 하는 후회감에 싸여야만 했다.

더 이상 찾아오는 기사단이 없어 약간은 지루한 시간을 보내고 점심 시간이 되었을 때, 마왕성을 찾은 한 개의 기사단이 나타났다. 그런데 문제는 그 기사단이 보통 기사단이 아니라 신전의 성기사단이라는 거였다.

도대체 언제 신전에 연락해서 성기사단을 끌어올 수 있었는지는 모르겠지만, 한 무더기의 은빛 갑옷을 입은 성기사단과 신관들이 몰려오자 우리는 난감해져서 서로의 얼굴만 쳐다보았다.

더욱이 신관들의 가운과 성기사단의 가슴막이와 방패에 있는 문장은 열십 자 모양과 위 세 개의 짧게 뻗어 나간 선 끝에 그려진 세 개의 잎이었다.

"이런… 정의와 진실, 그리고 성실을 상징하는 클레이몬드 신전 기사단이야."

제일 먼저 그 문장을 알아차린 알렌이 신음을 내뱉듯이 중얼거렸다.

클레이몬드 신이 상징하는 것이 진실인 것을 보면 알 수 있듯이 이 신에게 가호를 받은 신관이나 성기사들에게는 환각 따위 통하지 않는다. 덕분에 요새 주위에다 열심히 쳐놓은 환각의 결계가 아무런 쓸모도 없게 되었던 것이다.

"어쩌지? 그냥 이대로 들여보내야 할까?"

류미르가 불안한 얼굴로 나를 돌아보았다.

솔직히 저들이 홀 안으로 들이닥쳤을 때 저들 모두에게 정지 마법을 걸 수는 있을 것이다. 하지만 저들이 몽땅 홀 안으로 들어오길 기다렸다가 한꺼번에 걸어야 할 터인데, 그러자니 먼저 들어온 녀석들이 가만히 기다리고 있다가 마법에 걸려주지는 않을 것이다.

그리고 그들도 한꺼번에 들어오지 않고 뭔가 작전을 짜서 들어올 텐데 이렇게 저들을 한꺼번에 맞으려니 너무 부담되었다.

"글쎄, 수를 좀 줄였으면 좋겠는데… 그냥 지금 내가 나가서 한바탕 쑤셔놓을까?"

"당신 혼자 괜찮겠어요?"

옆에서 걱정스런 얼굴로 알렌이 물어왔다.

"아뇨, 수가 너무 많아서 나 혼자서는 감당하기 힘들겠어요."

내가 아무것도 아닌 말을 흘리는 것처럼 뻔뻔스레 말하자 잠시 알렌이 침묵을 지켰다. 그러자 옆에서 심각하게 몰려오는 성기사단을 바라보고 있던 세이몬이 불쑥 말했다.

"그럼 내가 저주를 걸까?"

"괜찮겠어? 보통 기사나 병사한테야 아힌도 쉽게 저주를 걸지만, 저들은 신의 가호를 받는 성기사라고. 웬만한 저주로는 힘들 텐데."

류미르가 걱정스럽게 말하자 세이몬이 이 정도쯤이야, 라는 듯이 싱긋 웃어 보였다.

"난 마족이라고. 그것도 고위 마족인 아벨리아족이야. 비록 성년식을 치르진 않았지만, 내 본의의 힘을 약간 끌어낼 수는 있다고. 그거면 저들에게 저주를 내릴 수 있을 거야."

"본의의 힘? 그게 뭐야?"

처음 들어보는 말에 내가 의아한 표정으로 세이몬을 향해 묻자 그는 아무것도 아닌 일을 이야기하는 것처럼 무표정한 얼굴로 어깨만 으쓱해 보였다.

"우리 마족들이 성년이 되면 사용할 수 있는 힘이 있어. 그걸 본의의 힘이라고 해."

"잉? 아니, 그럼 네가 그동안 사용한 힘은 도대체 뭐냐?"

류미르가 놀란 어조로 물어오자 세이몬이 다시 피식 웃었다.

"그거야 아직 어린 마족들이 사용하는 힘이지. 음, 뭐라고 설명하면 좋을라나… 그것도 본의의 힘이긴 한데 성년이 되기 전에 쓸 수 있도록 허락받은 본의의 힘 중 아주 일부분이라고나 할까? 뭐, 그런 거야."

"그럼 네가 지금 쓴다고 하는 건? 그것도 허락받은 힘이야?"

"지금 내가 쓴다는 건 좀 범위를 벗어나는 거긴 하지만 그렇게 많이 벗어나는 것도 아니고, 또 지금 잠깐 쓰는 거니까 괜찮을 거야."

"그래? 그럼 부탁할게."

평소 힘에 관한 한 허세를 부리지 않았던 세이몬이 정말 아무렇지도 않게 이야기하는 데다 마족에 대해서 아는 것이 거의 없었던 류미르와 나는 정말 그 일이 아무것도 아닌 줄로만 알았다. 덕분에 선선히 부탁했지만 이것 때문에 나중에 큰일이 벌어질 줄은 류미르나 나는 상상도 못했었다.

"자, 자, 그럼 납치당한 공주님과 영웅은 준비해 주세요. 내일까지 시간 끌지 말고 오늘 그냥 영웅을 등장시키기로 합시다."

세이몬이 조용히 눈을 감고 집중하는 동안 난 나머지 사람들을 돌아보며 말했고, 그와 함께 공주는 홀의 단상에 놓여 있던 의자에 얼른 올라가 앉아 그곳에 마련되어 있던 사슬을 몸에 둘렀다.

그리고 류미르와 알렌은 얼른 영웅으로 변신하기 위하여 우리가 머무는 침실로 돌아갔고, 그들이 몸을 감추자 공주가 실제로 묶인 것처럼 하고 있는지 확인한 나는 홀 안에 있던 사람들이 조금이나마 쉴 수 있게 걸어놓았던 슬립 마법을 풀었다.

그러자 사람들이 정지 마법에 걸려 있는 상태로 부스스 눈만 뜨고 정신을 차리더니 나를 향해 살기 어린 시선을 보내왔다. 그런 시선들에게 담담하게 웃어준 나는 세이몬 쪽을 향해 눈을 돌렸다. 세이몬은 그동안 가끔 마왕 노릇을 하기 위하여 내 몸 주위에서 흐르게 했던 검은 기류를 이제는 자신의 몸 주위에 두르고 있었다.

그런데 왠지 지금 세이몬의 몸을 감돌고 있는 그 검은 기류는 그동안 그가 보여줬던 검은 기류보다 더욱더 어둡고 빛조차 투과시키지 못할 것처럼 무척 새카맸다.

'어둠보다 더 어두운 것 같아.'

그리고 잠시 후 세이몬이 가슴에서 교차하고 있던 양손 중 하나를 창밖으로 보이는 성기사단 쪽으로 향하여 뻗자, 세이몬을 감싸고 돌던 어두운 기류의 일부가 그가 가리킨 쪽으로 스르르 날아갔다.

재빨리 달려가서 밖을 내다보니 세이몬의 몸에서 떠난 검은 기류가 안개처럼 펼쳐져 성기사단의 위로 천천히 내려가고 있었고, 성기사들과 신관들은 저마다 몸에서 밝고 푸르스름한 오라를 뿜어 자신들의 몸을 보호하려 했다.

잠시 후 검은 기류가 완전히 그들 몸 위로 내려앉자 자신의 오라로 그 기운을 이겨내지 못한 신관과 대부분의 성기사들은 모두 바위로 변해 버렸다.

덕분에 거의 100명은 되어 보였던 성기사는 이제 10명 정도밖에 남지 않았고, 20여 명은 되어 보였던 신관들도 절반으로 줄어버렸다.

"이 정도가 한계야."

남아 있는 사람들을 파악하기 위해 열심히 숫자를 세던 내 귀에 세이몬의 기운없는 목소리가 들려왔다. 놀라서 세이몬 쪽으로 고개를 돌리자 창백한 얼굴에 식은땀까지 송골송골 맺힌 세이몬이 보였다.

"어? 세이몬, 왜 그래? 괜찮은 거야?"

"아아, 무리하게 힘을 사용했더니 좀 힘들어서 그래. 괜찮아. 하지만 좀 쉬어야 할 것 같아. 내가 없어도 괜찮겠지?"

"응, 그래. 얼른 가서 쉬어. 그리고 수고했어."

내가 활짝 웃으며 말하자 세이몬도 희미하게 미소를 지어 보이며 고개를 끄덕이고는 침실 쪽으로 사라졌다.

그의 몸이 홀에서 나가자마자 나도 다가오는 발소리에 정신을 차리고 얼른 단상에 마련된 의자에 앉았다. 그러자 옆에 묶여 있는 것처럼 위장하고 있던 공주가 낮게 속삭였다.

"아까 그분 괜찮으신 거예요? 얼굴색이 안 좋던데……."

"힘을 무리하게 사용해서 그래요. 조금 쉬면 괜찮아질 거예요."

"흐음, 그렇군요."

"어어, 표정 관리. 표정이 풀렸어요. 그게 뭐예요? 마왕한테 납치된 공주가. 공포에 질린 표정을 지어요."

"어머, 미안해요."

그리고 잠시 후 굳게 닫아놨던 홀의 큰 문이 거칠게 열리면서 저주에서 살아(?)남았던 성기사들과 신관들이 뛰어 들어왔다.

성기사들은 저마다 은빛 검을 들고 있었고 신관들도 주문을 암송하고 있는 것이 여차하면 신성 마법을 날릴 태세였다. 그래서 나는 그들에게 대접용 미소를 지어 보이며 그동안 여러 번 써먹었던 멘트를 하기 위해 입을 열었다.

"아하하하하, 대단한 녀석들이로구나, 이곳까지 오다니. 하지만 여기까지다. 너희들은 이곳을 나가지 못할 것이다."

그리고 그동안 많이 들어왔던 대사가 성기사의 입에서 흘러 나왔다.

"닥쳐라! 이 악독한 혼돈의 마왕이여. 나 클레이몬드를 받드는 미천한 종, 오늘 널 무찌르고 공주님을 모셔가겠다!!"

"후후후, 그게 네 뜻대로 될까?"

"시끄럽다!!"

그렇게 호기롭게 외친 성기사가 들고 있던 검에서 푸르스름한 검기가 뿜어져 나왔다. 그 성기사는 그런 검을 치켜들고 나를 향해 달려왔지만 그 모습을 느긋하게 보고 있던 나는 한마디했다.

"스톱!!"

그리고 호기롭게 홀 안으로 뛰쳐 들어온 성기사와 신관들은 그 자리에 굳어지고 말았다.

"아하하하하, 어리석은 녀석들. 감히 나에게 도전한 대가를 톡톡히 치르게 해주마."

그러면서 내가 천천히 자리에서 일어나자 홀 안으로 또 다른 두 명이 뛰어 들어왔다.

"마왕, 이번에는 내가 상대해 주마!"

멋있게 바스타드를 치켜들고 있는 사람은 알렌이었고—처음에는 그에게 멋진 옷을 입히고 망토까지 휘날리게 하려고 했었지만 쫓기는 주제에 웬 화려한 옷차림이냐고 반박을 당해 평범하기 그지없는 옷을 입혔다—그의 옆에 서 있는 사람은 가운데 큼지막한 에메랄드가 박힌 황금 서클렛을 이마에 두르고 뾰족한 귀를 드러낸 상태로 초록색의 가벼운 옷차림과 금빛 나는 류트를 어깨에 메고 있는 류미르였다.

"알렌!!"

각본대로 공주가 애타게 외치자 알렌이 공주 쪽으로 고개를 돌렸다.

"공주, 조금만 참으시오. 내 당신을 곧 구해주리다."

"당신만 믿고 있을게요."

'아, 내가 썼지만 역시 닭살이 돋는구나!'

나는 속으로 식은땀을 흘리며 도리질을 쳤지만 겉으로는 태연하게 대사를 읊었다.

"호오, 이번엔 너희들이냐? 제법 실력은 있는 것 같다만 나한테는 통하지 않아. 그래도 이번에는 하이 엘프까지 오다니… 후후후, 하이 엘프 네 녀석은 세뇌시켜 내 종으로 만들어주마!!"

그러자 류미르가 외치며 먼저 달려들었다.

"어림없는 소리!!"

그는 재빨리 바람의 정령을 불러내어 홀 안에 강한 흙먼지 바람을 일으켜 나에게 날렸고 덕분에 나는 눈을 감으며 손으로 눈을 가렸다.

"으윽, 이 녀석들이!!"

내가 눈을 가리지 않은 나머지 손을 치켜 올리자 언제 바람이 불었냐는 듯 바람이 잠잠해졌다. 그러나 그러는 바람에 나에게 약간의 틈이 생겼고, 그 틈을 타 알렌이 몸을 날려 내 심장에 검을

꽂았다.

그 검은 검의 손잡이가 황금이 입혀졌으며 고목에 휘감긴 덩굴 모양이 정교하게 조각되어 있었다. 그리고 그 끝에는 아름답게 가공된 에메랄드가 박혀 있었고, 은실이 길게 매달려 있었다. 검날은 푸르스름한 빛을 낼 정도로 날카로왔고 검날의 몸체에는 황금 빛으로 고대어가 뭐라고 뭐라고 적혀 있었다.

"으윽, 이럴 수가… 하지만 이 정도쯤이야……."

검을 심장에 꽂은 채로(실은 겨드랑이에 끼운 거다) 내가 중얼거리자 알렌이 코웃음을 쳤다.

"흥, 이것은 하이 엘프 마을에서 대대로 전해져 내려오는 신성한 검이다. 네 녀석 정도는 거뜬히 죽일 수 있다고!!"

그러면서 그가 검을 더욱 깊숙이 박자 나는 몸을 부르르 떨면서 마지막 대사를 읊었다.

"으윽, 분하다……. 내가 세상에 나온 지 얼마 되지도 않았는데 벌써 생을 마감해야 하다니……. 넌 정말 대단한 녀석이다……."

그리고 펑! 하는 효과음과 함께 검은 연기가 피어 오르자마자 나는 공간 이동으로 살짝 그 자리를 벗어났고, 알렌의 앞에는 미리 준비해 놓았던 내가 입고 있는 옷과 똑같은 옷 한 벌과 검은 재만이 남았다. 그리고 그와 함께 홀 안에 있던 사람들의 마법이 풀렸다.

"공주우우우우~!!"

"알레에에에엔~!!"

공주와 알렌이 멋드러지게 포옹하자 홀에 있던 사람들이 커다랗게 함성을 질렀다.

"와아아아~!!"

그리고 알렌의 멋진 대사 한마디!!
"자, 여러분. 마왕이 죽었습니다. 이제 돌아갑시다."

그들이 요새 밖으로 나오자 저주에 걸려 있던 사람들이 원상태로 돌아간 채 기다리고 있었고, 그런 그들과 만나 감격의 재회를 한 이들은 왁자지껄하게 왕성으로 돌아가기 시작했다. 그리고 숲을 거진 나갔을 때쯤이면 류미르가 알렌에게 멋들어진 작별 인사를 하고 알렌이 들고 있던 검을 받아 그들과 헤어질 것이다.

우리의 작전대로 잘된 걸 보며 싱글싱글 웃던 내가 침실로 돌아가자 그곳에는 세이몬이 아직도 창백한 채로 누워 있었다. 놀란 내가 그에게 달려가 회복 마법이라도 걸어주려 했지만, 그의 몸 주위는 아까의 그 암흑보다도 더 어두운 검은 기류가 감싸고 있어 나는 그의 몸 가까이 갈 수도 없었다.
"이게 도대체……."

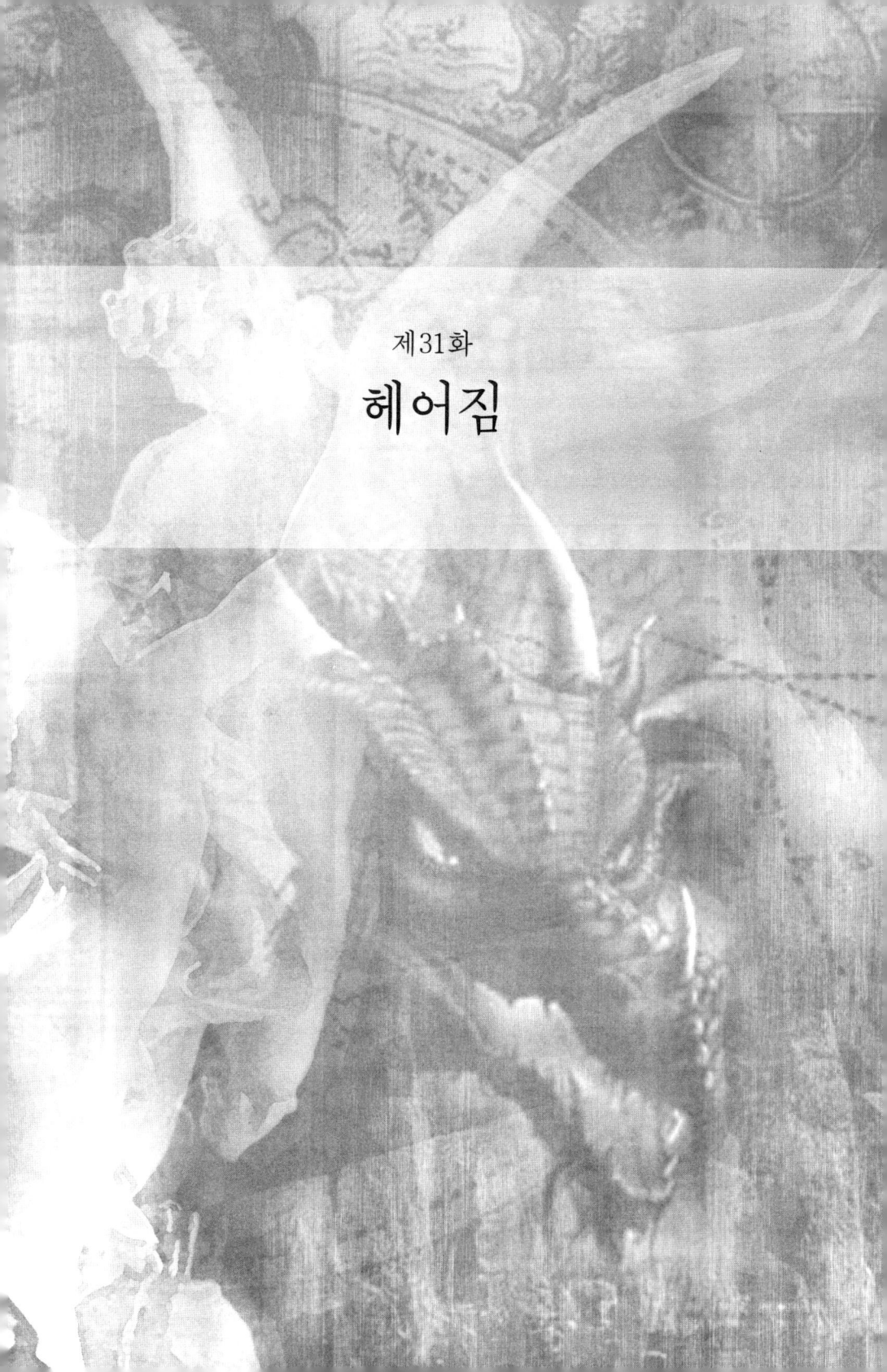

## 제31화
# 헤어짐

## 헤어짐

"세이몬, 성년이 된 것 축하해. 나중에 인간계로 다시 오면 나한테 한번 놀러 오라고."
"으응, 꼭 다시 놀러 올게. 기다리고 있어."
"다음 번에는 도망치다가 오지 말고 당당하게 오도록 해. 다시 만날 수 있길 바래."

세이몬의 상태는 척 보기에도 너무 안 좋아 보였다.

그의 얼굴은 아까보다 더욱더 창백해졌으며 아까까지만 해도 그의 콧등과 이마에 살짝 맺혀 있기만 했던 식은땀은 너무 많이 나와서 이제는 얼굴 선을 따라 흘러내려 바닥에 뚝뚝 떨어지고 있었다.

그런데도 불구하고 그의 몸에서는 검디검은 기류가 계속해서 흘러나와 그의 몸 주위를 감싸 돌고 있어서 나는 함부로 그에게 다가가지 못한 채 어쩔 줄 몰라 하고만 있었다.

잠시 후에 류미르가 돌아왔을 때에는 세이몬의 몸에서 나온 기류가 더 많아진 상태로 이제는 세이몬의 몸이 검은 기류에 휩싸여 잘 보이지도 않을 정도였다.

"아린, 도대체 무슨 일이야?"

"나도 모르겠어. 방에 오니까 세이몬이 이런 꼴이야. 저 검은 기류 때문에 다가가지도 못하겠어."

"그렇다고 가만히 있으면 어떻게 해."

"하지만 내가 다가가기만 하면 저 검은 기류가 나에게 타격을 준단 말야. 처음에 멋모르고 다가갔다가 튕겨 나왔는걸."

"가만있어 봐, 내가 어떻게 좀 해볼게."

류미르는 조심스런 몸짓으로 가만가만 세이몬에게 다가갔다. 그러나 검은 기류에 닿기도 전에 그의 몸은 어떤 강력한 힘에 의하여 뒤로 밀려 나왔다.

"윽! 이게 어떻게 된 거지?"

"모르겠어. 그냥 내 마력으로 한번 부딪쳐 볼까?"

"그러다가 세이몬이 잘못되기라도 하면 어쩌려고?"

"이대로 그냥 두는 것도 위험하잖아. 차라리 죽이 되든 밥이 되든……."

"안 돼. 멋도 모르고 달려들다가 세이몬은 물론이고 너도 위험해지면 어떻게 해. 그리고 이건 세이몬의 목숨이 달린 문제라고."

"그건 나도 알아. 하도 답답하니 한 소리지."

"차라리 여기서 치유 마법을 써보는 건 어떨까? 넌 좀 떨어진 거리에서도 가능하지 않아?"

"아, 그래, 맞아. 내가 왜 그 생각을 못했지?"

"놀라지만 말고 빨리 해봐."

"그래, 잠깐만 기둘려. 나 그 주문은 못 외웠단 말이야."

나는 허겁지겁 내 배낭에서 마법의 책을 꺼내 들었다.

류미르가 말하는 마법이란 것은 어느 정도 거리가 떨어져 있는 환자를 치유하는 방법으로, 마법사가 치유의 마력을 담은 구를 형성하여 환자에게 보내 몸을 치유하게 하는 방법이었다. 이것은 무척 고난위의 마법이고, 또한 그동안 필요성을 한 번도 못 느껴 나는 익히지도 않은 상태에다 한 번도 써본 적이 없는 마법이었다.

"아, 여기 있다. 좋아, 기다려 봐."

나는 마음을 가다듬고 천천히 마력을 모으면서 세이몬을 바라보고 내가 할 일을 구체적으로 떠올렸다.

"치유의 구슬이여!!"

내 손끝에서 마력의 붉은 오라가 피어 오르더니 그것은 곧 뭉쳐 배구 공만한 하나의 구를 형성하였다. 그리고 그 안에서 마력이 잠시 요동을 치더니 초록빛이 나는 투명한 구가 되었다. 그 치유의 구슬은 나의 손짓에 의하여 세이몬을 향해 날아갔다. 류미르와 나는 제발 효과가 있기를 간절히 빌면서 긴장된 눈으로 그 구슬을 바라보았다.

하지만 그 구슬은 검은 기류와 닿자마자 팍! 하는 소리와 함께 산산조각 나버려 공중으로 흩어졌다.

"이게 무슨 일이다냐……"

나는 너무나 황당하여 저절로 입이 벌어진 것도 모른 채 계속해서 세이몬을 감싸고 도는 검은 기류만 바라보았다. 이제 그 검은 기류는 더욱더 커져 방 높이의 절반 정도나 되었다.

"이제 어쩌지?"

류미르가 낙담한 얼굴로 나를 돌아보았다.

"나라고 뾰족한 수가 있겠냐? 마족에 대해 아는 것도 없는 데다 이런 일은 처음 당하니……"

그때였다. 갑자기 검은 기류 속에서 세이몬의 고통스런 비명이 울려 퍼졌다.

"으아아악—!"

그리고 세이몬의 비명과 함께 검은 기류들이 약간 압축되었다. 그러나 세이몬의 비명에 놀라 기류들이 압축된 것을 눈치 채지 못하고 세이몬에게로 달려가려 하는 나를 류미르가 강하게 붙들더니 다짜고짜 창문을 향해 돌진함과 동시에 허공으로 날아올라 전속력으로 요새에서 멀어졌다.

그러나 그의 재빠른 행동도 늦은 듯 잠시 후 커다란 폭음과 함께 요새가 폭발하면서 생긴 강풍에 휩싸여 우리는 나가떨어졌다. 그리고 곧 이어 많은 낙하물이 우리를 향해 쏟아져 내렸지만 정신을 차리지 못한 류미르와 나는 고스란히 그 낙하물을 몸으로 받아내야만 했다.

높은 데서 떨어져 머리가 어질어질한 데다 하늘에서 떨어져 내린 흙먼지와 돌멩이들을 고스란히 몸으로 받아낸 나는 온몸에서 호소하는 통증 때문에 한동안은 정신을 차릴 수가 없었다.

그래도 다행히도 우리는 요새에서 멀리 떨어져 있어서 우리를 덮친 낙하물들은 그리 크지 않은 돌멩이들과 흙먼지들뿐이어서 가벼운 멍과 찰과상밖에 생기지 않았다.

"아야야야~ 이게 웬 날벼락이람."

인상을 있는 대로 찡그리며 허리를 짚고 일어난 나는 내 눈에 띈 전에는 없었던 모습을 보며 두 눈을 크게 떴다.

"세상에나……."

"아이고~ 죽겠다……."

다행히 류미르도 다른 곳으로 튕겨 나가지 않은 데다 별로 다치진 않았는지 곧 신음 소리를 내며 몸을 일으키는 듯했지만 나는 그를 살펴보는 대신 소리를 질렀다.

"류미르, 저것 좀 봐! 어서, 빨리!!"

"응? 뭘? 오, 맙소사……!"

우리의 눈앞에는 아까의 폭발을 일으킨 장본인임을 과시하는 듯 요새의 크기만큼 커져 버린 검은 기류의 소용돌이가 떡하니 버티고 있었다.

"저게, 저게 다 세이몬의 몸에서 나온 거야?"

믿어지지 않는다는 듯 떨리는 목소리로 류미르가 중얼거렸다.

"아무래도 그런 것 같지?"

"세상에… 세이몬은 괜찮을까?"

"나라도 저렇게 마력을 흘리면 죽을걸."

"그럼 그 녀석은?"

"나도 모르지. 나는 마족이 아니니까. 하지만 분명한 건 녀석의 상태가 좋을 리는 없다는 거야."

"이제 어쩌지?"

류미르가 창백해진 얼굴로 나를 돌아보았다. 그의 얼굴에는 당혹감과 세이몬에 대한 걱정이 가득 들어 있었다.

"이건 나 때문에 생긴 일이니까 내가 해결하겠어."

내가 굳은 의지로 말하자 류미르의 표정이 약간 밝아진 것 같았다.

"방법이 있는 거야?"

"해결될지 안 될지는 나도 몰라. 하지만 시도해 볼 만한 가치는 있지. 그럼 나 좀 어디 갔다 올게. 잠깐만 기둘려!"

류미르는 내가 이 일을 해결할 방법을 찾아오려 한다는 것을 알고 고개를 끄덕였다.

"응, 빨리 갔다 와라."

나는 류미르가 걱정스러운 얼굴로 배웅하는 것을 마지막으로 보며 공간 이동을 시도했다.

"이동!!"

내가 간 곳은 할머니의 레어였다.

급하게 할머니 레어 안으로 뛰어 들어가니 할머니는 내가 왔다는 것을 눈치 채셨는 듯 인간의 모습으로 폴리모프한 채로 나를 맞으셨다.

"어서 오너라, 아린아. 여행하면서 가끔 찾아오더니 요즘 통 안 오더구나."

"할머니, 할머니, 저 큰일 났어요. 저 좀 도와주세요!"

"원, 녀석두… 숨넘어가겠다. 무슨 일인지 차근차근 말해야 할미가 도와주든지 하지."

"저와 같이 좀 가주세요. 무슨 일이 벌어졌는데, 제가 모르는 상황이라 설명을 못 드리겠어요."

"그래그래, 알았다."

거의 끌다시피 할머니와 함께 류미르가 있는 곳으로 도착한 나는 내가 이곳을 떠나기 전과 좀 달라진 장면을 목격했다.

우선은 세이몬이 원인인 듯한 커다란 검은 기류는 전보다 더욱 더 커져 있었다. 그리고 더 놀라운 것은 요새 공터 주위의 나무들이 비정상적으로 커져 있어서 요새의 한두 배 정도 되어 공터까지 다 차지하고 있는 검은 기류 덩어리의 절반 정도의 크기가 되어 있었다.

그리고 나무가 없는 곳에는 흙 기둥이 높이 솟아 있었고, 나무와 흙 기둥 바로 앞에는 바람과 물이 뒤섞여 검은 기류가 나무와 흙 기둥에 닿지 않도록 장막을 치고 있었다.

그리고 아마도 그 비정상적인 환경의 원인인 듯, 바람과 물과 땅의 상급 정령들이 둥둥 떠서 심각한 표정으로 장막을 이리저리 살펴보고 있었다.

"류미르, 저거 네가 그런 거야?"

"아, 아린, 어서 와. 기류가 자꾸 커지면서 모든 걸 다 집어삼키려고 하잖아. 그래서 내가 할 수 있는 데까진 막아봤어. 그런데 옆에 분은 누구?"

"울 할머니셔. 도움을 받으려고 모시고 왔어."

내 할머니라면 고룡이 분명했기에 류미르는 할머니를 향해 정중히 고개를 숙이며 자신을 정식으로 소개했다.

"안녕하십니까, 위대한 종족 중 한 분이시여. 저는 아린의 동료인 하이 엘프 류미르 홀데인 홀리브렌드라고 합니다."

"그래, 만나서 반갑군. 그런데 자네 뒤에 있는 자들은 누군가? 대단한 마나를 가지고 있는데?"

할머니 말에 류미르는 놀라서 뒤를 돌아보았고, 나도 눈이 둥그레졌다. 류미르의 뒤에는 아무도 없었던 것이다. 그런데 잠시 후 허공이 약간 흔들리면서 네 명의 남자가 나타났다.

그들은 세이몬과 같은 검은 머리와 검은 눈동자를 가진, 마치 형제처럼 얼굴도 서로 닮은 사람들이었다.

"보아하니 마족 같은데? 내 평생에 만난 마족들보다 더 많은 숫자로군."

할머니의 얼굴은 무표정했지만 눈은 매섭게 빛나고 있었다. 아마도 무슨 일이 일어날지 몰라 대비하고 계시는 듯했다. 그리고 그들도 할머니의 눈빛을 대하자마자 눈초리들이 날카로워졌다.

그들은 모두 마법사의 로브를 입고 있었는데 각각 검은색, 녹색,

파란색, 그리고 흰 색으로 모두의 로브 색이 달랐다. 그러나 그 모든 로브가 무척 고급스러운 옷감이며 단 끝에는 황금색 실로 어떤 무늬의 수가 놓여져 있었다.

"대단하군. 기척을 숨기고 있었는데 알아채다니… 과연 드래곤."

그들 중 검은 로브를 입고 허리까지 긴 검은 머리를 가진 마족이 입을 열었다.

할머니의 눈썹이 치켜 올라가고, 그들의 입도 모두 한일 자로 다물어지자 류미르와 내가 재빨리 나섰다.

"혹시 아벨리아 마족이십니까?"

"세이몬 카르테일 아벨리아를 데리러 온?"

그러자 파란 로브를 입고 등까지 내려오는 머리를 파란 리본으로 하나로 묶은 마족의 눈썹이 치켜 올라갔다.

"세이몬 카르테일 아벨리아?"

그 순간 류미르와 나는 얼빵해져서 서로 마주 보았다.

"이름 맞지?"

"응. 그럼, 우리가 잘못 짚었나?"

"하지만 세이몬과 같은 머리칼과 눈동자 색인데."

"어쩌면 다른 마족일 수도……."

"그럼 여길 왜 오냐? 것도 저렇게 한꺼번에."

"아, 그건 그렇다."

그러자 그 파란 로브의 마족이 머리가 지끈거리는지 가늘고 긴 손가락으로 머리를 짚으며 나머지 다른 한 손을 휘휘 저어 류미르와 나의 대화를 끊으며 말했다.

"우리가 아벨리아 마족이고, 세이 녀석을 잡으러 온 건 맞아. 그런데 세이몬 카르테일 아벨리아라니?"

"어? 아닌가요? 하지만 세이몬이 자기 이름이라고 가르쳐 준 건데……."

내가 당황하면서 대꾸하자 검은 로브의 마족이 끄응 하면서 설명해 줬다.

"우리 마족은 성년식을 치르기 전에는 정식 이름을 가질 수 없지. 아마 그 녀석은 우리가 자신의 이름을 정하는 걸 옅들은 모양이군."

"그러게나 말입니다."

"하여간 녀석은 아벨리아의 골치 덩이군. 성년식도 아직 치르지 않았는데 정식 이름을 까발리고 다니다니……."

"게다가 성년식이 두려워서 도망친 주제에."

마족들이 다 한마디씩 입을 열었는데 우리는 맨 마지막, 흰 로브를 입은 마족의 말에 벙쪘다.

"성년식이 두려워서 도망쳤다고요?"

그러자 마족들이 다시 의아한 눈으로 우리를 바라보았다.

"아니, 왜 그러지? 몰랐다고 하기에는 반응이 좀 이상한걸?"

"아뇨, 세이몬이 말하기를 같은 마족의 어른들이 자신을 못마땅하게 생각해서 죽이려고 한다고 하던데… 그래서 도망쳤다고……."

류미르가 더듬더듬 말하자 마족들의 인상들이 다시 찌그러졌다.

"어휴, 골치야."

"마족들의 망신을 다 시키는구만."

"이노무시키, 어디 두고 보자."

그러나 마지막의 검은 로브를 입은 마족은 묘한 미소를 지었다.

"하긴, 틀린 말도 아니지. 성년식을 치르다가 죽는 마족도 부지기수니……"

"하지만 그렇다고 무서워서 도망을 가요? 이건 우리 아벨리아족 역사상 처음 있는 일이라고요!!"

녹색 로브 마족이 격렬하게 침을 튀겨가며 항의했지만 검은 로브의 마족은 어깨만 으쓱해 보일 뿐이었다.

그때 할머니께서 나서셨다.

"그럼, 저 소동을 일으킨 게 당신들의 후손이란 말이군? 그럼 당신들이 빨리 해결해야 하지 않을까? 장벽이 무너지려고 하는데 말야."

할머니의 말에 류미르가 새파랗게 질려서 그쪽을 돌아보았다. 할머니의 말대로 검은 기류의 팽창을 힘겹게 막아내고 있던 물과 바람의 장벽은 곧 찢어질 것만 같이 부풀어 올랐고, 위에 있던 상급 정령들은 힘에 겨운 표정으로 겨우겨우 버티고 있었다.

"이런……"

류미르가 새파랗게 질린 얼굴로 마족들을 돌아보자 흰 색 로브의 마족이 나섰다.

"내가 장벽을 칠 테니 정령들을 물러나게 해라."

그가 말을 끝내면서 한 손을 치켜 올리자 정령들이 쳐놓은 장벽 바로 앞의 땅에 갑자기 바람이 불면서 큰 원이 올라오더니 검은 기운들이 세차게 뻗어 나왔다. 그러나 그 검은 기류는 세이몬이 일으킨 것처럼 무질서하지 않고 흰 로브의 마족이 조종하는 대로 질서 정연하고 날카롭게 움직여 큰 장벽을 형성했다.

그리고 그가 장벽을 형성하자마자 그에 맞추어 류미르는 얼른 정령들을 돌려보냈다.

정령들이 사라지자마자 정령들이 만들어내던 장벽이 사라졌고, 그와 동시에 검은 기류가 팽창해 흰 로브의 마족이 만들어낸 장벽과 강하게 부딪쳤다.

"크윽—!!"

그에 대한 충격을 받은 것인지 흰 색 로브의 마족이 갑자기 휘청거리며 쓰러지려는 걸 옆에 있던 녹색 로브의 마족이 얼른 받았다.

"이런, 헤리어트… 괜찮은가?"

"허억! 이렇게… 강할 줄이야……. 저 혼자서는 좀 힘들겠군요."

흰 로브의 마족은 녹색 로브의 마족에게 기대어 겨우겨우 버티었지만 그의 얼굴은 창백해졌고 입가에서는 한줄기 핏물이 흘렀다.

"안 되겠다. 코테라, 네가 좀 도와다오."

녹색 로브의 마족이 파란 로브의 마족을 향해 말하자 그가 고개를 끄덕이더니 허공을 향해 손을 치켜들었다. 그러자 그의 손에서부터 형성된 검은 기류들이 흰 로브의 마족이 만들어낸 검은 장벽으로 날아가 검은 장벽을 친친 휘감으며 그 속으로 스며들었다.

그러자 흰 로브 마족의 얼굴에 약간 혈색이 돌아왔다.

그는 녹색 로브에게 기대었던 몸을 똑바로 세우며 자신의 입가에 흐른 피를 소매로 스윽 닦았다.

"제가 너무 얕봤군요. 힘이 멋대로 날뛴다고는 하지만 이 정도일 줄은 몰랐습니다."

그러자 검은 로브의 마족이 피식 웃으며 입을 열었다.

"길들인 말보다야 야생마가 더 격렬한 법이지. 더욱이 여긴 마계가 아니잖나. 그곳에서의 반응과는 다를 수밖에."

상황이 어느 정도 진정된 것 같자 얌전히 서 있던 내가 슬그머니 나섰다.

"저기요, 이게 어떻게 된 상황인지 혹시 설명해 주실 수 있으세요? 그리고 어떻게 세이몬을 찾아내셨는지도 좀……."

그러자 검은 로브의 마족이 나를 돌아보더니 되물어왔다.

"그거야 이렇게 강렬한 마기가, 그것도 우리 아벨리아 족 마기가 날뛰는 것을 못 알아챌 리 없지 않나? 게다가 우리는 그동안 녀석을 찾고 있었으니 조금이라도 마기가 느껴졌으면 즉시 달려왔겠지."

"아, 글쿤요."

"그런데 말야, 혹시 그 녀석이 저기 보이는 것 같은 기운을 썼는가?"

"예, 약간이면 괜찮을 거라고 하면서 검은 기운을 사용했어요. 그건 이제껏 세이몬이 써온 기류보다 더욱더 어두운 기류였긴 했지만 세이몬이 괜찮다고 했으니까 별 상관 안 했어요. 그런데 그게 왜……."

"쉽게 설명한다면, 마족은 태어날 때부터 강한 힘을 가지고 태어나지. 하지만 그 힘이 너무 강해 태어나자마자 그 힘을 썼다간 육체가 힘을 지탱하지 못하고 터져 버리고 말 거다. 그렇기에 태어날 때 힘과 그 힘을 봉인하는 결계를 함께 가지고 태어난다. 그리고 그 결계는 성년식을 치를 때가 가까워지면 가까워질수록 점점 약해지지. 우리 아벨리아 마족의 성년식이란, 힘이 바깥으로 새어 나가지 못하게 막는 결계 안에서 힘을 개방시키는 거다. 그래서 그 힘을 자신의 의지로 다스려 자신의 것으로 만들면 성인이 되는 거지."

"그렇게 하지 못하면요?"

류미르가 불안한 얼굴로 묻자 마족이 냉정하게 대답했다.

"결계 안에서 힘을 다스리지 못하면 결국 버티지 못하고 죽는 거다."

"그럼 저기 세이몬은?"

"녀석은 성년식을 치를 때가 다가와서 결계가 약해진 데다 자신이 일부러 그 힘을 꺼내어 썼기 때문에 결계가 완전히 부서진 거야. 무슨 생각으로 그랬는지는 모르겠지만, 하필 힘을 막아주는 우리 마족의 결계 안에서 힘이 개방된 게 아니기 때문에 마력이 더욱더 심하게 날뛰는 것 같군."

"그럼 이제 어쩌죠?"

"어쩌긴, 기다려야지. 저 녀석이 힘을 다스려 자신의 힘으로 만들든지, 아님 죽든지 할 때까지. 우리가 할 수 있는 일은 아무것도 없어."

"할머니……"

내가 울상인 표정으로 할머니를 바라보자 할머니가 날 꼭 끌어안아 주셨다.

"어쩔 수 없잖니. 이건 그애가 해결해야 할 일이니까."

"하지만… 하지만 세이몬이 그 힘을 쓴 건 제 탓이란 말예요. 제가 쓰라고 했거든요."

"그 힘을 쓰려는 결정은 그애가 한 거겠지. 네가 만약 그 힘이 어떤 건지 알았으면 쓰라고 했을까?"

"아뇨."

"거보렴. 이건 그애의 선택이야. 우린 그저 기다리는 수밖에 어쩔 도리가 없어요."
"히잉~"
나는 애절한 눈으로 할머니의 소매를 꼭 잡고 할머니를 올려다 봤다. 그러자 할머니가 피식 웃으시며 내 머리를 슥슥 쓰다듬어 주셨다.
"그래그래, 알았다. 이 일이 해결될 때까지 같이 있어주마."
"정말요?"
"그래, 그게 네가 원하는 게 아니더냐?"
"헤헤헤~ 할머니, 사랑해요."
나는 실실 웃으면서 할머니 품에 쏙 안겼다. 정말 오랜만에 안겨보는 할머니의 품이었다.
"원, 녀석두."
그때 낮은 헛기침 소리가 들려왔다.
할머니 품에서 고개만 빠끔히 내밀어 살펴보니 류미르가 약간 부러운 눈길로 이쪽을 바라보며 주먹 쥔 오른손을 살짝 입술에 대고 있었다. 그는 나와 눈이 마주치자 괜히 다시 헛기침을 하면서 먼 산을 바라보는 척하더니 마족들에게로 다가갔다.
"궁금한 게 있습니다. 보통 당신들의 성년식은 언제쯤 끝납니까? 세이몬이 저렇게 된 지 이제 거의 반나절이 다 되어가는데……."
그러자 검은 로브의 마족이 입을 열었다.
"글쎄, 보통 결계 안으로 들어간 뒤 하루쯤 지나면 나왔지. 늦어도 이틀 안에 나온다면 사는 거야."
"그럼 그 후에라도 안 나오면……."
"힘을 제어하지 못한 거지. 그렇게 된다면 결계 안에서 온몸이 터져 죽게 될 거다."

"하아……"

류미르는 걱정스런 눈으로 세이몬이 있는, 소용돌이치고 있는 검은 기류들을 바라보았다.

그러더니 잠시 후 무슨 생각인지 바람과 땅의 중급 정령들을 불러냈다.

"너희들은 이 숲에 아무도 못 들어오게 막아주길 바래. 혹시 들어왔다가 무슨 일이 생길지도 모르니까."

두 중급 정령들은 알았다는 듯 고개를 끄덕이더니 바람의 정령은 허공에서 스르르 사라졌고, 땅의 정령은 땅 속으로 쑥 들어가 버렸다.

"자, 그럼 기다리는 일만 남았나?"

세이몬을 데리러 온 네 명의 마족들은 두 명씩 나누어 계속 세이몬에 의한 소용돌이치는 검은 기류가 더 이상 퍼지지 않도록 막을 형성했다. 두 명이 몇 시간을 버티다 힘들어하면 다른 두 사람과 교대하는 식으로 잠도 제대로 자지 못하고 계속 버티어냈다.

그러나 그들의 얼굴에는 세이몬에 대한 걱정은 요만큼도 보이지 않았고, 항상 무표정한 얼굴로 가끔 자기네끼리 낮은 목소리로 대화를 나누었다.

류미르와 나는 그 근처에 있는 공터를 찾아내어 모닥불을 피우고 요리를 하며 차를 한잔씩 만들어 돌렸다. 그러자 모든 이들이 자연스레 모닥불 가로 모여들었지만 서로 대화를 하지 않았으므로 모닥불 가는 침묵만이 맴돌았다.

그러다가 갑자기 할머니가 그 침묵을 깨셨다.

"그래, 아린아. 그동안 여행은 어땠니? 지금 시간도 있으니 얘기나 해주지 않으련?"

"그럴까요? 음, 제가 언제 할머니를 뵙고 안 뵈었었죠?"

"글쎄다… 아마 겨울이 되기 전이 아니었을까?"

"헤에, 그럼 제가 레스틴 여왕의 목걸이를 얻었다는 건 모르시겠군요?"

"레스틴 여왕의 목걸이? 호오~ 그 유명한 목걸이를 손에 넣었단 말이니?"

"예, 이로써 저한테는 세계 3대 목걸이 중 2개가 들어왔지 뭐예요."

"그래, 어떻게 얻게 되었지?"

나는 약간 들뜬 기분으로 할머니께 그레놀리 영지에 갔던 일을 이야기하기 시작했다.

마족들은 무표정한 얼굴로 모닥불만 바라보고 있었지만 내 이야기에 귀를 기울이고 있는 것은 분명했다.

가끔가다 류미르가 끼어들어서 뭐라고 하긴 했지만 내 이야기는 계속되었고, 그때만큼은 세이몬에 대한 걱정과 불안이 조금이나마 가시는 기분이었다.

그레놀리 공작이 죽은 대목을 이야기할 때는 풀이 약간 죽기는 했지만 그 당시에 느꼈었던 우울함만큼은 아니었다.

그렇게 시간이 흘러 밤이 깊어져 우리는 잠을 청했지만 나는 거의 잠을 이루지 못하고 새벽녘이 되어서야 잠시 눈을 붙였다. 아침이 되어 일어나 보니 류미르의 눈이 벌건 게 그도 잠을 이루지 못한 것 같았다. 그리고 세이몬을 둘러싼 검은 기류는 여전히 강렬한 소용돌이를 일으키며 굳건함을 자랑하고 있었다.

"여전한걸… 전혀 줄어들 기미가 안 보여."
"그래도 아직 하루가 남았으니까……."
"괜찮겠지?"
"그러길 바래야지."
류미르와 나는 걱정스런 얼굴로 대화를 나누었지만 우리가 할 수 있는 일은 아무것도 없다는 걸 그나 나나 잘 알고 있었으므로 세이몬에 대한 이야기는 곧 끊어지고 말았다.
하지만 간간이 강하게 요동을 치는 검은 기류를 바라보면서 제발 저 기류가 무사히 세이몬의 몸에 흡수되길 바라는 걸 잊지 않았다.
그러나 그러한 우리의 바람을 무시하는 듯 날이 저물어 어두워졌음에도 검은 기류의 위세는 조금도 수그러들지 않았고, 덕분에 나는 세이몬이 무사히 돌아올 거라는 희망이 점점 작아지는 기분이었다.
"어떻게 된 걸까?"
"글쎄, 녀석은 워낙 느림보라서 말야. 지금도 늦장을 부리고 있는지도 모르지."
"그럴까?"
"나도 모르겠어."
"그래도 아직 시간은 남았으니까……."
그러나 우리의 희망을 아예 산산조각 내려는 듯 다음날 아침이 밝은 후에도 그 검은 기류는 조금도 수그러들지 않고 오히려 더욱더 활개를 치는 듯 보였다.
그 모습에 마족들은 서로 바라보더니 고개를 저었다.
"흐음, 아무래도……."

"힘들겠죠?"

"지금까지 계속 저 모양이니……."

"녀석의 성격으로 보아 그놈에게는 조금 무리였을지도……."

"그게 무슨 말입니까?"

무슨 뜻인지 뻔히 알면서도 류미르는 하얗게 질린 얼굴로 마족들에게 외쳤다. 그러자 흰 색 로브의 마족이 무표정한 얼굴로 어깨를 으쓱이며 대꾸했다.

"무슨 말인지 모른다는 건가? 지금까지 힘을 흡수하지 못했으니 아무래도 살아 나오기는 힘들 거라는 말이다."

"그럼… 그럼, 세이몬은 어떻게 되는 거죠?"

"그의 육체가 기류의 요동에 견디지 못하고 파열되고 말겠지. 그렇게 되면 저 마력의 기류도 대기 중으로 흩어질 거고… 그러니 숲이 파괴될 걱정은 안 해도 된다, 엘프여."

"지금 그런 걸 걱정하는 게 아닙니다."

류미르가 발끈해서 대들었지만 흰 로브의 마족은 무표정한 얼굴로 흥, 하고 고개만 돌릴 뿐이었다. 그러자 침착한 할머니의 목소리가 들려왔다.

"힘을 흡수하지 못한 육체가 견딜 수 있는 시간이 어느 정도지?"

"잘은 모르겠지만, 아마도 길어야 2, 3일 정도?"

"그런……."

나는 갑자기 다리에 힘이 풀리는 걸 느끼며 땅에 주저앉고 말았다.

"세이몬……."

"방법이 없는 겁니까? 세이몬이 살아날 방법이?"

류미르의 마지막 지푸라기도 잡으려는 듯한 간절한 목소리에 검은 로브의 마족이 고개를 가로저을 뿐이었다.

"없다. 이건 우리 마족의 성년식. 혼자 힘으로 해내지 못한 자에게는 죽음뿐."

그때였다.

멍하니 세이몬이 들어가 있을 검은 기류를 바라보고 있던 나에게 어떤 생각이 번뜻 스쳐 지나갔다.

"잠깐만요, 저 검은 기류가 사라지지 않았다는 건 아직 세이몬이 살아 있다는 뜻이죠?"

그러자 흰 로브의 마족이 의아한 얼굴로 나에게 고개를 돌렸지만 곧 무표정한 표정으로 돌아오며 고개를 끄덕였다.

"그래, 그렇게 말할 수도 있겠지."

"좋았어!!"

나는 그 자리에서 벌떡 일어나며 할머니를 돌아보았다.

"뭘 하려고 그러니?"

할머니는 내가 부탁하려 한다는 것을 알고 먼저 입을 여셨다.

"할머니, 혹시 할머니 능력이라면 저 마족들이 쳐놓은 벽을 뚫고도 날뛰는 마력까지 뚫을 수 있지 않을까요?"

그러자 할머니는 의아한 얼굴이시면서도 마력의 소용돌이를 주의 깊게 살펴보시더니 신중하게 말씀하셨다.

"응, 글쎄다… 힘은 좀 들겠지만 가능할 것 같은데?"

"그럼요, 저 마력의 소용돌이 안쪽도 저렇게 심하게 마력이 요동 치는지 살펴봐 주시겠어요? 바다도 표면에서 아무리 심하게 물결이 치더라도 깊은 쪽은 잔잔하니까 혹시나 해서 드리는 부탁이에요."

할머니는 잠시 잔잔한 눈으로 나를 바라보시더니 곧 빙그레 미소를 지으며 고개를 끄덕이셨다.

"그래, 알았다. 네가 그렇게 부탁하는 거면 뭔가 생각이 있어서 그러는 거겠지."

그리고 할머니는 검은 기류들이 서로 부딪치고 있는 모습을 한참 동안이나 유심히 관찰하시더니 알겠다는 듯 살짝 고개를 끄덕이시고 한쪽 손을 높이 치켜드셨다. 그러자 그와 동시에 할머니 몸에서는 너무 붉어서 햇빛처럼 밝게만 느껴지는 빛이 나더니, 그 빛이 할머니의 손을 타고 공중으로 길게 뻗어 올라가 곧 검은 기류들의 틈새를 교묘하게 비집고 들어갔다. 할머니는 그 상태로 눈까지 감으시며 집중을 하시더니 잠시 후 눈을 뜨시며 빛을 거두셨다.

"그래, 네 말이 맞구나. 안쪽은 소용돌이가 그렇게 심하지 않아. 그런데 아린아, 그걸 알아서 뭘 하려고 그러니?"

할머니의 질문에 나는 실없이 한번 헤죽 웃어 보였다.

"저 안으로 들어가려구요."

"뭐라구?"

놀란 탄성의 외침은 할머니의 입에서 나온 것이 아니라 마침 흰 로브와 검은 로브의 마족과 교대하고 쉬고 있던 파란 로브의 마족 입에서 튀어나왔다. 그는 크게 떠진 눈과 온통 놀라움이 담긴 얼굴로 나를 향해 다가왔다.

"지금 뭐라고 그랬지? 저 마력이 요동 치는 안으로 들어가겠다고?"

"예, 그럴 생각이에요."

나의 당당한 대답에 그 마족의 얼굴이 험상궂게 일그러졌다.

"죽으려면 너 혼자 곱게 죽어. 네가 저 안에 들어가서 어떻게 되면 우리 모두가 무사하지 못할 텐데 지금 제정신으로 하는 말인 건가?"

그는 할머니를 힐끔 바라보며 격렬한 어조로 소리쳤다. 그제야 나는 그가 날 걱정해서 놀란 게 아니라 내가 잘못되기라도 한다면 할머니의 분노를 감당해야 할 자신들을 걱정해서 그런 반응을 보였다는 것을 깨닫고 쓴웃음을 지었다.

'어쩐지.'

할머니도 조용히 입을 여셨다.

"왜 그런 생각을 한 거니? 아무리 너라도 저 속으로 들어가는 건 위험한 일이야."

"물론 저도 그런 것쯤은 예상하고 있어요. 그리고 저도 죽으려고 그러는 건 아니에요. 그저 제가 견딜 수 있을 정도로 잠깐 들어가서 세이몬 좀 만나려구요. 혹시라도 제가 도울 수 있을지 모르잖아요. 이대로 그가 죽게 내버려 둘 수는 없어요."

그러자 파란 로브의 마족과 같이 교대를 했던 푸른 로브의 마족이 입을 열었다.

"쓸데없는 생각 마라. 전에도 말했다시피 이건 우리 아벨리아 마족의 성년식. 혼자 힘으로 해결해야 하는 거다."

나는 그에게 지지 않고 대꾸했다.

"그건 당신들 사정이구요. 원래 세이몬은 마계로 돌아가 당신들의 결계 안에서 성년식을 치러야 정상 아닌가요? 어차피 이렇게 비정상적으로 성년식을 치를 바에야 몇 가지 더 다른 요소가 작용한다 해도 상관없잖아요."

"흥, 네가 그렇게 해봤자 그에게 도움이 안 돼."

"도움이 되는지 안 되는지는 내가 판단합니다."
나는 거기까지 말한 뒤 할머니를 돌아봤다.
"할머니, 저 다녀올게요."
그러자 할머니가 어깨를 으쓱해 보이셨다.
"아린아, 너 저기 어떻게 들어가려고 그러니?"
"몸에 실드를 두른 채 뚫고 들어가겠어요."
"흐음, 너무 쉽게 생각하는구나? 저건 순수한 마력의 기운들이란다. 이걸 한번 보겠니?"
할머니는 그렇게 말씀하시면서 작은 파이어 볼 하나를 만들어 검은 기류들 쪽으로 던지셨다. 그러나 그 파이어 볼은 기류에 채 닿기도 전에 공중에서 산산이 분해되고 말았다.
"잘 봤니? 저긴 순수한 마나들이 격렬한 소용돌이를 일으키는 곳이란다. 보통 마법의 마나 배열은 저 안에 들어가면 흩어지고 말아. 즉, 저 안에서는 마법을 쓸 수가 없단다. 만약 마법이 가능하다면 저 마족들도 마법으로 실드를 쳐서 막고 있지, 뭐 하러 몇 배의 힘을 들여가며 마력의 기운을 직접 발산하여 막고 있겠니."
"그런가요? 그럼 어쩌죠?"
내가 풀이 죽은 어조로 묻자 할머니는 인자하게 웃으셨다.
"네가 저 안에 들어가고 싶다면 네 순수 마력을 배출해 내어 너를 감싸는 방어막을 만들어야 해. 무슨 말인지 알겠니?"
그러자 나는 아르카스해 속으로 들어갈 때 할아버지께서 만드셨던 마력의 구가 생각났다.
"이렇게요?"
그때의 기억을 더듬어 내 몸속의 마나를 피부에 골고루 배치시킨 후 천천히 발산했다.

그러자 할머니께서 고개를 흔드셨다.

"아니아니, 방어막이 생기지 않았잖니. 그건 단지 마력을 발산하는 것뿐이야. 머리 속으로 네 주위에 막이 있는 걸 집중해서 생각해야지."

"흐음, 그런가요?"

나는 눈을 감고 정신을 집중해 내 몸 주위에 할아버지가 만드셨던 막이 둘러쳐진 것을 상상하며 천천히 마나를 뿜어냈다.

"오, 그래. 방어막이 형성되는구나. 천천히 눈을 뜨렴, 정신이 흩어지지 않게 주의하면서."

할머니의 말씀에 내가 천천히 눈을 뜨자 할아버지가 만드신 것과는 비교도 안 되게 얇고 희미한 붉은빛을 뿜어내긴 했지만 분명히 내 둘레에 막이 존재하고 있었다. 그러나 내가 눈을 뜨면서 정신이 분산되어서 그런지 자꾸 막이 마력으로 화하여 분해되려고 했다.

"집중. 집중해야지. 막이 사라지려고 하잖니?"

나는 얼른 막을 뚫어져라 쳐다보며 조심스럽게 마나를 주입시켰다. 그러자 자꾸 희미해져 가던 벽이 차츰차츰 뚜렷해졌다. 그러나 할아버지 거와 비교해서 너무 약해 보였기에 나는 은근히 걱정되었다.

"할머니, 이 정도로 저 안에서 견딜 수 있을까요? 할아버지가 만드셨던 거보다 너무 형편없는데……."

할머니가 내 말을 듣고 피식 웃으셨다.

"저런저런, 성룡이 된 지 얼마 되지도 않았으면서 어떻게 고룡과 비교하려 드니? 게다가 저 아이도 이제 막 성년이 되려 하는 아이기 때문에 마력이 그다지 강하지 않은 데다, 제어도 못한 상태라서 마구 날뛰기 때문에 보기에는 저래도 크게 강하지 않으니 네 방어막으로도 충분히 견딜 수 있을 게다. 정 걱정된다면 내가 밖에서 널 도와주도록 하마."

그리고 그 뒤에도 몇 번이나 다시금 방어막을 만들어보고 또 할머니와 이야기를 하면서도 계속해서 방어막을 유지하는 연습을 해서, 시간이 어느 정도 지나자 나는 방어막을 직접 바라보지 않고도 감으로 방어막을 느낄 수 있었으며 계속 마력을 보내주게 되었다.

"흐음, 뭐 이 정도면 세이몬과 이야기는 해볼 수 있겠네요. 그럼 저 다녀올게요."

내가 방어막을 유지하면서 공중으로 떠오르려 하자 할머니가 제지하셨다.

"아린아, 아무리 그래도 지금 네가 형성한 방어막은 너무 불안해. 보렴, 아직도 너의 상태에 따라 불안정하게 흔들리잖니? 조금 더 연습하고 가는 게 어떨까?"

그러나 나는 고개를 흔들었다.

"죄송해요, 할머니. 너무 급해서 집중을 잘 못하겠어요. 그냥 가면 안 될까요? 대충 감은 잡았고 막상 닥치면 집중할 수 있을 것 같아요."

그러자 할머니가 어쩔 수 없다는 듯 한숨을 쉬셨다.

"그래그래, 너 역시 레드 일족이었구나. 알겠다. 뭐, 밖에서 내가 보조하고 있을 테니 그렇게 큰 어려움은 없겠지. 그래, 다녀오렴."

"죄송해요, 할머니."

내가 미안한 얼굴로 미소를 짓자 할머니도 마주 웃어 보이셨다.

"괜찮다. 하긴 네가 그렇게 만용을 부리는 것도 나를 믿고 있기 때문이 아니냐?"

"헤헤헤, 맞아요. 그럼, 저 다녀올게요."

나는 할머니께 인사를 하고 몸을 허공으로 띄우려 했다. 그런데 그때 누군가 내 앞으로 뛰어나왔다.

"잠깐 기다려. 나도 가겠어."

류미르였다.

"너 혼자 보낼 수 없어. 게다가 내가 같이 있으면 넌 방어막에 신경 쓸 수 있잖아. 세이몬과는 내가 이야기해 볼 테니."

그러자 할머니도 고개를 끄덕이셨다.

"그래, 네가 좀 힘들겠지만 그게 좋겠구나. 그리고 내가 길을 뚫어줄 테니 그렇게 부담되지는 않을 거다. 할미가 버티기 힘들 때쯤 너에게 텔레파시를 보낼 테니 그때 나오거라."

"그럴게요."

나는 방어막을 해체하고 다시 류미르와 나를 감싼 방어막을 만들었다. 그리고 천천히 공중으로 떠올라 검은 기류의 소용돌이 쪽으로 다가갔다. 그러자 곧 할머니께서도 다시 빛줄기를 형성해 요동치는 검은 기류의 틈새를 뚫더니 내가 형성한 방어벽이 들어갈 정도의 공간을 벌려놓으셨다.

"조심해서 다녀오너라."

할머니의 말에 고개를 끄덕이면서 나는 천천히 그 구멍 속으로 들어갔다.

안은 깜깜했다.

조금의 빛조차 존재하지 않아 한 치 앞도 보이지 않았고 단지 내가 형성한 막에서만 약간의 붉은빛이 흘러나와 류미르의 얼굴만이 겨우 보일 뿐이었다. 이 안의 마력 흐름은 바깥에서 보였던 것처럼 소용돌이치는 것이 아니었기에 내가 형성한 막으로도 버틸 수 있었지만, 약간이라도 강한 기운이 파도처럼 닥쳐 오면 막이 흔들려 나는 잔뜩 긴장하고 어서 빨리 세이몬을 찾기 위하여 주위를 두리번거리고 있었다.
"뭐 이런 곳이 다 있냐? 한 치 앞도 안 보이잖아?"
류미르도 잔뜩 긴장했는지 목소리가 낮았다.
"야, 말 걸지 마라. 나, 막 유지하는 것만 해도 머리 아프니까 세이몬이나 찾으면 말해."
"아, 그러냐? 미안."
류미르는 나의 냉정한 말에 풀이 죽어 대답하고 다시 입을 다물었지만 잠시 후에 또 입을 열었다.
"세이몬은 중심 쪽에 있겠지?"
"그렇겠지. 지금 마력이 흘러나오는 쪽으로 가고 있는 거야. 그러니 말 걸지 마."
"으응."
류미르는 내가 그를 쳐다보지도 않고 차갑게 대답하자 다시 풀이 죽었다.
그러나 잠시 후.
"아린, 괜찮아? 힘들지는 않고?"
나는 이마에 힘줄 하나가 솟는 것이 느껴졌다.
'이노마가 와이러노? 막 유지하느라 신경 쓰여 죽겠구만.'
"네가 말 걸지 않으면 괜찮으니까 걱정 마."
"아, 그래."
나는 류미르가 자꾸 말을 건다고 너무 차갑게 대하는 게 아닌가 해서 약간 미안한 감정이 들었지만 여기서 내가 까딱 잘못했다간 류미르나 나나 위험하기 때문에 애써 그런 감정을 억눌렀다. 아무리 할머니가 도와주신다 해도 막을 형성하고 이동시키는 것은 순전히 내 몫이었기 때문에 어지간히 신경 쓰였던 것이다.

그런데…….

"앗, 아린!!"

류미르의 부름에 나는 화가 나서 이번에는 따끔하게 말해 줘야겠다고 생각하며 입을 열었다.

"왜? 너, 이번에도 아무 일 아니면……."

그러나 류미르는 내가 채 말을 다 하기도 전에 막으로 바싹 다가서며 어느 한쪽을 뚫어져라 쳐다보았다.

"저기 뭔가가 있어."

류미르가 가리킨 쪽을 바라보니 멀지 않은 곳에 희미한 빛을 내는 물체가 있었다. 그동안 막을 유지하며 흐름을 거슬러 올라가는 것에만 신경을 쓰다 보니 주위를 살피는 것을 잠깐 잊어서 보지 못했던 것이다.

"기다려 봐. 가까이 가볼게."

내가 막을 조정하여 그 물체를 향해 조심스레 가까이 다가갔다.

그것은 희미한 빛을 내는, 어둡지만 얇고 투명해서 안이 훤히 들여다보이는 막에 둘러싸인 세이몬이었다.

마치 태아처럼 잔뜩 웅크리고 앉아서 무릎 위에 올린 팔 안에 얼굴을 감싸고 있었는데 옷은 어쨌는지 몸에는 실오라기 하나 걸치지 않았다.

"이런, 옷은 어쩐 거야?"

그가 발가벗고 있다는 것을 알자마자 당황스럽고 민망해 반사적으로 고개를 돌리자 류미르가 피식 웃으며 중얼거린 말이었다.
"젠장, 혼자 중얼거리지만 말고 세이몬 좀 깨워봐."
"그래그래, 조금만 더 가까이 가봐."
내가 류미르의 주문대로 조금 더 그에게 다가가자 류미르가 막에 바짝 붙은 상태로 소리쳤다.
"세이모온~ 세이몬~ 눈 좀 떠봐. 우리가 왔어."
나는 세이몬을 보고 있지 않았기 때문에 그가 류미르의 부름에 응답을 했는지 알 수 없었다.
"어떻게 됐어? 일어났어?"
"아니, 꼼짝도 안 하는데?"
"응? 네 소리가 안 들리나?"
"그런 것 같아. 아무래도 바깥은 마력들로 꽉 차서 내 소리가 세이몬에게까지 들린다고 장담은 못하겠는데?"
"아, 글쿠나. 그걸 생각 못했네. 같은 용족이라면 말이라도 걸어볼 수 있겠는데……."
나는 천천히 고개를 돌려 세이몬을 바라보았다.
그는 웅크리고 앉아 있는 데다 그의 길다란 머리카락이 몸의 절반은 가려주고 있어서 처음의 그런 민망한 감정은 들지 않았다.
류미르도 그것을 눈치 챘는지 키득키득 웃으며 나를 놀려댔다.
"호오~ 이제는 볼 만한가 보지?"
"죽고 잡냐?"
나는 류미르를 한번 흘겨봐 주고는 다시 세이몬을 바라보며 소리쳐 봤다.
"야아아~! 세이모오오오오온~!! 내 말이 안 들려어어어~?"
그러나 정작 당사자인 세이몬은 반응을 보이지 않고 내 옆에서 즉각 반응이 일어났다.

"우왓! 아린, 말이나 하고 소리칠 것이지, 귀청 떨어질 뻔했잖아!"

류미르는 깜짝 놀라 주저앉으며 두 손으로 귀를 감쌌다. 그러나 나는 그런 그를 싹 무시하고 심각하게 중얼거렸다.

"정말 안 들리나 보네… 어떻게 하지?"

"아린, 너 정말 이럴 수 있냐?"

"시끄러. 가만히 좀 있어봐."

나는 천천히 조심스럽게 세이몬의 막에 내가 형성한 막을 가져다 대었다. 아무래도 그의 기운과 내 기운이 다르다 보니 뭔가 자극이 생겨 세이몬을 깨울지도 모르기 때문이다.

여차하면 뒤로 물러날 생각으로 조심스럽게 막을 접근시키자 류미르도 긴장하며 침을 꿀꺽 삼켰다.

거리 차가 점차 좁아지면서 세이몬의 막이 내 막을 거부하는 듯 내 막에 어떤 울림이 전달되어 왔다. 그러나 그리 심한 것은 아니었기 때문에 물러나지 않고 조금 더 조심스럽게 막을 가져다 대었다.

완전히 세이몬의 막과 내 막이 맞닿았을 때, 나는 스파크 같은 것이 일어나지 않을까 하여 잔뜩 긴장하고 있었는데 갑자기 어떤 소리가 들려와 화득짝 놀라며 얼른 막을 뒤로 물러나게 했다.

"왁!!"

"아이고, 깜짝이야. 왜 그러는 거야?"

류미르가 영문을 모르겠단 표정으로 눈을 깜빡이며 나를 바라보았다.

"왜 그러냐니, 무슨 소리가 들렸잖아. 넌 못 들었어?"

"소리? 무슨 소리? 난 네 비명밖에 못 들었는데?"
"뭐? 분명히 무슨 소리가 났는데?"
"아무 소리도 안 났어."
혹시 세이몬이 어떤 반응을 일으켰는지 몰라 얼른 그를 돌아봤으나 그는 여전히 그 자세 그대로였다.
"그래? 이상하다, 분명히 들은 것 같은데……"
류미르도 내 말을 딱 잘라 부정하는 데다 내 막에도 별 이상이 없었으므로 나는 내가 잘못 들은 걸로 치부하고 다시 한 번 세이몬에게 다가갔다.
그러나 내가 잘못 들은 것이 아니었다는 듯 다시 한 번 막과 막이 맞닿자 또다시 이상한 소리가 들렸다. 하지만 내 막이 파열되는 것은 아니었으므로 나는 긴장하고 세이몬의 막과 맞닿은 채로 류미르를 돌아보았다.
"봐봐, 무슨 소리가 들리잖아."
그러나 류미르는 뭔 소리냐는 듯한 표정이었다.
"뭐가 들린다는 거야? 아무 소리도 안 들리는구만."
"뭐? 이 소리가 안 들려? 봐, 들리잖아. 우우웅~ 하고."
그러자 류미르는 정색을 하고 나를 돌아보았다.
"아린, 난 네가 말하는 그 '소리'라는 게 들리지 않아. 너만 들린다는 그 소리라는 거, 혹시 세이몬의 막과 닿아서 생기는 진동 같은 게 아닐까? 이 막은 네가 형성하는 거니 너만 들리는 건지도 모르잖아."
그때였다. 내 귀에 누군가가 속삭이는 듯한 말소리가 들렸다.
"…어……가 …줘어…… 제발……"
"잠깐만. 어떤 말소리가 들려."

나는 류미르를 조용히 시킨 후 그 말소리를 더 잘 듣기 위해 눈을 감고 정신을 집중했다. 류미르도 내가 진지하게 집중하자 입을 다물고 내가 집중하는 데 방해하지 않고 뭔가 말해 줄 때까지 기다렸다.

그 말소리는 세이몬의 막과 내 막이 맞닿아 울리는 진동 소리 가운데 간간이 희미하게 들려왔다.

"무서워… 싫어…… 벗어나고 싶어… 제발……."

두려움에 떠는 가냘픈 목소리…….

나는 너무 놀라 집중하고 있느라 감고 있던 눈을 번쩍 떠 아직도 웅크린 채 아무런 미동도 하고 있지 않는 세이몬을 바라보았다.

"세이몬이야."

류미르는 놀라움과 황당함이 섞인 목소리로 물었다.

"세이몬이라고? 그게 무슨 소리야?"

나는 세이몬의 목소리를 더 잘 듣기 위하여 막에 귀를 가져다 댄 상태로 류미르의 말에 대꾸했다.

"세이몬의 목소리가 들려. 왜인지는 모르겠지만 아마 막과 막이 서로 닿아서 세이몬의 말소리가 전해졌나 봐. 가만있어 봐, 들리는 말을 전해줄게."

류미르는 내 말을 듣고도 무슨 소리인지 모르겠다는 표정이었지만 일단 세이몬의 말을 듣기 위해 입을 다물고 있었다.

"…도와 달래. 여기에 있는 게 싫다는데? 흐음… 무섭다고도 하네, 싫다고도 하고… 이 녀석, 엄청 무서운가 봐. 목소리가 무지 가냘픈 데다 엄청 떨고 있어."

나는 세이몬의 목소리를 더 이상 듣고 싶지 않아 막으로부터 귀를 떨어뜨렸다.

"참내, 무서우면 이곳을 나올 것이지 왜 이러고 있는 건지 원."

내가 무심코 중얼거리자 류미르가 대꾸했다.

"저 녀석이 안 나오고 싶어서 저러고 있겠냐? 나올 방법을 모르니까 저러고 있겠지."

"그걸 내가 모르나?"

류미르의 한심하다는 말투에 내가 발끈했지만 류미르는 그런 내 반응을 싹 무시한 채 혼자 심각해서는 중얼거렸다.

"우선은 저 녀석을 깨워야 하는데… 무슨 방법이 없을까?"

"그냥 머리를 한 대 치는 건 어때?"

"아! 그래, 그게 좋겠다."

"뭐시라?!"

나를 무시하는 것 같은 류미르의 태도에 삐쳐서 아무렇게나 되는대로 대답했는데 류미르가 반색을 하자 오히려 내가 놀랐다. 그러나 류미르는 내가 그러든지 말든지 세이몬과 나의 막이 맞닿은 부분 쪽으로 다가가면서 대꾸했다.

"좋은 방법이라고. 어차피 여기서 우리가 소리를 질러봤자 세이몬에게는 들리지 않으니 직접적인 수단을 써야지."

"야, 너, 그거 진심으로 하는 소리야?"

내가 너무나 당황해 목소리까지 떨면서 묻자 류미르가 피식 웃으며 대꾸했다.

"그래, 진심이야."

그는 그러면서 조심스럽게 손을 들어 올리더니 세이몬과 내 막이 맞닿은 부분 중간 정도쯤에 가져다 대었다. 그리고는 곧 심호흡을 한번 한 뒤 이를 앙다물고 손으로 막을 뚫기 시작했다.

"야, 너, 무슨 짓이야!"

내가 너무 놀라 소리치자 류미르가 다른 손을 들어 휘휘 내저어 보였다.

"시끄러, 정신 사납단 말야."

류미르의 얼굴에는 긴장감이 가득했고, 그 일이 그에게 버겁다는 것을 나타내 주듯 땀이 송골송골 맺혀 있었다. 그리고 류미르가 막을 뚫고 있는 손 주위에는 세이몬의 막과 내 막의 반발력에 의하여 전류의 스파크 같은 빛이 찌릿찌릿 흘렀다.

자세히 보면 류미르의 손을 감싸고 있는 희미한 녹색의 빛을 볼 수 있었는데 아마도 류미르 자신의 마력을 손에만 집중시켜 그 힘으로 손을 보호하면서 세이몬과 내 막을 뚫는 듯했다.

나는 이제는 아무런 말도 못하고 잔뜩 긴장한 채로 류미르가 하는 일을 지켜보았다.

류미르의 손은 아주아주 힘겨워 보였지만 그래도 조금씩 조금씩 앞으로 전진하고 있었고, 이제는 세이몬의 막까지 다 뚫고 들어가더니 완전히 뚫어버렸다.

류미르는 거기까지 이르자 안도의 한숨을 내쉬더니 나를 향해 승리의 표정으로 씨익 웃어 보였다.

그러더니 팔을 더 집어넣어 세이몬의 머리 쪽으로 손을 옮기더니 다짜고짜 세이몬의 드러난 귀를 휘어잡고는 세게 잡아당겼다.

"우악, 무슨 짓이야?!"

옆에 있던 내가 놀라서 비명처럼 소리를 지르자 류미르가 뭐가 어떠냐는 표정으로 나를 돌아보았다.

"무슨 짓이긴. 이 정도는 해야 녀석이 정신을 차리지."

그는 한번 더 귀를 강하게 비틀어준 뒤 급하게 손을 빼내었다.

그의 손이 내 막 안으로 들어오자마자 그는 다른 한 손으로 그 손을 부여잡았다.
"아이고, 불쌍한 내 손… 친구 잘못 만나서 이게 웬 고생이냐."
"괜찮아?"
"너는 이게 괜찮아 보이냐?"
류미르가 나에게 들어 보인 손은 팔뚝까지 새빨갛게 된 채 퉁퉁 부어 있었다. 아무래도 그의 손에 부담이 많이 되었던 모양이다.
"치유 마법이라도 써주랴?"
내가 걱정스럽게 묻자 류미르가 피식 웃었다.
"이 안에서는 마법을 쓸 수가 없잖아."
"아참, 그렇지."
나는 괜히 머쓱해져서 류미르의 얼굴을 피해 세이몬 쪽으로 시선을 돌렸다. 그런데 그런 내 눈에 우리 쪽으로 뻗어 있던 세이몬의 손가락이 약간 움찔대는 것이 보였다.
"야, 야, 류미르, 저걸 봐. 세이몬이 움직인 것 같아."
"뭐? 정말?"
류미르가 놀라 세이몬 쪽으로 고개를 돌리는 찰나 그의 손가락이 약간씩, 그리고 천천히 움직이더니 곧 이어 팔이 꿈틀꿈틀하고 그 다음 그의 어깨가 파르르 떨려왔다.
"음하하하, 역시! 내가 이 고생을 했는데 효과가 없을 리 없지."
류미르가 너무나 기뻐하면서 외치는 소리를 한 귀로 흘려들으며 계속 세이몬을 주시하고 있자 그의 머리가 움찔하더니 천천히 들어 올려졌다. 그리고 곧 감겼던 눈이 천천히 떠졌다.
"오, 떴다, 떴어."

류미르와 나는 숨 죽여 세이몬이 우리를 바라보길 기다렸다.

세이몬은 눈을 완전히 뜨자 초점을 맞추려는 듯 몇 번 깜빡거리더니 곧 이어 당황한 얼굴로 주위를 둘러보다가 우리와 눈과 마주쳤다. 그러자 그는 환한 얼굴로 우리에게 다가오려 손을 뻗었지만 그의 막과 내 막이 가로막고 있어 다가올 수 없자 울상이 되었다.

[아린… 이게 어떻게 된 거야?]

그는 울먹이면서 말했지만 나에게는 겨우 희미하게 들렸을 뿐이고 류미르에게는 아무런 말도 들리지 않은 모양이었다.

"쟤가 뭐래?"

"어떻게 된 거냐고 묻는데?"

"참내, 누가 이렇게 만든 건데."

나는 세이몬과 말을 나누기 위하여—아무래도 그와 나는 대화를 할 수 있는 것 같으니까—막에 손을 가져다 대고 입을 열었다.

"세이몬, 내 말 들려?"

[응, 아주 작지만 들려.]

"이곳이 어딘지 알겠어?"

[몰라, 깨어나고 보니까 이상한 곳이잖아. 도대체 여기가 어디야?]

"여긴 네 마력 안이야. 그러니까 이 바깥은 네 마력이 요동 치고 있어."

[그게 무슨 소리야?]

"그러니까 이 바깥에서 햇빛을 가리고 있는 게 다 네 마력 덩어리라고. 이걸 빨리 네가 네 몸속으로 갈무리해서 집어넣어야 우리가 햇빛을 볼 수 있다 이거야."

[그럼… 혹시 내 결계가 무너진 건…….]

"바로 그거야. 네 결계가 무너진 지 벌써 이틀이 지났다고. 우리는 그동안 바깥에서 널 기다리고 있었는데 네가 나오지 않아 걱정이 돼서 들어온 거야."
 [뭐?! 어떻게 여길?]
 "보면 모르냐? 마력으로 뚫고 들어왔지."
 그런데 그때였다. 야속하게도 할머니의 목소리가 들려왔다.
 "아린아, 이제 나오렴. 이제 한계가 되었구나."
 "이런, 할머니가 빨리 나오래. 그럼 우리 갈 테니까 너, 빨리 이 힘을 흡수하고 나와. 알았지?"
 [잠깐만, 아린. 나보고 어떻게 하라고? 난 무섭단 말야.]
 "괜찮아, 세이몬. 넌 고위 마족인 아벨리아 족이잖아? 할 수 있을 테니까 너무 걱정 마. 우린 바깥에서 널 기다리고 있을게. 알았지?"
 [하지만…….]
 "시간이 없어, 세이몬. 할 수 있다는 자신감을 가져. 그리고 류미르와 내가 목숨을 걸고 널 돕기 위해 여기 들어온 걸 기억해. 우린 네가 나올 때까지 기다리고 있을 테니까. 힘내!!"
 내 막은 내가 원하지 않았지만 세이몬에게 떨어져 점점 바깥으로 향하고 있었다. 아마 할머니가 내가 나오지 않고 꼼지락대자 끌어당기시는 듯했다.
 점점 멀어지는 세이몬의 표정이 울상인 채여서 불안했지만 더 이상 어떻게 할 수는 없었다.

 우리가 세이몬의 마력 안에서 나오자마자 할머니가 계속 열어 놓고 계셨던 구멍은 다시 막혔고, 그러자 예전처럼 아무 일도 없었다는 듯이 마력은 계속 요동을 쳤다.

"그래, 잘됐니?"
내가 땅에 내려오자마자 할머니가 맞으시며 물으셨다.
"잘 모르겠어요. 들어가서 세이몬을 만나 깨우긴 했는데 나올 때까지도 불안한 얼굴이어서 잘될지 모르겠어요."
한숨을 폭 내쉬며 자신없이 대꾸하자 할머니가 손을 올려 머리를 쓱 쓰다듬어 주시더니 자신의 품으로 나를 끌어당기셨다.
"수고했다. 넌 네가 할 수 있는 한 최선을 다한 거야. 이제 나머지는 그애의 몫이지. 넌 그 아이를 믿고 기다리면 될 거다."
"예, 할머니."
할머니의 품에 안기자 세이몬과 헤어진 뒤로 계속 안절부절못했던 마음이 차분하게 가라앉으면서 편안해졌다. 이제는 정말 기다리는 일만 남았다.

할머니 품에서 빠져나와 나중에 세이몬이 나온다면 제일 먼저 그를 볼 수 있는, 요새가 있던 공터가 다 내려다보이는 약간 솟아오른 언덕에 류미르와 자리를 잡고 앉았다.
우리가 세이몬의 마력 안에서 나온 지 약간의 시간이 흘렀지만 마력의 덩어리는 아무런 변화를 보이지 않고 있었다.
"그 녀석, 혹시 무섭다고 또 질질 짜고 있는 건 아닐까?"
류미르가 세이몬의 마력 덩어리를 향해 돌멩이 하나를 휙 던지면서 아무런 의미 없는 질문을 던졌다.
어지간히 초조한가 보다.
"글쎄, 또 그랬다면 조금 있다 나올 때 한 대 때려주지 뭐. 그게 네 특기 아니냐?"
"하하하, 맞아. 우리가 나간 뒤 질질 짰다고 하기만 하면 이번엔 엉덩이를 한 대 차주고 말겠어."

"그래라. 대신 그 뒤에 티격태격할 때 날 끌어들이지는 말아줬으면 좋겠어."

"에이, 그 무슨 섭섭한 말씀을… 언제 우리가 널 끌어들였냐? 네가 끼어들었지."

"어쭈구리, 지금 그걸 말이라고 하는 거야?"

"하하하하……."

류미르는 크게 한바탕 웃더니 점차 그의 웃음소리가 잦아들면서 얼굴이 심각하게 변했다.

"아린."

"왜? 갑자기 웬 심각 모드로 변환한 거야?"

"너 말야, 세이몬한테 그 녀석 잡으러 아벨리아 마족들이 왔다는 말 안 했지?"

"응, 만약 말했다면 녀석이 놀라서 안 나오려고 할 거 아냐?"

"쿡쿡, 맞아. 녀석이 나오자마자 그들을 보고 놀라는 얼굴이 볼 만할 거야. 아마 녀석의 마력이 퍼지지 않게 막고 있는 게 그들이라는 것도 모르고 있을걸? 그런데… 그런데 말야……."

류미르는 세이몬이 갇혀 있는 마력의 덩어리를 물끄러미 바라보더니 힘겹다는 듯이 입을 열었다.

"만약, 만약에 말야……."

"시끄러! 만약이란 없어."

나는 일부러 단호하게 말하며 뒤로 드러누워 팔베개를 했다.

"하지만 모든 가능성을 고려해 봐야 하지 않겠어?"

"쓸데없는 소리하지 마. 말이 씨가 된다는 말이 있다. 우린 그저 믿고 기다리기만 하면 되는 거야. 세이몬은 꼭 나온다."

류미르는 마력 덩어리를 바라보던 시선을 돌려 나를 물끄러미 바라보더니 다시 마력 덩어리 쪽으로 시선을 돌렸다. 그런데 시선을 돌리자마자 그가 뭐에 놀란 듯 벌떡 일어났다.

"아린!!"

그의 놀란 외침에 나는 나도 모르게 벌떡 일어나 마력 덩어리를 바라보았다.

그 마력 덩어리는 무슨 일인지는 몰라도 크게 부풀어 오르고 있었다.

세이몬의 마력 덩어리가 더 이상 팽창되지 않게 막고 있었던 두 명의 아벨리아 마족의 방어막도 이번에는 어찌 된 영문인지 마력의 팽창을 막지 못해 당황하자 쉬고 있던 나머지 두 명의 아벨리아 마족들까지 나서서 방어력을 펼쳤다.

덕분에 더 이상의 팽창은 사라졌지만 그 대신 예전과는 달리 마력의 흐름이 두 배 이상이나 빠르고 격렬해졌다.

"이게 어떻게 된 거지?"

"몰라. 어쨌든 무슨 일이 벌어지는 것 같아."

"제발 세이몬이 살아나는 쪽이길……"

"그래야지."

류미르와 나는 애써 불안감을 억누르며 초조하게 마력의 덩어리를 바라보고 있었다.

그 마력의 덩어리는 점차 강하게 요동을 치더니 다시 한 번 급격하게 부풀어 오르다가 순간적으로 폭 가라앉았다.

너무나 갑작스런 일이라 류미르나 나나 어리둥절해 있는데 그 앞에서 마력의 덩어리는 점점 가라앉더니, 나중에는 몇 개의 커다란 자락을 형성하여 바깥쪽으로 뻗어 나오나 싶더니 다시 중심부

쪽으로 파고 들어갔다.

"내려가 보자."

류미르의 외침과 동시에 그와 나는 빠른 속도로 아벨리아 마족들과 할머니가 계시는 곳으로 달려 내려갔다.

아벨리아 마족들은 힘들었었는지 약간 지친 표정으로 송골송골 맺힌 땀들을 닦으면서도 긴장된 얼굴로 마력의 덩어리에서 눈을 떼지 않았다. 그리고 그 옆에서 할머니는 침착한 표정으로 마력들이 변화하는 모습을 지켜보고 계셨다.

"어떻게 된 걸까요, 할머니?"

"걱정하지 않아도 될 것 같구나. 마력들이 안정 상태로 돌아가는 듯해. 아무래도 네 친구가 힘을 흡수하는 것 같구나."

할머니의 말이 끝나기도 전에 마력이 있던 곳에서 강한 빛이 한 번 번쩍하더니 마력들이 완전히 사라지고, 이제는 아예 폐허가 되어버린 공터에 한 인영이 나타났다.

"우악!!"

"와앗!!"

"어머나~"

처음의 비명은 류미르, 그 다음 비명은 나, 그리고 마지막은 할머니의 탄성이었다.

공터에 나타나는 인영은 바로 세이몬이었다.

그런데 문제는 내가 마력 덩어리 안에서 세이몬을 봤을 때 그가 아무것도 걸치지 않은 상태였다는 걸 깜박 잊었다는 것이었다.

지금 빛이 사라지고 멀거니 선 상태로 나타난 세이몬은 좀 전에 봤을 때와 마찬가지로 아무것도 걸치지 않고 있었다.

류미르가 제일 먼저 놀라서 그에게 뛰어가며 자신의 셔츠를 벗기 시작했고, 그 뒤에 내가 놀라며 시선을 돌리자 할머니가 황급히 팔을 내 얼굴 앞으로 올려 눈을 가리셨다.

덕분에 나는 할머니 옷자락 외에는 아무것도 보이지 않는 상태에서 류미르가 빨리 세이몬의 알몸을 가리길 기다리며 서 있는데 세이몬의 갑작스런 비명 소리와 함께 여러 사람들이 뛰는 듯한 요란한 소리가 났다.

"우아아아악~!!"

놀라서 할머니 팔을 치우고 앞을 보니 어느새 벗었는지 맨상체로 자신의 셔츠만 들고 멀거니 서 있는 류미르 외에는 아무도 보이지 않았다.

"뭐야? 이게 어떻게 된 거야? 야, 류미르. 무슨 일이야?"

류미르는 내 부름에 뒤로 돌아 나에게 걸어오면서 히죽히죽 웃어댔다.

"아, 아린… 지금은 네가 여자라는 사실이 참으로 한탄스럽구나… 킥킥킥."

"그게 무슨 자다가 남의 다리 긁는 소리야?"

내가 황당해져서 중얼거리는데 류미르 쪽 말고 내 뒤쪽에서도 웃음소리가 들려왔다.

"쿡쿡쿡쿡……"

돌아보니 할머니가 한 손으로 입을 가리신 채로 웃고 계신 거였다.

"할머니? 도대체 무슨 일이에요?"

그러나 할머니는 웃느라고 대답을 못해주셨고 대신 류미르가 해주었다.

"킥킥킥… 세이몬 녀석 말야… 후후후… 내가 옷을 빌려주려고 뛰어갔는데 쿡쿡쿡… 옷을, 킥, 받기도, 큭, 전에 내 뒤에서 달려오는 아벨리아 마족들을 보고는, 킥킥, 허겁지겁 도망을 갔다니까, 낄낄낄…… 알몸으로 말이야……"
 그러더니 그 자리에 주저앉아서 배를 부여잡고 낄낄거리며 웃는 것이었다.
 "푸하하하하, 네가 그 모습을 봤어야 하는 건데… 낄낄낄……"
 "앗, 그런 일이 있었단 말야? 아깝다."
 보지 않아도 충분히 상상이 가능한 그 모습을 그래도 직접 보지 못해 내가 분해하고 있는데 어디에선가 세이몬의 약한 비명 소리가 들려왔다.
 "아야야야야~ 히잉~"
 그리고 그 뒤에는 아벨리아 마족의 호통 소리가 들렸다.
 "시끄럿!! 이 무슨 추태란 말이냐!"
 "이 녀석아, 우리 아벨리아 마족 체면을 깎아도 유분수지."
 "어휴, 이 골치 덩어리 녀석!!"
 잠시 후 세이몬은—흰 로브의 마족이 벗어줬는지 그는 셔츠와 긴 치마 바지 차림이었다—흰 로브를 걸쳐 입고 그 마족에게 귀를 붙잡혀 끌려왔다.
 "히잉~ 아파요… 놔주세요……"
 그리고 우리 앞에 마족들이 우르르 몰려와서 멈춰 섰다.
 아마도 마계로 돌아가려는 듯한 분위기 속에서 검은 로브의 마족이 앞으로 나섰다.
 세이몬에게는 뭔가 말을 건네고 싶었지만 흰 로브 마족과 파란 로브 마족 사이에 서서 풀이 죽어 고개를 푹 숙이고 있어서 말을 건네지 못했다.

"저희는 일이 해결되었기에 이만 돌아가려 합니다. 도와주셔서 감사합니다, 인간계에 사시는 위대한 종족 고룡이시여."

그는 한 손을 배에 대고 한 손을 허리에 댄 채로 할머니께 정중하게 허리를 숙였다.

"일이 잘 해결되어 나도 기쁘군. 부디 잘 돌아가길 바라네."

할머니도 살짝 고개를 숙여주며 답례했다.

"그럼……."

검은 로브 마족은 할머니께 다시 한 번 고개를 숙여 보이고는 돌아서다 나와 눈이 마주쳤다.

"내 동족을 도와준 것 고맙게 생각한다."

"뭘요, 친구인데 당연하지요."

"후후, 그런가? 그럼."

그는 그 말을 끝으로 완전히 몸을 돌려 그를 기다리고 있는 마족들 곁으로 다가갔다.

그런데 그때 류미르가 소리 높여 외쳤다.

"세이몬, 성년이 된 것 축하해. 나중에 인간계로 다시 오면 나한테 한번 놀러 오라고. 하이 엘프족의 류미르가 바로 나야!!"

그러자 고개를 푹 숙이고 있던 세이몬이 고개를 들었다. 그의 눈은 빨개져 있었고 눈에는 눈물이 그렁그렁했다.

"으응, 꼭 다시 놀러 올게. 기다리고 있어."

그는 눈물을 소매로 스윽 훔치며 중얼거리듯 대답했지만 류미르나 나나 귀가 엄청 밝았기에 충분히 들을 수 있었다.

"다음번에는 도망치다가 오지 말고 당당하게 오도록 해. 다시 만날 수 있길 바래."

"응, 이거에 맹세코."

세이몬은 내 말에 고개를 끄덕이며 왼쪽 손을 들어 보였다.
그의 손목에는 예전에 켈튼 도시에서 구해(?)줬던 황금 팔찌가 채워져 있었다.
"어이구, 그건 어떻게 간직하고 있었네? 옷은 다 잃어버렸으면서."
류미르가 피식 웃으며 말하자 세이몬이 부루퉁하게 대꾸했다.
"이건 소중한 거니까. 그리고 이것도 가지고 있었다 뭐."
그리고 오른손으로 들어 보이는 건 세이몬이 처음으로 자신의 무기로 구했던 봉이었다.
"참내, 저건 어떻게 사라지지 않고 가지고 있었지?"
류미르가 고개를 설레설레 내저으며 중얼거렸다.
"자, 그럼."
검은 로브의 마족이 허공으로 손을 들어 올리자 그의 앞쪽 허공이 스멀스멀 움직이더니 곧 이어 검은 커다란 구멍이 뻥 뚫렸다.
아마 마계로 가는 공간 이동 통로일 것이었다.
검은 로브의 마족을 선두로 마족들이 차례차례로 그 안으로 들어가고 맨 마지막에 세이몬이 우리를 향해 한번 더 손을 흔들어 보였다.
"잘 있어, 아린, 류미르……. 그런데 너희들 말야, 왜 날 잡으러 온 마족들이 있다는 말을 안 한 거야? 나중에 오면 가만 안 있을 거다."
세이몬이 섭섭한 표정으로 입을 삐죽이자 류미르가 낄낄 웃었다.
"야, 그 말 했으면 너 안 나오려고 했을 거 아냐? 그러니 일부러 안 했지. 이 형님의 그 큰 마음 씀씀이를 모르겠냐? 그리고 그런 눈으로 노려봤자 하나도 안 무서워."

그러자 세이몬은 얼른 빨갛게 퉁퉁 부은 눈을 손으로 가리며 외쳤다.

"나중에 두고 봐, 류미르~"

"헹, 나중에 두고 보자는 사람 하나도 안 무섭다."

"우쒸~"

세이몬은 무슨 말을 더 하려고 했지만 차원의 통로 안에서 갑자기 하얀 팔이 쑥 나와 그의 귀를 들어 잡고 안으로 끌어당기는 바람에 더 이상 아무런 말도 하지 못했다.

"빨리 안 와? 이 녀석."

"아야야야~ 나 갈게~"

그리고 볼썽사납게 그가 안으로 들어가자 구멍은 다시 닫혔고 아무것도 없었던 원상태로 돌아왔다.

"가버렸네요."

그 모습을 보면서 왠지 쓸쓸해진 내가 중얼거리자 할머니께서 대꾸하셨다.

"그렇겠지. 우선은 도망치다 잡힌 거니까."

"가서 큰 벌이나 받지 않았으면 좋겠어요."

류미르도 할머니의 뒤를 이어 입을 열자 할머니께서 피식 웃으셨다.

"남 걱정할 처지가 아닐 텐데, 꼬마?"

"예?"

류미르와 내가 어리벙벙한 표정을 짓자 할머니가 다시 한 번 빙긋 웃으셨다.

"이제 그만 나오시지. 감히 나와 내 손녀를 엿보고 있었던 건 용서해 줄 테니."

그러자 우리 곁에 있었던 커다란 나무 위에서 몇몇의 인영들이 뛰어내렸다.

"어? 어느새?"

이렇게 가까이 있었는데도 불구하고 기척을 전혀 못 느낀 내가 크게 놀라자 할머니가 별것 아니라는 듯 웃으셨다.

"넌 정신이 하나도 없었잖니. 게다가 하이 엘프 족속들이란 숲에서 숨으면 누구도 찾아내기 힘들다고."

"하이 엘프요?"

할머니 말에 또 한 번 놀란 내가 얼른 류미르를 돌아보았다.

그는 나타난 인영들이 누구인지 벌써 알고 있었던 듯 새하얗게 질린 얼굴에 식은땀을 삐질삐질 흘리고 있었다.

"아, 아버지?"

'잉? 아버지라고?'

류미르의 말에 놀라 나타난 인영들을 살펴보자 모두 세 명이 나타났는데 그들 중 한 명은 류미르와 같이 푸른 색의 머리칼을 가지고 있었다. 그런데 그는 20대 초반이나 중반으로 보여서 도저히 류미르만한 아들이 있다고는 보이지 않았다.

그는 힐끔 류미르를 바라보더니 곧 고개를 돌려 할머니 쪽으로 다가가 정중히 인사했다.

"무례를 용서해 주시기 바랍니다, 위대한 고룡이시여. 저는 하이 엘프족의 족장 이루크 홀데인 클리브렌드라고 합니다."

"보아하니 저 아이가 자네의 핏줄인 것 같은데?"

할머니가 피식 웃으며 말하자 하이 엘프족 수장의 얼굴이 더욱 더 굳어졌다.

"그렇습니다. 저 녀석이 제 아들입니다. 혹시나 저 녀석이 무슨 실례라도 하지는 않았는지……."

"아아, 그런 건 없으니 안심하시게. 그럼 가서 자네의 볼일을 보시지 그러시나?"

"예, 감사합니다."

그는 다시 한 번 할머니께 허리 숙여 인사를 한 뒤 몸을 돌려 차가운 눈길로 류미르를 바라보며 뚜벅뚜벅 걸어갔다.

그의 서늘한 행동에 질린 류미르가 주춤주춤 뒷걸음질을 쳤지만 족장과 같이 왔던 하이 엘프 두 명이 벌써 류미르의 뒤를 차단하고 있어 곧 그는 자신의 아버지와 마주 봐야 했다.

따악~!!

수장의 주먹이 치켜 올라가자 곧 이어 경쾌한 소리와 함께 그의 주먹이 류미르의 머리에 작렬했다.

"아야야야~"

류미르가 많이 아픈지 두 손으로 머리를 감싸 쥐며 눈물이 그렁그렁한 눈으로 자신의 아버지를 바라봤지만 그의 표정은 조금도 풀리지 않았다.

"류미르 홀데인 클리브렌드, 네 죄를 네가 알렸다? 넌 족장인 나와 장로의 허락 없이 인간 세상으로 나왔으며, 그것도 성년식을 치르지 않은 나이였다. 그 죄가 얼마나 큰지 알겠지?"

얼음이 뚝뚝 떨어질 것같이 냉정하고 극히 사무적인 말투에 류미르가 풀이 죽어 고개를 푹 숙였다.

"예……."

"난 널 장로회의 재판에 넘길 생각이다. 내 아들이라고 특혜가 있길 바라진 마라."

그러자 류미르가 놀란 얼굴로 고개를 들었다.

"예? 아, 아버지… 그런…… 그건 너무 심하잖아요? 다른 애들은 재판까지는 안 갔다고요."

'저런, 류미르 같은 애가 또 있었나 보군.'

내가 쓴웃음을 머금고 있을 때 류미르 아버지의 말소리가 들렸다.

"시끄럽다. 네가 족장 아들인 이상 누구보다도 더 엄격한 규칙을 적용하겠다."

"에? 그런 게 어딨어요? 족장 아들이라고 특혜는 하나도 없으면서 불이익은 다 가지게 하다니, 누가 족장 아들로 태어나고 싶어서 태어났나?!"

류미르가 평소 그답지 않게 어린애 같은 태도로 아버지한테 바락바락 대들자 류미르 아버지의 주먹이 다시 치켜 올라갔다.

따악—

"어디서 말대꾸야? 잘못한 주제에."

"우쒸~"

그래도 류미르가 반항적인 눈빛을 누그러뜨리지 않자 다시 류미르의 아버지가 한 대 더 때리려는 듯한 행동을 취했다. 그래서 나는 더 이상 류미르가 맞지 않게 하기 위하여 할머니한테 말을 걸었다.

"할머니, 하이 엘프들은 자식들에게 폭력을 휘두르나 봐요. 인간들은 자식에게 폭력을 휘두르는 사람을 경멸하던데……. 난 설마 엘프가 그럴 줄은 상상도 못했네요. 그것도 하.이.엘.프.가요."

할머니는 내 의도를 눈치 채셨는지 싱긋 웃으시고는 맞장구쳐 주셨다.

"그러게 말이다. 하긴 나도 엘프가 자식 교육시키는 건 처음 본

단다."
 그러자 치켜 올라갔었던 주먹이 슬그머니 내려왔고, 류미르는 아버지의 옆에서 내 눈과 마주치자 감사의 눈빛을 보내왔다.
 "어쨌든, 이곳은 이야기하기 적절한 장소가 아닌 듯하니 돌아가서 이야기하자꾸나."
 류미르의 아버지는 그 말을 끝으로 다시 할머니 쪽으로 몸을 돌렸다.
 "그럼, 저희는 그만 가보겠습니다."
 "그러시게."
 할머니의 말이 떨어지자마자 류미르의 아버지는 숲 속을 향해 휘파람을 불었다. 그러자 요란한 말발굽 소리가 들리지 않았는데도 온몸이 새하얀 말 세 마리가 뛰어나왔다.
 "어라? 말발굽 소리가 안 들렸는데?"
 내가 의아한 눈으로 할머니를 바라보자 할머니는 친절히 설명해주셨다.
 "저 말들을 자세히 보렴. 저건 보통 말이 아니라 유니콘이라고 한단다. 아름답고 깨끗한 것을 좋아하고 인간들을 싫어해서 그들을 피해 숲 속 깊숙이 살고 있지. 엘프들과는 친하기 때문에 이번에 저들과 같이 온 모양이구나."
 할머니 설명에 다시 그 말들을 자세히 살펴보니 과연 이마 정중앙에 수정처럼 투명한, 나사처럼 꼬인 무늬를 지닌 외뿔이 달려 있었고 온몸은 새하얗지만 목뒤로 난 갈기는 파랗고 붉고 푸른 등 가지각색이었다.
 그리고 더 특이한 것은 네 개의 다리 뒤에도 각각 작은 갈기들이 달려 있었으며, 먼 길을 달려왔을 텐데도 마치 방금 목욕한 것처럼 먼지 하나 묻은 곳이 없었다.
 붉은 갈기를 가진 유니콘—세 유니콘 중 가장 덩치가 컸다—이 족장에게 다가가자 족장이 부드럽게 웃으며 그의 콧등을 쓱쓱 쓰다듬어 주었다.
 "고마워요, 우리들의 친구여."
 그리고는 류미르를 유니콘의 등에 태우려고 했지만 류미르는 두어 걸음 뒤로 물러나면서 고개를 좌우로 저었다.
 "잠깐만요, 제 친구에게 작별 인사 정돈 해도 되겠죠?"
 그러자 류미르의 아버지가 나를 힐끔 바라보고는 고개를 끄덕였다. 그리고 자신은 먼저 유니콘의 등 위로 올라갔다. 그의 뒤에서는 나머지 엘프들도 각각의 유니콘에 벌써 올라타 있었다.
 "아린, 미안."
 류미르가 나에게 다가와서는 미안한 표정을 짓자 나는 어리벙벙한 표정을 지었다.
 "에? 뭘?"
 "미리 얘기 안 한 거."
 "아아, 너 가출했다는거? 그거야 벌써 눈치 채고 있었지."
 그러자 류미르의 얼굴이 빨개졌다.
 "무슨 소리얏? 난 단지 성년이 되기 전에 인간들의 모습을 잠시 정탐하러 나왔을 뿐이얏!"
 "헤에, 그러냐? 뭐, 그럼 그렇다고 해주지 뭐. 그나저나 너, 가면 되게 혼나는 거 아냐?"
 그러자 류미르가 서글픈 표정으로 푸욱 한숨을 쉬었다.
 "하아~ 그러게 말이다. 하나뿐인 아들내미 좀 예뻐하면 어디가 덧나냐? 울 아빠는 맨날 나만 못 살게 군단 말야. 그러니 내가 어떻게 집에 있는 걸 좋아하겠냐?"

류미르는 작게 나에게 속삭였지만 류미르의 아버지를 슬쩍 바라보니 그의 말을 들었는지 얼굴에 힘줄이 하나 솟아 있었다.

"명복을 빌어주마."

"그래, 나중에 살아서 만나자. 이 다음에 여건이 되면 우리 마을에 한번 놀러와. 내가 구경시켜 줄게. 그리고 이렇게 가버려서 미안. 세이몬도 가버렸는데……."

류미르가 정말 미안하다는 표정으로 인사를 하자 나는 씩 웃어줄 수밖에 없었다.

"어쩔 수 없잖아. 네가 원해서 가는 것도 아니고 끌려가는 건데… 부디 가벼운 처벌을 받기 바란다."

그러자 류미르가 하하, 웃었다.

"하하하, 그래, 고맙다. 그런데 그 말은 나한테 하지 말고 울 아빠한테 해주지 그러냐?"

"그건 그렇고, 왜 이렇게 한꺼번에 너희들을 잡으러 온 거지? 세이몬이야 마력 때문에 그렇다 치고, 넌?"

"아, 난 세이몬의 마력을 막을 때 하이 엘프의 힘을 썼었거든……. 정령 친화력 말야. 것도 세이몬 마력의 힘이 좀 셌냐? 있는 힘을 몽땅 다 썼으니, 내가 있는 곳을 모르는 게 오히려 더 이상한 거지."

그때 류미르의 아버지가 괜히 흠흠, 헛기침을 해댔다.

"에구, 그럼 난 가마. 잘 있어라."

"그래, 너도 행운을 빈다."

류미르가 자신의 아버지가 타고 있는 유니콘에 다가가 그의 앞에 올라타자 그의 아버지가 할머니에게 고개를 숙여 보였다.

"그럼, 저희는 이만……"

할머니가 그에 대한 답으로 고개를 끄덕여 보이자 엘프들이 별다른 행동을 취하지 않았는데도 유니콘들이 알아서 숲 속으로 힘차게 뛰어 들어갔다.

그런데 세 마리가 한꺼번에 뛰는 데도 불구하고 말발굽 소리가 전혀 나지 않았다.

"거참, 신기하네."

"인간들 사이에서는 유니콘이 성스러운 동물이라고도 불린단다."

"헤에, 그럴 만도 하겠어요."

유니콘의 모습이 숲 속으로 사라져 완전히 보이지 않자 나는 할머니를 돌아보았다.

그러자 할머니가 부드러운 어조로 물으셨다.

"아린아, 이제 어쩔 거니?"

"예? 뭘요?"

"너와 같이 여행하던 동료들이 모두 가버렸잖니."

"예? 어머나, 글고 보니 그렇네. 에구구, 정신이 하나도 없어서 뭐가 뭔지도 모르고 있었어요."

"혼자서 계속 여행할 거니?"

"에? 글쎄요… 갑자기 혼자 하려니… 좀……"

처음에는 혼자 시작한 여행이었다.

그런데 며칠이 지나서 류미르를 만나고 세이몬을 만나 같이 여행하다 보니 이제는 항상 셋이 다니는 게 당연한 것처럼 생각되었던 모양이다.

갑작스럽게 그들이 가버린 지금 다시 혼자 여행을 떠나려니 망설여졌다.

"흐음, 그럼 그냥 집으로 가련?"

"에? 하지만 겨우 1년 정도밖에 여행을 못했는데……."

"그럼 혼자 갈래?"

"에? 아니, 뭐, 그것도 좀……."

내가 어쩔 줄 몰라 갈팡질팡하는 동안 할머니는 계속 옆에 서서 내가 결정을 내릴 때까지 기다려 주셨다.

"에이, 모르겠어요. 집에 가서 차근차근 생각해 볼래요."

"좋을 대로 하렴. 그런데 아린아?"

"예?"

"넌 참 허망하게 여행을 끝내는구나."

"에? 정말 그렇네요. 에휴, 다음부턴 가출한 녀석들은 절대로 여행 동료로 맞지 말아야겠어요."

"그럼, 집에 가서 뭐 할래?"

"우선 한숨 푹 자고 나서 생각할래요. 그런데 할머니?"

"응?"

"너무 허망해요. 정말 이게 뭐야? 할머니도 이런 적 있으셨어요?"

"아니, 이렇게 황당무계하게 여행을 끝낸 적은 없었지."

"하아~ 이런 경험을 한 드래곤은 아마 나뿐이겠죠?"

"호호호, 정말 그럴지도 모르겠구나."


제1부 끝
2부에서 계속됩니다

외전(外傳)
# 테일론 이야기

## 테일론 이야기

귀여워 보이는 동안의 얼굴 때문에 이제 겨우 20세를 갓 넘은 것처럼 보여
동료들 사이에서도 가끔 농담의 대상이 되기도 했지만,
이래봬도 대쪽 같은 성격의 경비대기사로 패링던항구에 명성이 자자한 유명 인물이었다.

 나의 이름은 테일론 브라운 커틀러스.

 에스라 왕국의 가장 큰 무역 항구 도시인 패링던항구는 구름 한 점 없는 맑은 하늘 아래서 초여름의, 이제는 제법 덥게 느껴지는 햇빛을 맞으며 오늘도 변함없이 시끌벅적한 하루를 보내고 있었다.
 그리고 그 바글바글한 도시의 어느 한 지점.
 항구와 제법 가까운 곳들 중 여관과 술집들이 즐비하니 늘어서 있는 어느 한 골목길에서 사람들의 바글바글거리는 소음을 뚫고 어떤 요란한 소리가 들렸다.
 우당탕, 쿵탕—!
 그 요란한 소리가 들리는 곳 근처에 있던 급한 볼일이 없는 사람들은 호기심 어린 얼굴들로 그곳을 빙 둘러섰다.

그곳에는 지금 막 부서진 듯 으깨진 부분이 때묻지 않은 새하얀 나뭇결을 내보이는 술집 문 앞에 나동그라진—아마 앞에 있는 부서진 문의 술집에서 내팽개쳐졌을—건달패처럼 보이는 두 청년이 있었고, 술집 문과 두 건달 청년 사이에는 이 도시의 경비대 문장인 갈매기가 창공을 나는 모습이 그려진 제복을 입은 두 명의 창을 든 병사와 바스타드 소드를 옆에 찬 한 기사가 서 있었다.

"이런 못된 녀석들, 젊은 녀석들이 대낮부터 술을 마시고 아녀자를 희롱해? 너희들은 당장 철창감이닷!! 저 녀석들을 끌고 갓!"

기사의 외침에 병사들이 피식피식 웃으며 바닥에 나동그라진 두 날건달 청년들을 일으켜 세웠다.

"쯧쯧, 안됐군. 너희들, 하필이면 커틀러스 경에게 걸리다니 말야."

"맞아, 덕분에 우리까지 고생하게 되었잖아? 왜 하필이면 커틀러스 경이 순찰을 돌 때 행패를 부린 거야?"

보아하니 아마 두 청년들은 술집에서 술을 마시는 중에 그 근처에 있던 여자들을 희롱하다 마침 그곳을 순찰하고 있던 경비대에 걸린 모양이었다.

그런데 의외로 깡을 부리며 반항할 듯한 그 두 건달 청년들은 재수없다는 표정을 지으면서도 순순히 병사들의 손에 이끌려 갔다.

"저런저런, 오늘도 여전하군."

"누가 말려, 저 대쪽 같은 성격을."

"하지만 요즘 세상에 저런 기사가 또 어디 있겠어?"

"맞아맞아, 저 커틀러스 경이야말로 기사다운 기사라고."

"하긴, 저 기사가 우리 도시의 경비대라는 것이 우리한텐 좋은 일이지."

병사들이 모여 있던 사람들을 뚫고 청년들을 끌고 가자 그제야 사람들은 하나둘 그 자리를 떠나면서 한마디씩 했다. 그리고 그들이 발길을 돌리며 한번씩 기사를 바라보는 어른들의 눈길에는 부드러운 감정이, 어린 꼬마들의 눈길에는 존경심이 담겨 있었다.

이제 20살 초반인 것처럼 보이는 그는 짧게 커트 친 갈색 머리에 파란 눈을 가지고 있었고, 햇빛에 그을린 얼굴에는 주근깨가 조금 있어 귀여운 느낌을 주는 외모를 가지고 있었지만 실은 실제 나이가 25세였다.

그의 콤플렉스이기도 한 귀여워 보이는 동안의 얼굴 때문에 이제 겨우 20세를 갓 넘은 것처럼 보여 동료들 사이에서도 가끔 농담의 대상이 되기도 했지만, 이래봬도 대쪽 같은 성격의 경비대 기사로 패링던항구에 명성이 자자한 유명 인물이었다.

그는 정말 대쪽 같아서 거친 사람들이 많아 싸움도 많고, 소매치기도 많고, 강도도 많은 이 항구에 어떻게 보면 정말 어울리지 않는 듯 보였다.

그의 성격이 얼마나 곧은지, 누구든지 자신이 보는 곳에서 잘못을 하면 그 숫자가 얼마든, 그가 자신보다 얼마나 강하든 상관하지 않고 무조건 체포하려 들었다.

한 예로, 예전에 그가 한 건달패를 체포하려다 오히려 그들에게 집단으로 얻어맞아 거의 죽을 뻔하다가 지나가던 다른 경비대들의 도움으로 겨우겨우 목숨을 부지했었는데, 그 뒤에 그들을 다시 만났을 때 주저하지 않고 그들을 체포하려 들다가 또 두들겨 맞고 다시 병원 신세를 져야만 했었다. 그런데도 불구하고 그 뒤에 그들을 만나자 또 체포하려 들어 결국 그들이 그에게 두 손을 들고 순순히 잡혀준 전적이 있었다.

그렇기에 이 도시의 도둑 길드에서도 이 기사에게는 한 걸음 양보하여 이 기사가 있는 곳에서는 될 수 있는 한 일(?)을 하지 말고, 설사 하다가 걸린다고 하여도 순순히 잡혀주라는 암묵적인 규칙이 형성된 수준이 되었다.

그러나 처음부터 그랬던 것은 아니었다.

그가 이 도시의 경비대 기사가 된 지 어언 4년.

그가 처음에 도시 경비대 기사가 되었을 당시, 그가 그렇게 대쪽같이 굴었을 때에는 동료는 물론 도둑 길드를 포함한 모든 사람들이 그를 비웃었다.

게다가 그의 실력이 무척 뛰어난 것도 아니었기에 그는 매일매일 다쳐서 집으로 가기 일쑤였으며, 너무나 심하게 다쳐 병원 신세를 지느라 초기에 가장 심했을 경우에는 일 년 12달 중 경비대에 출근한 날이 6달 정도밖에 되질 않았었다.

그의 월급은 모두 그의 치료비로 나갔고, 그걸로도 모자라 이제 나이가 들어 기사직에서 물러난 아버지의 도움까지도 받아야만 했다.

그러나 그는 그 1년이 지나고 2년이 지나도 꾸준하게, 처음 그 모습 그대로 대쪽 같은 모습을 보여 모든 사람들은 치가 떨리다 못해 아예 질리게 만들어놓은 것이다.

하지만 덕분에 그는 패링던항구의 명물이 된 동시에 실력이 없었어도 이 도시에서 최고의 기사로 불리게 되었으며, 실정을 모르는 철부지 꼬마들의 선망이 되었던 것이다.

그러던 어느 날, 수도의 높은 귀족 나으리께서 패링던 도시를 살펴보기 위하여 내려오신다는 소문이 도시에 쫙악 퍼졌다.

패링던 시장은 시의 자산과 도시의 유지들의 도움을 얻어 도시의 큰 대로를 청소하고 시청을 꽃 단장하는 등, 높으신 귀족을 맞기 위한 준비에 여념이 없었다.

그 영향은 경비대에까지 미쳐 경비대 대장과 그의 직속인 5명의 백부장 기사와 그 밑의 십부장 기사들에게는 반짝반짝 빛나는 새 갑옷이 하달되었고, 병사들에게는 그날 입어야 할 새 제복들이 하달되었다. 그리고 새것이 아닌 갑옷, 무기들을 반짝반짝 윤이 날 때까지 닦으라는 엄명도 함께 떨어졌다.

그렇게 많은 사람들이 높으신 귀족을 맞기 위해 분주할 즈음 그 도시의 명물 커틀러스 경은 우울한 표정으로 시간을 보내고 있었다.

그의 사정을 모르는 사람들은 그의 우울한 표정을 보고 의아하게 생각하였지만 그의 사정을 잘 아는 사람들은 그에게 동정의 눈길을 보낼 뿐이었다.

"어이, 커틀러스 경!"

테일론이 병사 서넛과 함께 저녁 시간대 마지막으로 도시를 한 바퀴 순회하고 경비대 건물로 돌아오는데 마침 그 건물을 나오던 그의 동료이자 가장 친한 친구인 경비대 기사가 말을 걸어왔다.

"아아, 매튜인가?"

평소 같으면 활기 차게 웃으면서 대꾸를 했을 테일론이었지만, 어쩐지 오늘 그의 표정은 기운이 하나도 없어서 그가 겨우 짓는 미소도 마치 병자의 미소같이 보였다.

"야, 얼굴이 왜 그 모양이냐?"

가까이 다가온 매튜가 테일론의 어깨를 툭툭 치자 그는 그냥 힘없이 피식 웃어 보였다.
"내 얼굴이 뭐가 어때서?"
"어떻다는 걸 몰라서 물어? 완전 다 죽어가는 얼굴이잖아?"
"그랬냐?"
"그랬냐가 아냐, 너."
테일론은 걱정스런 눈으로 자신을 바라보고 있는 매튜를 잠시 쳐다보고 있더니 입을 열었다.
"너, 지금 퇴근하는 거냐?"
"응? 아, 그런데?"
"나도 지금 퇴근할 거거든. 괜찮다면 나랑 술 한잔 안 할래?"
매튜는 너무나 우울해 보이는 친구의 눈을 조용히 바라보더니 곧 호탕하게 웃으며 그의 등을 탁탁 두드렸다.
"크하하하, 그래, 좋아. 이 형님께서 오늘 너한테 술 한잔 사마. 여기서 기다릴 테니 빨리 보고하고 나와라."
"그래, 고맙다."
테일론은 그제야 좀 나아진 표정으로 빙그레 웃으며 건물 안으로 들어갔다. 그런 그의 뒷모습을 매튜는 씁쓸한 눈으로 바라보면서 중얼거렸다.
"에휴… 가여운 녀석."

잠시 후 순찰 보고를 하고 퇴근을 한 테일론을 데리고 매튜는 자신의 아버지가 경영하시는 술집으로 갔다.
'파도의 속삭임'이란 크지도 작지도 않은 술집을 경영하시는 분은 매튜의 아버지이자 테일론 아버지의 절친한 친구 분이기도 했으며, 매튜 못지 않게 테일론의 사정을 잘 알고 그를 친아들처럼 사랑해 주시는 분이기도 했다.

매튜가 술집 문을 열고 들어서자 맛있는 안주 냄새와 함께 쌉싸름한 알코올 냄새가 확 풍겨왔다.

"매튜 왔구나. 지금 퇴근하는 거니?"

매튜와 같이 붉은 머리칼을 지닌 작고 통통한 부인이 커다란 쟁반 가득 맥주 잔을 나르다가 들어서는 매튜를 보고 환하게 웃었다.

"예, 오늘은 테일론이랑 같이 왔어요."

그러자 환하게 펴 있던 중년 부인의 얼굴이 약간 굳어져 버렸다.

"아, 그러니?"

거의 의무적으로 대꾸한 그녀는 매튜의 뒤를 이어 인사를 하는 테일론을 약간 냉담한 표정으로 바라보았다.

"안녕하세요, 아주머니."

"그래, 어서 오너라."

약간은 사무적으로 들리는 대꾸를 한 중년 부인은 금방 몸을 돌리며 입을 열었다.

"저쪽에 자리 있으니 한잔하려거든 얼른 앉으렴."

그녀의 약간 냉정하다면 냉정한 태도에 매튜는 테일론을 돌아보며 미안한 표정을 지었다.

"미안해, 테일론."

"괜찮아. 자, 자리에 앉자."

그 둘이 술집의 구석진 자리에 자리를 잡고 앉자 시커멓게 그을린 우락부락한 얼굴에 텁수룩하게 구레나룻과 턱수염을 길러 얼굴 절반을 가린, 어디 가면 산적이라고 오해받기 딱 알맞은 인상을 한 남자가 그 둘에게 성큼성큼 걸어왔다.

"이 녀석, 테일론!"

그 사내는 그들에게 다가오자마자 다짜고짜 그 억센 두 손으로 테일론의 두 뺨을 사정없이 꼬집어댔다.

"우악~ 아야야야~"

"이 녀석, 그동안 왜 코빼기도 안 보였냐, 앙? 얼굴 잊어먹겠다."

"아야야야, 아모 해어요, 아이시(잘못 했어요, 아저씨). 애유, 기냐 오고망 이쓰 끼야(매튜, 그냥 보고만 있을 거야)!"

울상이 된 테일론이 비명 비슷한 소리를 지르자 옆에서 싱글싱글 웃으며 보고만 있던 매튜가 그제야 테일론의 뺨을 떡 주무르듯 하고 있는 사내를 말렸다.

"그만 해요, 아버지. 그러다 영원히 안 오면 어떻게 해요?"

그러나 그 사내는 흥, 하며 코웃음만 칠 뿐이었다.

"흥, 그러기만 해봐라. 내가 그때는 다리몽둥이를 분질러 버릴 거다."

하지만 테일론이 너무 울상을 짓자 그제야 순순히 그의 뺨을 놔주었다.

테일론은 빨갛게 되어 슬슬 퉁퉁 부어오르기 시작한 뺨을 두 손으로 감싸 쥐고 원망스러운 눈으로 그 사내를 바라보았다.

"너무해요, 아저씨……."

"뭐야? 그동안 안 온 녀석이 무슨 말이 많아?!"

그 사내는 다시 테일론의 뺨을 쥐려고 달려들었으나 뒤에서 들려오는 여인의 목소리에 중단했다.

"그만 하고 주방에나 빨리 가봐요. 지금 일손이 모자라 쩔쩔매고 있는데 주방장이 여기 있으면 어떻게 해요?"

뒤에는 목소리의 주인공인 매튜의 어머니가 쟁반에 맥주가 가득 담긴 큰 맥주 잔 두 개와 간단한 안주가 놓인 접시를 얹어놓고 서 있었다.

"아, 그래? 그럼 가봐야지. 이 녀석, 테일론. 오늘은 그냥 가면 안 된다. 알았지?"

부인의 매서운 눈초리에 찔끔한 그는 테일론에게 빠른 어조로 단단히 못을 박고 잽싸게 안쪽으로 뛰어 들어갔다. 그러자 매튜의 어머니는 남편의 뒷모습을 흘겨봐 주고는 식탁 위에다 쟁반에 담긴 것들을 하나씩 옮겨놓으며 테일론을 향해 약간 쌀쌀맞은 목소리로 물었다.

"테일론, 네 동생이 이번에 온다며?"

테일론은 씁쓸한 눈으로 식탁을 바라보며 작게 대꾸했다.

"예."

"네 부모님이 무척 좋아하시겠구나? 아마 동생 맞을 준비로 집이 시끌벅적하겠네?"

매튜의 어머니는 매튜가 그러지 말라고 강렬하게 눈짓을 보냈지만 그 모든 걸 싹악 무시하고 계속 물었다.

"예, 그렇죠 뭐."

"그럼 너도 일찍 가서 도와야겠구나?"

"그래야죠."

테일론은 힘없이 대꾸했다. 하지만 매튜의 어머니는 가차없이 한번 더 입을 열었다.

"그래, 그럼 얼른 먹거라. 늦지 않게 가야지. 또 네 아버지께 한 소리 들을라."

"감사합니다."

매튜는 자신의 어머니가 주방 쪽으로 가버리자 미안한 표정으로 사과하기 위하여 테일론을 돌아보았다. 그러나 그때 테일론은 맥주 잔을 들어 한 모금 마시고 있는 중이라서 그의 표정은 보이지 않았다.

"미안해, 괜히 여기로 왔어. 다른 곳으로 갈걸……."

"괜찮아, 어쩌면 이곳으로 와서 날 제어할 수 있는 건지도 모르잖아. 요즘 같은 때 아버지랑 한바탕한다면 내가 견딜 수 없을 테니까."

"그야 그렇지만……."

"너무 그렇게 미안해하지 마. 그럼 내가 불편하잖아. 그만 술이나 마시자구."

그 말을 끝으로 테일론은 묵묵히 맥주 잔과 안주만 입에 가져갔고, 매튜는 그런 친구를 슬픈 눈으로 물끄러미 바라봤다.

"그만 갈게."

매튜가 테일론을 물끄러미 바라보고 있는 사이 큰 컵에 가득 담겨 있던 맥주를 다 마신 테일론은 아무런 미련 없다는 듯이 자리에서 일어섰다.

그러자 당황한 매튜가 같이 일어섰다.

"왜? 벌써 가게? 아버지도 안 만나보고?"

테일론은 그런 매튜를 바라보며 쓰게 웃어 보였다.

"가봐야지. 늦을 수는 없으니까. 아저씨껜 죄송하다고 전해줘."

그리고는 곧바로 몸을 돌렸다. 그러자 매튜가 당황하면서 소리쳤다.

"야, 테일론!!"

테일론은 매튜가 부르는 소리에 멈칫하고 돌아보자 매튜는 정말 진심 어린 소리로 또박또박 말했다.

"난 언제나 네 친구다. 그걸 기억해."

"고맙다."

테일론은 그에게 피식 웃어준 뒤 재빨리 몸을 돌렸다. 그렇지 않았다간 그에게 붉어지는 눈을 보여줄 것만 같아서였다. 그는 그 상태로 오른손만 들어 보이며 입을 열었다.

"그럼 간다. 나중에 보자."

테일론이 집으로 돌아오자 집은 저녁이 다 되었는데도 부산스러웠다. 마치 어떤 대단한 손님이라도 오는 것처럼 집 안을 깨끗이 청소하고 새 단장을 하고 있었던 것이다.

그리고 그 선두에는 보통 집안에서라면 안주인이 있었겠지만, 이 집안에서는 안주인이 아닌 가장이 버티고 서서 지휘하고 있었다.

"빨리빨리 움직여. 이러다 날 새겠다."

멀린 브라운 커틀러스.

테일론의 아버지이며 커틀러스 집안의 가장.

커틀러스 집안은 기사 집안이었고, 평민치고는 풍족한 재산을 가지고 있어 2층짜리의 저택과 집사를 포함한 세 명의 하녀를 거느리고 있었다. 게다가 멀린은 실력이 꽤 괜찮은 축에 드는 기사였기에 퇴직하기 전까지는 경비대 대장직을 맡고 있어서 그 덕에 커틀러스 집안은 이 도시에서 괜찮은 집안들 중 하나로 손꼽혔다.

거실에 서서 바쁘게 움직이는 하녀들에게 잔소리하던 멀린은 테일러가 거실로 들어와 꾸벅 인사를 하자 한번 힐끔 쳐다본 뒤 곧바로 고개를 돌려 하녀들이 하는 행동을 지켜봤다.

테일론도 이미 그런 일에는 익숙하다는 듯 별다른 말 없이 자신의 방이 있는 2층으로 올라가다가 그곳에서 내려오는 어머니와 마주쳤다.
"이제 오니, 테일론?"
자신의 장남을 슬픔이 담긴 동정 어린 눈으로 바라보는 그녀의 눈길에 테일론은 시선을 돌리며 고개를 끄덕였다.
"예……."
"그래, 어서 가서 쉬거라."
그런데 그때 멀린의 목소리가 들렸다.
"앤, 디코의 방은 다 끝났소?"
테일론의 인사에는 대꾸조차 없었던 거와는 달리 정을 담뿍 담아 애칭을 부르는 그의 목소리에 테일론의 어깨가 미미하게 경직되었다. 아들의 그러한 모습을 놓치지 않은 앤은 다시 한 번 동정 어린 눈으로 아들의 등을 바라보다가 곧 자신의 남편에게로 고개를 돌렸다.
남편은 성격이 급해서 자신이 묻는 말에 곧바로 대답하지 못하면 화를 냈기 때문이었다.
"예, 이제 막 끝났어요."
"그래, 녀석이 내일 돌아오면 무척 기뻐하겠군."
테일론이 에스라 왕국의 수도에 있던 기사 학교에서 수업을 마치고 5년 만에 집에 돌아왔을 때는 이 정도로 부산스럽기는커녕 따뜻한 환대마저 없었다.
그런데 내일 동생이 온다는 소식에 온 집안을 들들 볶아서 대청소를 하고 동생의 방을 새로 꾸미는 등 야단법석을 떠는 아버지의 모습에 테일론은 고소를 머금으며 중얼거렸다.

"어쩔 수 없지……."

디코.
본명은 디코레뮤 브라운 커틀러스.
테일론의 동생이자 멀린의 차남인 그는 장남인 테일론을 제치고 그에게 갈 아버지의 사랑까지 온몸에 함빡 받고 있는 녀석이었다.
하지만 그가 괜히 아버지의 사랑을 독차지하고 있는 건 아니었다.
평범한 동안 얼굴의 테일론과는 달리 금발에 가까운 옅은 색 갈색 머리를 가진 그는 180 정도 되는 큰 키에 늘씬한 체격, 거기에 얼굴은 뚜렷하면서도 단정한 이목구비를 가져 남자다운 강인함을 가진 뛰어난 미남이었다.
게다가 그의 검술 실력은 무척이나 뛰어나 테일론보다 2년 늦게 수도에 있는 기사 학교에 입학한 후로 한 번도 수석 자리를 놓친 적이 없었고, 졸업할 때 수석으로 졸업함과 동시에 수도의 높은 귀족의 눈에 들어 곧바로 스카웃된 실력자였다.
더욱이 그 뛰어난 외모와 실력에 겸비하여 사교술 또한 높아서 학교를 다닐 당시 학교를 같이 다니던 귀족가의 자제들과 친분이 높았고, 그 영향인지 녀석을 스카웃해 간 귀족 나으리는 녀석의 가장 절친한 친구의 아버지로 녀석은 미래에 높은 귀족의 오른팔이 될 탄탄한 기로를 걷고 있는 중이었다.
그러니 멀린이 집안을 드높여 일으킬 확률이 다분한 디코레뮤를 맏아들을 제쳐 놓고 아주아주 이뻐하는 것은 어찌 보면 당연한 일일지도 몰랐다.

그런데 그것이 테일론에게는 슬픈 일이었다.

보통 나이가 엇비슷한 형제가 있으면 그 둘은 부모, 혹은 타인이나 자신들 스스로도 경쟁의 상대이며 비교의 상대가 될 수밖에 없는 일이다.

그런데 그 둘의 차이가 너무 많이 나서 한 아이가 빛처럼 두드러졌으니 나머지 한 아이가 그늘이 되어버리는 건 너무나 당연한 일이었다.

물론 테일론의 실력이 아주 형편없는 건 아니었다.

비록 동생처럼 학년 수석은 차지하지 못했더라도 중상위의 실력을 가지고 있었고, 항상 꾸준히 노력하는 성실한 태도를 가지고 있었던 것이다. 그러나 그것이 동생의 실력에 가려져 누구의 눈에도 띄이지 않았으니 참으로 가슴 아픈 현실이 아닐 수 없었다.

그런데 그 동생이 내일, 녀석을 스카우트해 간 귀족과 함께 이 도시에 내려온다는 것이었다.

방으로 돌아와 씻기 위해 편안한 옷으로 갈아입던 테일론은 자신의 검소한 방 안을 둘러보며 다시 한 번 쓸쓸한 미소를 머금으며 중얼거렸다.

"어쩔 수 없지……."

그의 아버지 멀린은 아주 대놓고 테일론과 디코레뮤를 차별하는 것은 아니었지만 차별하고 있는 티는 곳곳에서 여실히 들어났다.

아버지 멀린은 항상 디코레뮤를 우선시했으니까.

맛있는 음식이 있어도 우선 동생의 몫부터 챙겼으며 옷을 사더라도 동생 옷이 먼저였다.

덕분에 테일론은 동생이 먹기 싫어하는 음식과 입기 싫어하는 옷의 대부분을 자신의 소유로 해야만 했으며, 그에게는 싫다는 투정은 허용되지 않았다.

그래서 테일론은 아주 어렸을 때부터 체념하는 법과 아버지에게 기대하지 않는 법을 타의로 터득하여, 필요한 일이 있으면 어떻게 해서든 자신의 힘으로 해결하는 법을 배웠다.

그런 그에게 위로와 힘이 되는 것은 절친한 친구인 매튜와 그의 아버지였다.

매튜의 아버지는 테일론 아버지의 친구였기에 누구보다 테일론의 사정을 잘 알았고, 털털한 성격과 너그러운 마음씨로 디코와 테일론을 자신의 아들과 똑같이 대해주었다.

그러나 상황이 상황이다 보니 테일론에게는 좀 더 많은 사랑과 관심을 쏟아 테일론이 친아버지처럼 느끼고 있는 사람이기도 했다.

그리고 매튜.

그는 아버지의 성격을 이어받아 털털하기도 했지만 외로워 보이는 강아지 한 마리도 결코 그냥 놔두는 성격이 되지 못했다. 그래서 어렸을 때부터 아버지와 또래 친구들에게 따돌림을 받는 테일론의 곁을 항상 지켜왔다.

비록 그의 어머니는 매튜가 테일론보다 디코레뮤와 더 친하게 지내길 바랬지만 말이다.

그 둘의 힘으로 테일론은 비뚤어지지 않고 평범하게 자라났지만, 아버지의 잘못된 사랑에 반항하기라도 하듯 집 바깥에서는 자신의 앞에서 벌어지는 잘못된 일에는 도저히 참지 못하고 나섰다. 그 일이 자신이 감당할 수 있든 할 수 없든 말이다. 그리고 집 안에서는 항상 필요한 말 외에는 거의 입을 다물고 있어—한다 하더라도 들어주질 않았으므로—존재감없이 행동하는 이중적인 성격을 지니게 되었다.

다음날 아침 식사 시간.
평소처럼 아무 말 없이 묵묵히 식사를 하고 있는 테일론에게 오랜만에 아버지가 말을 걸었다.
"오늘 디코가 오지?"
테일론은 고개를 들어 아버지를 잠깐 쳐다보았다가 다시 접시로 시선을 돌리며 대답했다.
마치 그걸 정말로 몰라서 묻느냐는 듯한 태도였다.
"예."
"언제 오지?"
"정오쯤 도착하는 걸로 알고 있습니다."
"그럼, 집에는 저녁때쯤 들를까?"
"그건 모르겠습니다."
그러자 멀린의 미간이 찌푸려졌다. 테일론의 대답이 맘에 들지 않는 탓이었다. 그리고 그런 그의 기분 나쁜 감정은 그가 입을 열자 고스란히 드러났다.
"하긴, 기껏 경비대의 말단 기사가 그걸 어찌 알겠누? 너한테 물어본 내가 잘못이지……."
멀린의 냉정한 말에 그의 옆에 앉아 있던 앤이 동정이 가득 담긴 슬픈 눈으로 테일론을 바라봤지만 테일론은 묵묵히 시선을 접시에 집중한 채 자신의 음식을 다 먹은 뒤 짧고 간단한 감사의 인사를 남기고는 일어났다.

그날 정오, 수도에서는 예정대로 귀족 일행이 도착하였고, 시에서는 그들을 열렬히 환영하며 맞이했다. 그리고 테일론은 그날 밤 경비 당번이 되어 집에 들어가지 않았다.

다음날 아침 일찍 피곤한 몸을 이끌고 집으로 돌아간 그는 그를 못마땅하게 쳐다보는 아버지와 마주쳤다.
"쯧쯧, 오랜만에 동생이 왔는데 순번쯤 다른 사람이랑 바꿀 수 있었지 않느냐."
"죄송합니다."
그런데 때마침 2층 자신의 방에서 내려오고 있던 디코레뮤가 그 모습을 봤는지 한마디했다.
"형은 자신의 직무에 충실한 거잖아요. 훌륭한 기사의 모습인데 뭐가 어때서 그러세요?"
"그래도 그렇지."
테일론은 더 이상 거실에 있고 싶지 않아서 몸을 돌려 방으로 올라갔다. 그런 그의 등 뒤로 아버지의 목소리가 들렸다.
"쯧쯧, 동생의 반만이라도 닮았으면……."
그리고 곧 이어 동생을 향한 부드러운 목소리.
"아니, 왜 벌써 일어났니, 더 자지 않고?"
테일론은 자신의 방으로 들어와 허리에 찬 검을 벗어 방에 있던 탁자 위에 올려놓고는 옷을 벗지 않은 채로 침대로 가 벌러덩 누워버렸다.
"어쩔 수 없지……."

정오가 될 때까지 잠을 잔 테일론은 오후가 되어서야 다시 경비대로 나설 채비를 차렸다.
 오늘 저녁에는 귀족 환영 파티가 있어 경비대 대장과 백부장들은 파티에 참석할 것이었고, 경비대의 인원 절반은 그 파티의 경비를 서러 가기 때문에 오늘 밤 늦게까지는 모든 경비대원들이 밤을 새다시피 해야만 했다.
 테일론은 매튜와 한 조가 되어 시내 순찰을 돌았다.
 원래 테일론도 시청에서 열리는 파티의 경비조였지만 자신의 상관인 십부장에게 부탁하여 시내 순찰로 바꾼 것이었다.
 "너, 괜찮냐?"
 병사들 몇몇과 거리로 나서자 매튜가 은근 슬쩍 테일론 곁으로 붙더니 속삭였다. 테일론은 그게 무슨 말인지 다 알면서도 시큰둥하게 대꾸했다.
 "뭐가?"
 "몰라서 묻냐?"
 "…별루……."
 "그런데 네 동생은 수도로 올라갈 때까지 계속 집에서 묵는대?"
 "몰라, 안 물어봤어."
 "안 물어봤어도 아저씨가 말해 줬을 거 아냐?"
 "말할 시간도 없었어."
 "그랬냐?"
 "응."
 딱 잘라 딱딱하게 대답하는 테일론을 바라보며 매튜는 더 이상 대화를 이끌어갈 실마리를 찾지 못하고 답답하다는 듯 한숨만 내쉬며 입을 다물었다.

그런데 갑자기 테일론이 길을 걷다 말고 멈춰 섰다.

"응? 갑자기 왜 그래?"

옆에서 같이 걷던 매튜는 두어 걸음 앞으로 더 걷다가 자신의 옆에 테일론이 없다는 것을 깨닫고는 걸음을 멈추고 뒤를 돌아보며 물었다. 그러나 테일론은 매튜의 말에 대꾸는 안 하고 어느 지점을 노려보더니, 그쪽을 향하여 급한 걸음으로 달려가기 시작했다.

영문을 몰라 얼떨떨한 매튜는 그와 마찬가지로 황당한 표정으로 서 있던 병사들을 이끌고 급히 테일론의 뒤를 따랐다.

아마도 무슨 일을 포착해 낸 거라 생각하고.

매튜의 예상은 빗나가지 않았다.

테일론이 문을 박차다시피 거칠게 열고 들어간 그 여관 겸 식당 겸 술집에서는 식당 중앙에 한 명의 덩치 큰, 건달로 이름을 날리는 녀석과 신비스러운 파란 빛의 곱실거리는 머리를 허리까지 늘어뜨린 여성이 대치 중이었다.

그리고 그들 주위의 식탁에 앉은 사람들은 그 모습을 호기심 어린 눈으로 바라보고 있다가 들어서는 테일론 일행을 보자 더욱 더 흥미진진한 눈빛을 발했다.

테일론의 뒤를 따라 식당 안으로 들어선 매튜는 그 모습을 보고는 역시… 란 얼굴로 크게 소리쳤다.

"이게 무슨 짓이냐!"

그러나 그의 말이 끝나기도 전에 놀라운 일이 벌어졌다.

테일론 쪽으로 등을 돌리고 있어 여자치고는 약간 큰 키를 가진 가냘픈 몸매밖에 보이지 않던 여인이 주먹을 들어 올려 앞에 서 있던 건달의 턱을 가격한 것이었다.

더 놀라운 것은 여자의 가냘픈 주먹에 맞은 건달이 허공을 붕 떠올라 한참이나 뒤로 밀려가서는 나무로 만들어진 벽에 부딪친 것이다.

게다가 건달의 커다란 등짝과 부딪친 벽은 충격을 이기지 못하고 반쯤 부서지며 균열이 쭉쭉 나버렸다.

"이, 이게 도대체……."

식당 안의 모든 사람들이 그 모습에 벙쪄서는 크게 벌린 입을 다물 줄 몰랐다.

그러나 그런 사람들 중에서도 예외는 있었으니 바로 여인의 옆에 한가롭게 서 있던 타오르는 것처럼 보이는 붉은 머리를 어깨까지 늘어뜨린 중년의 남자와 테일론이었다.

테일론은 중년의 남자를 보고 있느라 미처 그 상황을 보지 못해 놀라움을 느끼지 못했지만, 중년의 남자는 그 모습을 보고도 재밌다는 눈빛만 발하고 있을 뿐이었다.

테일론이 앞으로 한 걸음을 옮기자 그제야 매튜와 그 뒤의 병사들은 정신을 차렸다. 병사들은 발걸음을 옮겨 저만치 나가떨어진 건달에게로 다가가 그의 상태를 살펴보았고, 매튜는 여자에게로 다가갔다.

"저, 괜찮으십니까, 레이디?"

그러자 그 여인은 천천히 고개를 돌려 매튜를 쓰윽 바라본 뒤 차가운 눈빛을 발했다.

"누가 여자란 건가?"

그의 차가운 말투와 낮은 저음의 목소리로 봐선 그는 여자가 아니라 분명한 남자였다.

무지 당황한 매튜는 얼른 그, 혹은 그녀의 목을 살펴보았다. 그랬더니 그곳에는 작지만 분명한 모습의 아담즈 애플이 매튜를 보고 인사하고 있었다.

"하하하, 죄송합니다. 이거 실례를 했군요."

자신의 실수를 알아차린 매튜는 얼른 호탕하게 웃어 젖히면서 그에게 사과를 했다.

그러자 그 파란 머리의 남자는 흥, 하고 고개를 휙 돌리더니 붉은 머리의 중년 옆으로 다가가려다 그쪽으로 다가와 있는 테일론을 발견하고는 의아한 얼굴로 잘 다듬어져 있는 가늘고 긴 파란 눈썹을 치켜 올렸다.

"저……"

테일론의 약간 주저하는 듯한 목소리에 붉은 머리의 중년 남자가 고개를 돌려 의아한 표정으로 테일론을 바라보았다.

"아, 혹시나 했더니… 시피르 씨 아니십니까?"

테일론이 중년 남자의 얼굴을 확인하더니 환한 얼굴로 반갑게 말을 걸었다.

"저 모르시겠습니까? 왜 4년 전에 수도에서 이 도시까지 배를 함께 타고 오지 않았습니까? 그때는 따님이신 레이디 시피르와 아들인 아힌이랑 같이 타고 왔었는데……"

그러자 의아한 얼굴을 짓고 있던 중년 남자가 그제야 생각이 났다는 듯이 환한 얼굴로 말했다.

"아, 그때 그 기사 양반이로구만."

"하하하, 기억하시는군요."

"물론이지. 왜 모르겠나? 내 딸에게 푹… 읍읍."

중년 남자는 끝까지 말을 잇지 못했다. 그가 무슨 말을 하려는지 알아챈 테일론이 황급히 그의 입을 막았기 때문이다.

"앗! 그것만은……."

그러자 중년 남자는 자신의 입을 막고 있는 테일론의 손을 치우면서 껄껄 웃었다.

"알겠네. 그만 말하지. 자네, 순진한 건 여전하구만."

"그런데 어쩐 일로 이곳에 계시는지요? 레이디와 아힌은……."

"아아, 둘 다 집에 있어. 나는 어디 좀 갈 데가 있어서 말야."

"그러시군요. 그런데 이분은 누구신지……?"

테일론이 고개를 돌려 파란 머리의 여자보다 더 예쁜 미남자를 바라보며 묻자 중년 남자가 싱긋 웃었다.

"내 여행 동료지. 목적지가 같아서 동행하기로 했다네."

"만나서 반갑습니다. 테일론 브라운 커틀러스라고 합니다. 이 도시 경비대 기사입니다."

테일론이 환하게 웃으며 그에게 손을 내밀자 그 파란 머리 남자도 피식 웃으며 그 손을 마주 잡았다.

"반갑습니다. 전 아이비라고 합니다."

그 붉은 머리의 중년 남자는 당연히 아린의 할아버지인 시스파슈타인이었고, 아이비는 아르카스해의 블루 드래곤 아이비스크였다.

이들은 아린과 헤어진 다음 곧바로 여행을 떠나는 것처럼 굴었으나 드래곤 특유의 게으름과 늦장 부리는 성격이 발동해 여태까지 뒹굴뒹굴거리다가 이제야 여행을 나선 것이었다.

"이거 참, 뜻밖이로구만. 자네가 이 도시의 경비대원이 돼 있을 줄 누가 알았겠나?"

"하하하, 하긴 그때 제가 아무 말도 없이 가버리긴 했었죠. 전 이 도시 출신입니다. 시피르 씨와 같이 이곳으로 올 때가 기사 학교를 졸업하고 고향으로 돌아오는 중이었거든요."
"아, 그랬군. 그래, 이렇게 만난 것도 다 인연이니 같이 앉아서 한잔하지 않겠나?"
시스파슈타인이 주위를 둘러보다 빈자리를 찾아내어 그쪽을 가리키며 말하자 테일론은 고개를 저었다.
"말씀은 고맙지만 제가 지금 근무 중이라서요. 근무 중에는 술을 마시는 것이 금지되어 있습니다. 그리고 지금은 동료도 있고요."
그러면서 매튜를 돌아보자 매튜가 피식 웃었다.
"어이구, 니가 나 있다는 걸 알고는 있었냐? 난 잊고 있는 줄만 알았지?"
테일론은 얼굴이 벌게지면서 매튜를 그들에게 소개했다.
"제 동료인 매튜입니다."
"안녕하십니까, 두 분? 테일론과 같은 경비대 기사 매튜라고 합니다."
"만나서 반갑네."
시스파슈타인은 직접 대꾸하며 고개를 끄덕였고 아이비스크는 간단히 고개만 끄덕여 줬다.
"저, 그럼 저희는 이만……"
하면서 테일론이 작별 인사를 하려고 할 때였다.
테일론이 시스파슈타인과 대화를 하느라 임무 수행을 잊어버리고 있을 때, 잊지 않고 있던 매튜의 지시에 의하여 다친 건달을 부축하여 이끌고 밖으로 나간 병사들 중 한 명이 황급히 식당 안으로 들어오며 그들을 찾았다.
"커틀러스 경, 큰일 났습니다."

외전 테일론 이야기  265

테일론과 매튜는 시스파슈타인과 아이비스크에게 작별 인사하는 중이었다는 걸 잊어버리고 그 병사를 쫓아 황급히 식당을 나가 버렸다.
 "이런이런, 가버렸군요."
 아이비스크가 황당하단 얼굴로 중얼거리자 시스파슈타인이 호기심이 동한 얼굴로 아이비스크를 돌아보았다.
 "재미있을 것 같은데, 우리도 따라가 볼까?"
 "누가 당신을 말리겠습니까! 그러죠 뭐."
 호기심으로 두 눈을 반짝이는 두 고룡은 의기투합하여 황급히 뛰어나간 두 기사의 뒤를 따라나섰다.

 테일론과 매튜가 병사를 따라 쫓아간 곳은 그 술집으로부터 멀지 않은 골목이었다.
 그곳에서는 이번에 온 귀족 일행 중 한 명으로 보이는 고급 옷을 입은 녀석과 그 녀석의 수행 기사들이 서 있었다. 그리고 그 귀족 일행인 듯한 녀석의 발을 중산층이 흔히 입는 튼튼한 면직 드레스를 입은 중년 여인이 무릎 꿇은 채로 꼭 붙들고 있었다.
 이유는 아마도 귀족 녀석의 수행 기사들이 잡고 있는 예쁘장하게 생긴 17세쯤 되어 보이는 소녀 때문인 듯했다.
 그녀는 기사에게 팔을 잡힌 상태로 새파랗게 질려서 어쩔 줄 몰라 하고 있었고, 그녀의 어머니인 듯한 여인은 귀족 녀석의 발을 꼭 붙들고 사정하고 있었다.
 "나리, 제발 부탁입니다. 제발 그애는 놔주세요. 이렇게 빕니다."
 "시끄럽다. 놓으라고 하지 않았느냐?! 감히 내 앞을 가로막다니, 목숨이 아까운 줄 모르는군. 천한 계집을 이 몸이 선택해 준 걸

영광으로 알진 못할 망정……."

영광은 무슨 얼어죽을 영광이란 말인가.

타지의 귀족에게 선택당했다면 그것은 열이면 아홉은 귀족이 타지에 머물 동안만의 일회용 잠자리 상대일 것이 분명했다. 귀족이 자신의 본래 지방으로 돌아가 버리면 처녀는 양심이 조금 있는 귀족이라면 얼마간의 돈과 함께 버려질 것이었고, 조금의 양심도 없는 귀족이라면 돈 한 푼 없이 내쫓길 것이 분명했다. 그렇게 된다면 그녀의 인생은 끝장나는 것을—귀족에게 더럽혀진 처녀와는 아무도 결혼하려 들지 않을 것이 분명했으므로—무엇이 영광이란 말인가.

소녀의 어머니는 그것을 잘 알고 있었는지 필사적으로 귀족의 발을 붙들고 놔주질 않았다. 귀족 녀석은 뭐라고 더 지껄이려고 했지만 급하게 달려오는 매튜와 테일론을 보더니 입을 다물었다.

테일론과 매튜는 그들을 보자마자 예의상 어쩔 수 없이 한다는 표정으로 그를 향해 고개를 숙였다.

"이 도시 경비대 기사 테일론 브라운 커틀러스라고 합니다."

"같은 기사 매튜 그린입니다. 무슨 일이십니까?"

그러자 귀족 녀석은 마침 잘됐다는 표정으로 자신에게 매달려 있는 중년 여인을 손가락으로 가리켰다.

"마침 잘 와줬군. 이 계집 좀 끌고 가라. 지독하게도 떨어지질 않는구나."

매튜와 테일론은 주위를 살펴보고 절박한 표정의 중년 여인의 얼굴을 보더니 상황을 대충 알아챘다. 그리고 테일론의 얼굴을 알아본 중년 여인이 얼른 테일론에게 달려들었다.

"기사님, 제발 제 딸을 구해주십시오. 저 나리께서 제 딸을 데려가려고 하십니다. 제 아이는 이제 겨우 17살입니다. 제발 살려주세요."

테일론은 귀족 녀석의 얼굴을 똑바로 쳐다보며 물었다.

"이 여인의 말이 사실입니까?"

그러자 귀족 녀석의 인상이 살짝 찡그려졌다.

"그게 무슨 상관이란 말이냐? 넌 내 말만 들으면 돼. 내가 누군지 모른단 말이냐?"

하지만 대쪽 같은 성격으로 유명한 테일론이 그냥 물러설 리 없었다.

"죄송하지만 경비대 기사인 이상 도시 시민을 지킬 의무가 있습니다. 만약 저 소녀가 같이 가길 거절한다면 당신은 저 소녀를 데려갈 수가 없습니다."

귀족 녀석의 얼굴이 화로 인하여 울그락불그락해졌다.

"뭐야! 감히 너 따위가 뭐라고 지껄이는 거냐! 내가 한다면 하는 거야. 죽고 싶은가?!"

주위 사람들, 특히 매튜와 경비대 병사들은 분위기가 험악해지자 어쩔 줄 몰라 했다. 그러나 테일론은 눈 하나 깜짝하지 않은 상태로 입을 열었다.

"그 소녀를 놔주십시오."

"이, 이 자식이!!"

귀족 녀석은 분을 참지 못하고 테일론에게 달려들어 뺨을 한 대 후려갈겼다. 테일론은 그의 손을 피하지 않고 정면으로 맞아 얼굴은 옆으로 휙 돌아갔고, 그의 뺨에는 빨간 손자국이 선명하게 새겨졌다.

"네놈이 뭔데 나한테 이래라저래라 명령이야! 오냐, 내 너의 그

건방진 버릇을 고쳐 주지."

귀족 녀석은 그걸로는 성이 차지 않았는지 자신의 허리에 찬 검을 뽑아 들려고 했다.

일이 점점 커질 것 같자 옆에 조용히 있던 귀족 녀석의 수행 기사가 나섰다.

"도련님, 그만두시지요. 이곳에 오셔서 일을 벌이시면 같이 오신 스톰 남작께 폐가 됩니다."

스톰 남작이란 말이 나오자 귀족 녀석의 손이 멈칫하더니, 뭐씹은 얼굴로 가만히 있다가 마지못해 검에서 손을 떼었다. 하지만 분이 풀리지 않았는지 테일론에게 협박하는 걸 잊지 않았다.

"좋아, 알았다. 하지만 너, 테일론이라고 했지! 기억해 두마!!"

그리고 그는 거친 동작으로 몸을 돌려 저벅저벅 걸어가 버렸다.

그들의 모습이 사라지자 병사들과 주위의 사람들은 안도의 한숨을 내쉬었지만 매튜만은 그렇지 못했다.

"어쩌지? 저 녀석, 분명히 가만있지 않을 거야."

그가 테일론에게 속삭였지만 테일론은 여전히 무표정했다.

"그렇겠지."

그가 마치 남 일을 얘기하듯 말하자 매튜가 답답한지 자신의 가슴을 쳤다.

"야, 이건 네 일이라고. 어쩔려구 그래?"

"몰라."

테일론은 거기까지 말하고 자신에게 계속 감사의 인사를 해대는 중년 여인에게서 몸을 돌려 귀족 녀석이 사라진 방향의 반대편으로 걸어가 버렸다.

"어휴, 이제 어쩌지?"

매튜는 한숨을 푹 쉬더니 테일론의 뒤를 따랐다.

"흐음, 이거 참… 기대한 것보다 시시하게 끝나 버렸잖아?"
한쪽 구석에서 그 모습을 쭈욱 지켜보던 시스파슈타인이 실망했다는 표정으로 중얼거렸다. 그러자 옆에 서 있던 아이비스크가 말을 받았다.
"하지만 이 정도에서 끝날 것 같지 않은데요? 아까 그 귀족 나부랭이 녀석의 성격상 말예요."
시스파슈타인은 이미 알고 있었다는 듯 씨익 웃으며 대꾸했다.
"그렇겠지? 그럼 조금 더 두고 볼까?"
그의 기대 어린 말투에 아이비스크가 약간 놀란 얼굴로 물었다.
"배는 언제 타시려구요?"
"뭐, 아직 시간은 많으니까. 이것만 구경하고 가자구."
"어련하시겠어요……."
아이비스크가 포기하는 말투로 중얼거리자 시스파슈타인이 그를 돌아보았다.
"뭘 그러나? 자네도 재미있어 하면서."
그러자 아이비스크가 씨익 웃었다.
"부인하지는 않겠습니다."
"참 재미있는 녀석이야. 그렇지?"
"그렇군요."

그 다음날 오후, 두 고룡의 예상대로 테일론은 경비대 대장에게 불려갔다.
"테일론 브라운 커틀러스, 부르심을 받고 달려왔습니다."

"왔는가?"

경비대 대장은 갈색 머리의 중년 남자로 사리가 분명하고 어느 정도 융통성을 지닌 사람이었다.

그는 테일론의 대쪽 같은 성격을 그 누구보다 잘 알고 있었으며, 그래서 이번 귀족들의 방문에 그가 무슨 일을 벌일지 몰라 걱정하고 있던 차였다.

그는 보고 있던 서류 뭉치를 옆으로 치우고 앉아 있던 의자에서 일어나 책상을 빙 돌아 테일론 앞에 섰다.

"자네, 내가 무슨 일로 부른지 알고 있나?"

"모르겠습니다."

"그래도 짐작은 하겠지?"

"……."

짚히는 데가 아예 없는 것은 아니었으므로 테일론은 대답하지 않았다.

"스톰 남작은 수도에서도 세력이 꽤 강한 귀족이지. 그래서 우리로서도 그의 비위를 거스르고 싶지 않은 건 사실이야. 내 말 무슨 뜻인지 알겠지?"

테일론은 잠자코 고개만 끄덕였다.

"그 망나니 녀석은 자넬 해고시키라고 펄쩍펄쩍 뛰었지만 난 자넬 잃고 싶진 않아. 비록 융통성없이 앞뒤 꽉 막히긴 했지만 그 점이 내 맘에 들거든. 뭐, 그리고 그 녀석이 스톰 남작도 아니고 말야. 단지 같이 온 스톰 남작의 입장을 봐서 들어주는 척은 해야겠지만. 그래서 말인데……."

경비대 대장은 테일론을 똑바로 쳐다보았다.

"자네, 저 귀족들이 돌아갈 때까지 집에서 좀 쉬게나. 뭐, 저쪽에다는 근신이라고 말해 놓겠지만 휴가라고 생각하게. 자네는 경비대 기사가 된 뒤로 한 번도 휴가를 받지 않았으니 이 기회에 휴가를 누리는 것도 좋겠지. 내 말 무슨 뜻인지 알겠나?"
"예, 잘 알겠습니다."
"좋아. 그럼 이만 나가 보게."
"예."
대장에게 거수경례를 붙인 뒤 테일론은 몸을 돌려 대장실을 빠져나왔다. 예상하고 있던 것보다 가벼운 처벌이었다. 아마 그 대장이 현명하게 처리해 준 덕이리라.
그러나 테일론의 수난은 그걸로 끝이 아니었다.
테일론이 집으로 돌아오자마자 아버지의 분노가 기다리고 있었다.
"네 이 녀석, 이게 무슨 짓이냐?!"
거실로 들어온 테일론을 향해 멀린은 다짜고짜 일어나 손가락질을 해댔다. 그리고 멀린 옆에서는 앤이 언제나처럼 슬픔이 담긴 동정의 눈빛을 테일론에게 보내고 있었다.
테일론은 아버지의 분노나 경멸보다 어머니의 동정이 더 싫었기에 곧 아버지 쪽으로 고개를 돌렸다.
"네 녀석이 무슨 짓을 했는지 알기나 해? 너 때문에 우리 디코의 앞길에 무슨 지장이라도 생기면 어쩔 뻔했어? 이번에는 그나마 디코를 아끼는 남작님께서 잘 무마시켜 줘서 다행이었지, 넌 어떻게 된 게 네 동생의 앞길을 축복해 주진 못할 망정 방해꾼이 되려고 하는 게야!"
"그것은… 제가 당연히 할 일이었습니다."
"지금 그걸 말이라고 하는 거야! 너, 그 사람이 누구인지 뻔히 알면서도 그랬지! 그냥 좀 눈감아 주면 어디가 덧난다더냐? 네가 뭐 잘났다고 나서?!"

테일론은 속에서부터 울컥 올라오는 감정의 덩어리가 느껴졌다. 그는 더 이상 이 집에 있고 싶지 않아 몸을 돌렸다.

"어딜 가려는 게냐? 이 녀석아, 아예 나가서 들어오질 말아! 우리 집에 너 같은 녀석은 필요없어!!"

아버지의 고함 소리를 뒤로하고 그가 막 현관 문을 나서려는데 누군가가 그의 어깨에 손을 올렸다.

가냘픈 손의 느낌…

이 집안에서 자신의 어깨에 손을 올릴 사람은…

뒤로 돌아보니 앤이 슬픈 얼굴로 서 있었다.

"테일론, 그냥 아버지께 잘못했다고 그러면 안 될까?"

"어머니, 전 잘못한 게 없어요."

"나도 안단다. 하지만 얘야……"

그때 갑자기 테일론이 앤의 눈을 똑바로 바라보았다.

평소 자신의 눈과는 마주치지 않으려 하던 아들이 갑자기 눈을 똑바로 마주쳐 오자 앤은 순간 당황했다.

"테일론?"

"어머니, 제발 저를 그런 눈으로 보지 마세요. 전 동정을 받을 정도로 불쌍하지 않아요."

말 한마디 한마디에 담겨 있는 슬픔에 앤은 순간적으로 너무 당황스러워 할 말을 찾지 못하고 아들의 눈만 바라보았다.

한없이 깊은 슬픔을 담은 짙은 파란 눈이 금방이라도 쏟아질 것처럼 위태위태해 보였다.

테일론은 당황한 어머니를 물끄러미 바라보더니 곧 몸을 돌려 밖으로 걸어나갔다.

테일론이 향한 곳은 매튜의 아버지가 경영하는 술집이었다.
매튜는 테일론이 그쪽으로 오리란 걸 예상하고 있었다는 듯 들어서는 테일론을 향해 손을 들어 보였다.
"어서 와."
그는 자신을 기다리고 있었던 것처럼 보이는 매튜의 옆에 털썩 앉으며 괜히 퉁명스레 물었다.
"왜 여기 있냐?"
"왜? 내가 여기 있으면 안 될 이유라도 있냐?"
"당연하지. 지금은 근무 시간이잖아."
"상관없어. 오늘 조장한테 말하고 빠졌거든. 뭐 마실래?"
"독한 거. 오늘은 독한 걸 마시고 싶다."
그러자 그때 누군가 그에게 말을 걸었다.
"그럼 이걸 마셔보겠나?"
의아한 얼굴로 고개를 돌리는 테일론의 눈에 붉은 머리를 가진 중년의 남자와 파란 머리를 늘어뜨린 뛰어난 외모의 청년이 서 있었다.
"아, 시피르 씨!"
테일론이 얼른 자리에서 일어서려고 하자 시스파슈타인은 그런 그를 제지하고는 그와 같은 테이블에 앉으면서 투명한 액체가 가득 담긴 투명한 유리 병을 꺼내 보였다.
"이건 깡소주라고 하는 술인데 무척 독하지. 어때, 한번 마셔보겠나?"
그러자 테일론은 시스파슈타인의 얼굴을 물끄러미 바라보았다.

"취해서 난동 부릴지도 모릅니다."

"상관없어. 오히려 자네의 주정 부리는 모습을 볼 수 있다니 기대되는걸?"

시스파슈타인이 싱긋 웃어 보이며 유리 병을 탁자 위에 내려놓자 어느새 마련했는지 매튜가 작은 잔 네 개와 간단한 소시지 야채 볶음 한 접시를 내려놓았다.

"서비스가 빠르군."

아이비스크가 놀랍다는 듯 말하자 매튜가 약간 과장된 표정으로 웃어 보였다.

"그게 우리 술집의 특징이니까요."

매튜의 장난스러운 어조에 아이비스크와 시스파슈타인은 마주 웃어 보였지만, 테일론은 자신과는 상관없는 일인 양 잔 하나를 자신 앞에 가져다 놓고 술을 따랐다.

또르르르……

맑은 액체가 유리 병의 입구를 통해 세상 밖으로 나오자 진한 알코올 냄새가 코끝에 진동했다.

작은 잔 가득히 술이 채워지자 테일론은 지체없이 잔을 들어 입 안에 들이부었다. 독한 술이 입으로 들어와 목구멍을 타고 내려가자 속에서 불이 이는 듯했지만 상관하지 않고 한 잔 더 따라 입에 부었다.

어른과 함께한 술자리에선 우선 어른께 먼저 술을 따라드려야 하겠지만 오늘 테일론은 막 나가겠다는 듯 시스파슈타인에게 권하지도 않고 자기 혼자서 따라 마시기 시작했고, 그런 그를 그 테이블에 있던 어느 누구도 제지하지 않고 조용히 바라보고 있었다.

반 병쯤 비웠을까?

어느 누구에게도 권하지 않고 계속해서 기계적으로 혼자 술을 따라 마시던 테일론은 문득 자신 옆에서 걱정스럽게 쳐다보는 매튜를 바라보더니 히죽 웃었다.

"……"

갑작스런 황당한 반응에 매튜를 비롯한 두 고룡은 벙쪄 버렸다.

"얘가 왜 이래?"

매튜는 당황함을 감추지 못하고 손을 들어 테일론의 앞에다 대고 휘휘 흔들어보았다.

그러나 정상인이라면 보여야 당연한 눈의 깜박거림이 없는 초점이 사라져 버린 흐리멍텅한 눈동자만이 매튜를 바라보며 실실 웃고 있었다.

"얘가 취했나 봐요……."

"자넨 친구 주정을 처음 보나?"

시스파슈타인이 황당함을 감추지 못하고 물었다.

"하하하, 좀 이상하죠? 하지만 같이 대작한 적이 한 번도 없었어요. 이 녀석 아버지가 좀 엄격한 데다 녀석도 흐트러지는 걸 정말 싫어했었거든요."

"그런데 이 사람……."

계속 입을 다물고 있던 아이비스크가 느닷없이 입을 열자 시스파슈타인과 매튜의 시선이 그에게로 돌아갔다. 그러나 아이비스크는 그런 그들의 시선을 신경 쓰지 않고 테일론을 바라보며 말을 이었다.

"술이 들어가면 실실 웃는 타입인가 본데요?"

그의 말대로 테일론은 자꾸 실실 웃으며 흔들거리는 손으로 술병을 들어 잔에 따르고 있었다. 그러나 그의 손이 계속 흔들리고 있어 아까운 술들은 잔 속에 들어가는 것보다 그 주위로 떨어지는 게 더 많았다.

"에궁, 아까워라……. 어렵사리 구한 건데……."

그 모습을 본 시스파슈타인이 테일론에게 준 술이라 빼앗지는 못하고 안타까운 눈으로 바라보며 쩝쩝 입맛만 다시자 옆에 있던 아이비스크가 한마디했다.

"하긴 그렇죠. 제 레어 구석탱이에 처박혀 있던 걸 시스파슈타인님께서 어렵사리 찾아내신 거잖아요."

"그걸 꼭 말해야겠나?"

시스파슈타인이 아이비스크에게 한마디하자 아이비스크는 냉정하게 대꾸했다.

"혹시라도 독자들이 오해할까 봐서요."

"에잉, 숲지기 같기는(숲지기=드래곤 숲의 그린 드래곤 칸 그라하리)……."

"야, 그만 마셔라. 너, 너무 마셨어."

매튜는 테일론의 행동을 보다가 안 되겠는지 테일론의 손에서 술병을 채가 버렸다.

"아냐, 나 괴안아……."

맛이 가도 한참 간 것 같은 테일론의 혀 꼬부라진 소리가 나오자 매튜는 단호하게 말하며 술병을 옆으로 치웠다.

"시끄러. 이제 그만 마셔."

그러자 테일론은 매튜를 바라보며 히죽히죽 웃기 시작했다.

"어? 애가 왜 이래?"

평소 보지 못하던 테일론의 느글느글한 모습에 매튜가 식은땀을 흘리면서 슬슬 옆으로 피하자 테일론이 얼른 달려들어 매튜에게 안겼다.

"매튜야아아~"

"으갸갸갸, 야가 왜 이래?"

"매튜야, 나 너 무지무지 좋아한다……"

"그래그래, 알았어. 알았으니까 제발 좀 놔라. 사람들이 오해하겠다."

"시져시져, 이러고 있을래… 세상에서 내가 젤 좋아하는 매튜우우~"

"테일론, 테일론, 제발 정신 차려라. 내일 뒷감당을 어찌하려고 이러누… 그렇게 보지만 말고 좀 도와주세요오오~"

둘의 해프닝을 재미있다는 듯 히죽히죽 웃으며 바라보는 두 고룡을 향해 매튜가 처절하게 외쳤지만 둘은 싹 무시했다.

"왜? 재밌는데."

"좀만 버텨봐. 또 뭐라고 할지 궁금해."

"으아아악~ 아부지, 헬프 미!!"

두 고룡이 자신을 싹 배신해 버리자 매튜는 안쪽을 향하여 처절한 목소리로 도움을 요청했다. 그러자 그 즉시 매튜의 아버지가 음식이 얼룩덜룩하게 묻은 하얀 앞치마를 두른 채 뛰쳐나왔다.

"무슨 일이냐, 내 아들!"

"아버지, 이 녀석 좀 떼어주세요. 혼자 마시더니 취해 버렸어요."

"아이구, 그래. 야, 테일론! 테일론, 이 녀석아. 정신 좀 차려봐라."

매튜의 아버지는 매튜의 품에 안겨 비몽사몽한 상태로 히죽히죽 웃고 있는 테일론을 보더니 얼른 달려들어 그의 뺨을 때리며 매튜에게서 떼어냈다.

그러자 힘겹게 눈을 뜬 테일론은 매튜의 아버지를 보더니 또다시 히죽히죽 웃으며 그의 품에 안겼다.

"아저씨이~"

"그래그래, 나다. 야, 매튜야, 좀 도와라."

"예, 잠시만요."

매튜는 얼른 일어나서 테일론을 일으켜 세우려는 아버지를 도우려고 테일론에게 달려들었다. 그러나 그 순간 테일론이 하는 말에 몸을 경직시키고 말았다.

"아저씨~ 전 말이죠. 매튜가 젤 부러웠어요. 이 세상에서 가장 행복한 녀석인 거 있죠? 자신을 끔~ 찍히 사랑해 주는 부모님이 있다는 건 정말 행복한 거예요~"

술에 취해 제대로 발음되지도 않은 말들이 왜 매튜에게는 뚜렷하게 하나하나 잘만 들리는지 모를 일이었다.

두 고룡도 갑작스런 테일론의 말에 조용히 입을 다물었고 매튜의 아버지도 그를 일으키려는 시도를 잠시 멈췄다.

"난 말이죠… 예전부터 포기했어야 했어요……. 그런데 말이죠… 바보가치… 포기가 안 되는 거예요……. 정말 바보죠? 아부지가 날 사랑하지 않는다는 걸 뻔히 알면서두… 날 바라봐 주지 않는다는 걸 잘 아는데… 왜 포기 못하는 건지 모르게써요……."

테일론의 맛이 간 얼굴은 히죽히죽 웃고 있었으나 그의 눈에는 눈물이 고여 있었다.

"내가 기사 학교에 있을 때도… 학부모 참관 날에 우리 아부지가 날 보러 온 게 아니란 걸 알면서도 말예요……. 내 동생이 입학하기 전에는 한 번도 오시지 않은 아버지가 맨 처음 왔을 때…

물론 난 아버지가 내 동생을 보러 온 줄 알고 있었어요……. 그런데… 그런데도……."

테일론의 눈에 가득 담긴 눈물은 그 자그마한 공간에 담겨 있기에는 양이 너무나 많이 불어나 버려 결국 넘쳐 흐르고 말았다.

"난 아버지가 혹시라도 날 봐주지 않을까… 어쩜 고개를 이쪽으로 한 번쯤 돌려주지 않을까… 그랬는데 날 못 찾으면 어쩔까 싶어서… 수업 시간 내내 계속 아버지만 보고 있었는데… 그랬는데… 그랬는데 아버진 계속 내 동생만 보고 있는 거 있죠? 하하하, 내가 아버지를 계속 쳐다보고 있다는 것도 모르는 채 말예요……. 우습죠?"

"그만 해라, 테일론. 이제 됐다. 그만 해라, 응?"

테일론의 말을 조용히 듣고 있던 매튜의 아버지는 감정을 이기지 못했는지 눈시울을 붉히면서 테일론을 달래며 다시 일으키려고 했다.

그때 갑자기 시스파슈타인이 자리에서 일어났다.

놀란 아이비스크와 매튜가 바라보고 있는 가운데 그는 테이블을 빙 돌아 테일론에게 다가가더니, 그의 목뒤를 수도로 탁 하고 내려쳤다.

목뒤에 충격을 받은 테일론은 그 자리에서 그대로 고꾸라질 뻔했지만 다행히도 매튜의 아버지가 그를 잡고 있어서 테이블에 얼굴을 박지는 않았다.

시스파슈타인은 벙쪄 있는 주위 사람들을 쓰윽 둘러보며 한마디했다.

"취한 놈한테는 이게 직빵이야."

그리고 다시 매튜의 아버지에게로 고개를 돌렸다.

"이 녀석, 오늘 여기서 재울 건가?"

"예? 아, 예. 그럴 생각입니다만."

"흠, 그래? 그럼 우린 내일 아침에 다시 오도록 하지. 이만 가보 겠네."

그리고 주저없이 몸을 돌려 입구 쪽을 향해 걸어갔다.

"앗, 잠깐만요. 같이 가요."

놀란 아이비스크가 재빨리 일어나 그를 쫓아 뛰어나가자 매튜와 매튜의 아버지는 서로의 얼굴을 바라보았다.

"누구냐?"

"저도 몰라요. 하지만 테일론과는 아는 사이인 것 같던데요?"

"그래? 참 황당한 사람들이구만. 그건 그렇고 매튜야, 좀 잡아라. 자꾸 미끄러진다. 이 녀석 보기보다 꽤 무겁구만……."

"예, 전 다리를 잡을게요."

"그래그래, 여보, 위층 손님 방에 시트 좀 깔아놔요."

매튜의 아버지가 카운터에 있던 매튜의 어머니를 향해 소릴 지르자 즉각 그녀의 대답이 날아왔다.

"벌써 깔아놨어요. 올 때 폼 보니까 꼭지가 돌 때까지 마실 것 같아 미리 준비해 놨죠. 내가 이 장사를 몇 년이나 했는데 그 정도도 모를 것 같수?"

다음날 아침, 두 고룡이 아침 식사 시간쯤 되어서 어슬렁거리며 '파도의 속삭임'에 들어서자 아직 문 열 시간이 아니어서 그런지 모든 탁자들 위에 의자들이 올라가 있었다.

단지 부엌과 가까운 제일 안쪽에 있는 탁자만이 유일하게 의자가 올라가 있지 않았다.

그리고 그 자리에는 부스스한 모습의 테일론과 매튜가 앉아 있었다.

"어이, 잘 잤나?"

"아, 오셨습니까."

매튜와 테일론이 휘청거리며 일어나 인사를 했다.

"아니, 테일론이 삭은 건 이해가 가겠는데 왜 자네까지 그렇게 폭삭 삭은 겐가?"

시스파슈타인이 의아함을 감추지 못하고 묻자 매튜가 한숨을 푹 하고 쉬었다.

"제가 사람은 과음한 뒤에 구토를 한다는 걸 깜빡했지 뭡니까?, 그걸 잊지 않았다면 저 녀석에게 술을 안 먹이는 건데……."

매튜가 테일론을 째려보며 대꾸하자 두 고룡이 킥킥 웃었다.

"아하, 그래서 밤새 한숨도 못 자고 고생했나 보지?"

"말도 마세요, 시트도 몇 장이나 버려놨는지 몰라요."

"호오, 그 정도였나?"

"엄청났다니까요."

"의외인걸?"

매튜와 시스파슈타인의 대화가 계속 이어질수록 테일론의 붉어진 얼굴은 점점 밑으로 내려갔다. 그러자 그를 가엽게 여겼는지 아이비스크가 신나게 대화를 하고 있는 두 존재 사이에 끼어들었다.

"자, 자, 그만 하시죠. 테일론에게 뭔가 할 말이 있어서 온 게 아니었습니까?"

그러자 시스파슈타인이 놀란 얼굴로 아이비스크를 돌아보았다.

"엇? 자네, 그걸 어떻게 알았나?"

"시피르님이 아침부터 일찍 오신 건 저 사람한테 뭔가 볼일이 있어서가 아닐까 생각했을 뿐입니다. 그런데 그게 제가 설마라고 생각한 일은 아니길 바랄 뿐이죠."

"호오, 그런가?"

그러자 두 고룡이 나누는 대화의 주인공인 테일론이 멀뚱하게 둘을 올려다보며 물었다.

"저, 무슨······."

시스파슈타인은 테일론의 목소리에 그를 돌아보며 다짜고짜 물었다.

"자네, 여행 갈 생각 없나?"

"예? 그게 무슨······."

테일론과 매튜는 황당함이 가득 담긴 얼굴이었고, 아이비스크는 역시나··· 하는 얼굴로 자신의 이마를 짚었다.

"내가 저 머나먼 동쪽 나라에 한번 가보려고 하거든. 내, 자네의 사정을 듣고 모른 척하는 게 도리가 아닐 것 같아서 말야. 자네가 원한다면 같이 데리고 가주겠네."

"그게 아니라, 저 사람이 재미있을 것 같으니까 데려가려고 하시는 거 아닙니까?"

옆에서 아이비스크가 콕 하고 끼어들자 시스파슈타인이 아이비스크를 보며 아주 다정하게 웃어 보였다.

"그래서? 자넨 불만인가?"

아이비스크는 시스파슈타인의 미소를 보고 얼어붙었다.

아무리 자신도 고룡이라고는 하나 시스파슈타인은 자신보다 몇천 년이나 더 많이 산 고룡이 아닌가?

"물론 아니죠. 시피르님께서 원하신다면야 전……."
"그래? 그거 참 다행이군."
시스파슈타인은 그에게 다시 한 번 다정하게 웃어준 뒤 테일론에게 고개를 돌렸다.
"어떤가? 뭐, 자네가 싫다면야 거절해도 상관없네만. 그렇게 질질 짜면서 이곳에 남아 있는 것보단 한번 정도 이곳을 벗어나서 다른 곳을 여행해 보는 것도 괜찮지 않겠나?"
"예, 하지만 갑자기 여행이라니……."
당황한 얼굴로 중얼거리던 매튜는 테일론의 다음 말에 벙쪄 버리고 말았다.
"아냐, 괜찮아. 좋습니다. 괜찮으시다면 같이 동행하고 싶은데요."
"뭐라고? 야, 테일론, 어쩌려구 그래? 또 경비는 어쩌구?"
"나 지금까지 모아놓은 돈이 좀 있어. 그리고 경비대는 나 대신 네가 사표 좀 내줘. 언제 출발하실 겁니까?"
테일론이 굳은 결심을 한 듯한 얼굴로 시스파슈타인을 바라보자 그는 씨익 웃어 보였다.
"오늘 오후에."
"좋습니다. 그럼 정오까지 준비해서 찾아 뵙겠습니다."
"그렇게 하게나. 우린 '바람의 날개'란 여관에 있네."
그러자 테일론과 매튜가 헉! 하고 헛바람을 들이켰다.
"바람의 날개?"
"거긴 이 도시에서 가장 큰 여관이잖아?!"
시스파슈타인은 둘의 경악 어린 반응을 재밌다는 듯 바라보다가 몸을 돌렸다.

"그럼 이따가 만나세나."

그러자 그 뒤를 아이비스크가 쫓아가며 물었다.

"정말 저 사람을 데리고 가실 겁니까?"

"응, 재밌을 것 같아. 자넨 싫은가?"

"에휴~ 제 의견이 당신께 무슨 상관이 있겠습니까."

"헐헐헐, 잘 알고 있군. 하지만 저 인간, 괜찮지 않나?"

"뭐, 그렇긴 하지만요."

두 고룡이 술집을 나서자 테일론도 자신의 집으로 가려고 몸을 돌렸지만 매튜의 손길에 멈춰야 했다.

"테일론, 너 진심이냐?"

"뭐가?"

"이 자식, 지금 그렇게 딴청 부릴 거야? 여행 간다는 거 말야, 여행."

테일론은 다급한 표정으로 자신의 옷을 꽉 쥐고 있는 매튜를 물끄러미 바라보다가 미안한 듯한 미소를 지었다.

"그래, 진심이야."

"야!"

"미안, 매튜. 솔직히 말하면 떠나고 싶은 마음은 있었지만 그동안 용기가 없어서 시행하지 못하고 있었어. 하지만 이번 기회에 한번 이곳을 벗어나고 싶어."

매튜는 테일론의 간절함이 담긴 표정을 보고서는 저도 모르게 그의 옷깃을 잡고 있던 손을 스르르 풀었다.

"미안하다. 아저씨께도 죄송하다고 전해줘."

테일론이 그 말을 끝으로 몸을 완전히 돌려 술집 입구로 다가갔을 때 매튜가 소리쳤다.

"야!!"
테일론이 돌아보자 매튜가 물었다.
"돌아올 거지? 언제인지는 모르겠지만, 그래도 언젠간 돌아올 거지?"
"짜식, 내가 죽으러 가냐? 물론 돌아올 거야. 돌아오면 제일 먼저 널 찾으마."
"약속한 거다, 너?"
"그래."

매튜에게 기분 좋게 웃어준 매튜는 짐을 챙기러 곧바로 집으로 향했다. 하지만 집이 저 멀리 보이기 시작하자 그의 발걸음은 점점 무거워졌다. 25년 간 집을 향해 걸어갈 때마다 느끼던 감정이 어느새 버릇이 된 것 같았다.
무거운 발걸음으로 집에 도달하여 현관 문을 열자 제일 먼저 굳은 얼굴로 거실에 앉아 있는 아버지와 어머니의 얼굴이 보였다.
멀린은 테일론의 얼굴이 보이자마자 자리에서 벌떡 일어나 그를 향해 인상을 찌푸렸다.
"어딜 갔다 오는 게냐?"
테일론은 그의 말에는 대꾸하지 않고 고개만 까닥여 인사한 뒤 계단 쪽으로 발걸음을 돌렸다. 그러자 화가 난 듯 멀린의 목소리가 한층 더 높아졌다.
"이 녀석, 내 말이 들리지 않는 거냐? 어딜 갔다 왔냐니까?!"
막 맨 아래 계단에 발을 올리고 있던 테일론은 마지못해 고개만 돌려 아버지를 바라보며 대꾸했다.
"매튜네 집에 있었습니다."

그러나 그의 태도가 멀린의 화를 더 돋운 모양이었다.

"이 자식, 뭘 잘했다고 그 따위로 구는 거냐, 응?"

테일론은 문득 속으로 분노가 치솟아오르는 것을 느꼈다.

'그럼 내가 뭘 잘못했단 말인가.'

"그만두지 못하겠어요!"

그러나 그의 분노는 갑작스레 들려온 다른 이의 외침에 의하여 날아가 버렸다.

테일론은 당황한 표정으로 날카롭게 외친 자신의 어머니를 돌아보았다. 멀린도 무척이나 당황한 표정이었다.

그도 그럴 것이, 앤은 평소 말이 적고 남편이나 아이들 앞에 큰 소리 한번 내지 않은 현숙한 여인이었다. 그런데 지금 평소 그녀의 모습을 깨버리고 크게 외친 것이다.

그것도 항상 그녀가 존중하고 따르던 남편에게.

"앤?!"

멀린이 당황한 목소리로 자신의 부인을 불러보았다. 마치 그녀가 정말 그녀 맞는지 확인하는 듯했다. 하지만 앤은 그런 그녀의 남편을 활활 타오르는 듯한 눈동자로 쏘아보며 말했다.

"당신, 당신이 뭔데 내 아들에게 소리치는 거예요?! 당신이 뭔데!!"

"앤?"

"저애는 내가 처음으로 낳은 아들이에요. 내가 열 달이나 뱃속에 넣고 다칠세라 조심스럽게 행동하면서 키웠고, 죽을 고통을 감수하면서 낳은 소중한 애란 말예요. 그런데 당신이 뭔데 내 아들에게 소리치는 거죠? 한 번만 더 내 아들한테 소리치면 내가 가만있지 않겠어요!!"

"앤, 당신 왜 그러는 거요?"

"멀린, 당신이야말로 왜 그러죠? 저애가 뭘 잘못했다고!"

"당신, 지금 그걸 몰라서 묻는 거요?"

"그래요, 정말 모르겠어요. 저애가 뭘 잘못했다는 건가요? 당신은 기사였을 당시 당신 부하들이나 아이들에게 어느 때라도 기사의 본분을 잊지 말라고 누누이 강조하시던 분 아니었나요? 그런데 지금 와선 그 기사의 본분이 바뀌었나 보죠? 저애가 뭘 잘못했는데요, 예?!"

"앤……."

멀린은 당황스러운 표정으로 부인의 이름을 중얼거렸다. 그러나 아까의 그 당당하던 모습은 어딘가로 사라지고 지금은 말문이 막힌 듯 보였다. 그러자 앤의 흥분되고 높아진 목소리가 약간은 침착하고 낮아졌다.

"멀린, 당신은 기억 안 나요? 저애가 태어났을 때 누구보다 기뻐한 사람이 당신이었잖아요. 저애의 이름을 짓기 위해 며칠 밤낮을 머리 싸매고 고심했잖아요. 아이가 태어난 뒤론 애 곁을 떠나지 않으려고 해서 지금은 돌아가신 아버님께 혼도 많이 나고, 부하들한테 항상 자랑하고 다녀서 팔불출이란 놀림도 많이 받았잖아요. 그래도 좋아서 허허거리고 다닌 사람 아니었나요?"

"그만 하시오."

그러나 앤은 그 정도로 입을 다물지 않았다.

"저애가 처음으로 아빠라고 말했을 때 당신은 너무 기뻐해서 당장 하늘이라도 날아오를 듯 보였어요. 그리고 저애가 5살 때 처음 목검을 들자 저애가 마치 왕궁 최고의 기사라도 된 것처럼 기뻐하던 사람이 바로 당신이었어요."

"그만 하라고 하지 않았소!!"

멀린은 크게 소리치더니 성큼성큼 걸어 서재로 들어가 문을 쾅! 닫아버렸다. 그리고 앤은 생전 처음으로 남편 앞에서 흥분하여 소리친 탓인지 기운이 다 빠져 버려 소파에 털썩 주저앉았다.

그러자 놀란 테일론이 그녀에게 달려갔다.

"어머니!!"

테일론이 그녀의 어깨를 붙들자 앤은 천천히 고개를 들어 테일론의 눈을 똑바로 바라보며 빙긋 웃었다.

"오랜만이구나. 네가 그렇게 나를 바라본 적이 언제인지 모르겠다."

"어머니……."

테일론은 왠지 목이 메어 더 이상 말을 잇지 못했다.

"미안하구나, 아가야. 정말 미안해. 그동안 혼자 내버려 둬서 정말 미안하구나."

앤은 테일론의 품에 살며시 머리를 기대면서 중얼거렸다. 그러자 테일론은 문득 자신이 여기 왜 왔는지 기억이 났으며, 지금 이 상황에서 그 이야기를 앤에게 해야 한다는 것에 마음이 아팠다.

"어머니, 저… 할 말이 있는데요……."

"응? 뭔데 그러니?"

앤은 테일론의 품에서 약간 벗어나 의아한 눈으로 그를 올려다보았다.

"저, 여행을 떠나려고 해요."

"여행? 갑자기 그게 무슨 소리니?"

앤이 놀란 눈으로 그를 올려다보자 테일론은 그녀의 눈빛을 차마 마주 보지 못하고 옆으로 고개를 돌렸다.

"제가 아는 분이 제 사정을 아시고 같이 여행을 가자고 제안하셨어요. 그분이 지금 여행 중이시거든요."

테일론은 여행의 목적지가 저 머나먼 동쪽 나라, 일반 사람들은 있는지조차 모르고 듣지도 못한 나라라는 것은 쏙 뺐다.

"테일론, 그거 꼭 가야겠니? 이제라도 취소하면 안 될까? 이렇게 널 보내고 싶진 않구나……. 나중에 가면 안 되겠니?"

앤이 간절함을 담아 테일론에게 물었지만 테일론은 고개를 저었다.

"죄송해요. 이번 기회에 가지 못하면 영영 못 떠날 것 같아요. 그리고 어머니……."

테일론은 다시 용기를 내어 앤을 똑바로 쳐다보았다.

"전 예전부터 이곳을 떠나고 싶었어요."

"얘야……."

"죄송해요. 저 빨리 짐을 챙겨서 가야 해요. 정오에 만나기로 했거든요."

테일론은 앤이 자신을 더 붙잡기 전에 얼른 일어나서 빠른 발걸음으로 자신의 방으로 올라갔다. 앤이 더 붙잡으면 자신의 결심이 흔들릴 것만 같아서였다. 그리고 앤은 아무런 말도 못하고 그런 테일론의 뒷모습을 멍하니 바라보고만 있었다.

약간의 시간을 들여 차근차근 자신의 방을 정리하면서 짐을 싼 테일론은 마지막으로 자신의 방을 한번 둘러본 뒤 밖으로 나왔다.

아래층으로 내려가자 앤이 기다리고 있었다.

"어머니, 말리지 마세요. 전 꼭 갑니다."

"그래, 알았다."

앤이 순순히 포기하자 테일론의 눈이 휘둥그레졌고, 그 모습을 본 앤이 살포시 웃었다.

"놀랐니? 놀랄 것 없다. 넌 예전부터 고집이 셌으니까. 한번 하겠다고 하면 누가 말려도 했었지."

그리고 테일론에게 한 걸음 한 걸음 다가가 그의 뺨에 손을 가져다 댔다.

"몸조심하거라… 식사는 꼭꼭 챙겨 먹고. 난 여기서 널 기다리고 있으마."

테일론은 문득 눈시울이 뜨거워지는 걸 느꼈다.

"예, 어머니. 다녀올게요."

"그래, 다녀오렴."

그리고 실로 오랜만에 테일론은 앤의 뺨에 가볍게 입을 맞추는 외출 인사를 했다.

테일론이 현관 문을 열고 나가서 다시 문을 닫자 앤은 서재 문 쪽으로 시선을 돌렸다.

서재의 문은 왜인지는 몰라도 약간 열려져 있었다.

앤은 그쪽을 바라보며 싱긋 웃었다.

"테일론은 당신을 쏙 빼닮았죠?"

그러자 서재의 문이 쾅! 하고 다시 닫혔다.

"정말 둘이 똑같다니까……"

앤은 설레설레 고개를 젓다가 창가로 다가가서 바깥을 내다보았다. 거기에서는 테일론이 이제 막 정문을 나서고 있었다.

"잘 다녀오렴."

앤은 테일론의 모습을 바라보며 나직이 중얼거렸다.

테일론은 실로 오랜만에 가벼운 발걸음으로 집을 나섰다.
 앞으로 그의 앞날에 어떤 일이 일어날지는 아무도 모르겠지만, 어쩌면 그것은 테일론의 미래를 좋은 방향으로 바꿔줄지도 모르는 일이었다.




〈 테일론 이야기 끝 〉

# 신인작가 모집

시작이 반이라고 했습니다.
작가의 길에 대한 보이지 않는 벽을 과감히 깨뜨리십시오!
청어람은 작가 지망생 여러분들의
멋진 방향타가 되어 드리겠습니다.

저희 도서출판 청어람에서는
판타지 소설 신인 작가분들을 모집합니다.
판타지 소설을 사랑하시는 분들의 많은 참여를 바랍니다.
소정의 원고(A4용지 150매)를 메일이나 우편으로 보내주시면
검토 후 출판 여부를 알려 드리겠습니다.

주소:경기도 부천시 원미구 심곡1동 350-1 남성B/D 3F · 우편번호420-011
TEL:032-656-4452 · FAX:032-656-4453
e-mail:eoram99@chollian.net

# 무예소설 신인 작가를 모집 합니다.

# 청어람이 함께 하겠습니다!!

저희 도서출판 청어람에서는 무예소설 작가 지망생 여러분을 모집합니다.
글에 소질이 있거나 작가의 꿈을 가지고 계신 분들, 주저하지 말고 저희 청어람의 문을 두드려 주십시오.
작가 지망생 여러분께서 멋진 환골탈태를 할 수 있도록 청어람은 충분한 자양분이 되겠습니다.
작가로의 꿈을 저희 도서출판 청어람에서 활짝 만개해 보십시오.

소정의 원고(A4 용지 150매)를 메일이나 우편으로 보내주시면 검토 후 출판 여부를 알려드리겠습니다.

보내실곳:경기도 부천시 원미구 심곡1동 350-1 남성빌딩3층 우편번호420-011
TEL:032-656-4452  FAX:032-656-4453
e-mail:eoram99@chollian.net

# 기사와 건달
## (Knight & Libertine)
### 장삼 판타지 장편 소설 / 1~2 / 값 7,500원

## 2001년식 新 인간시장!
## 중세의 기사와 소림사의 고승, 그리고 당대의 건달(乾達)이
## 시공을 초월해 펼치는 풍자와 역설의 미학

"나 박달삼은 맥시… 뭐냐, 하여간 크루터님에게 충성을 바칠 것이며 최선을 다해 주인 검 형님으로 모실 것을 맹세합니다. 하지만 주인님이 사나이답지 않은 비겁한 짓을 하거나 먼저 배신을 때릴 때는 말짱 꽝이 되는 것은 물론, 언제라도 뒤통수를 치겠다는 것 또한 맹세합니다."

돌주먹 건달(乾達)에서 기사의 시종이 된 박달삼.

소멸의 위험을 기꺼이 감수하고라도 이루어야 하는 사명을 위해, 세상을 더럽히는 쓰레기 같은 인간들을 쓸어버리기 위해, 그리고 사랑하는 사람을 위해…

죽일 놈은 죽이고 혼나야 할 놈은 혼내는 기사와 시종의 행보는 거칠 것이 없다.

앤스크 산    소사막

테이킨 왕국

아르카스 해

겔튼 연합

마틸 산

레스틴

타이백 산맥

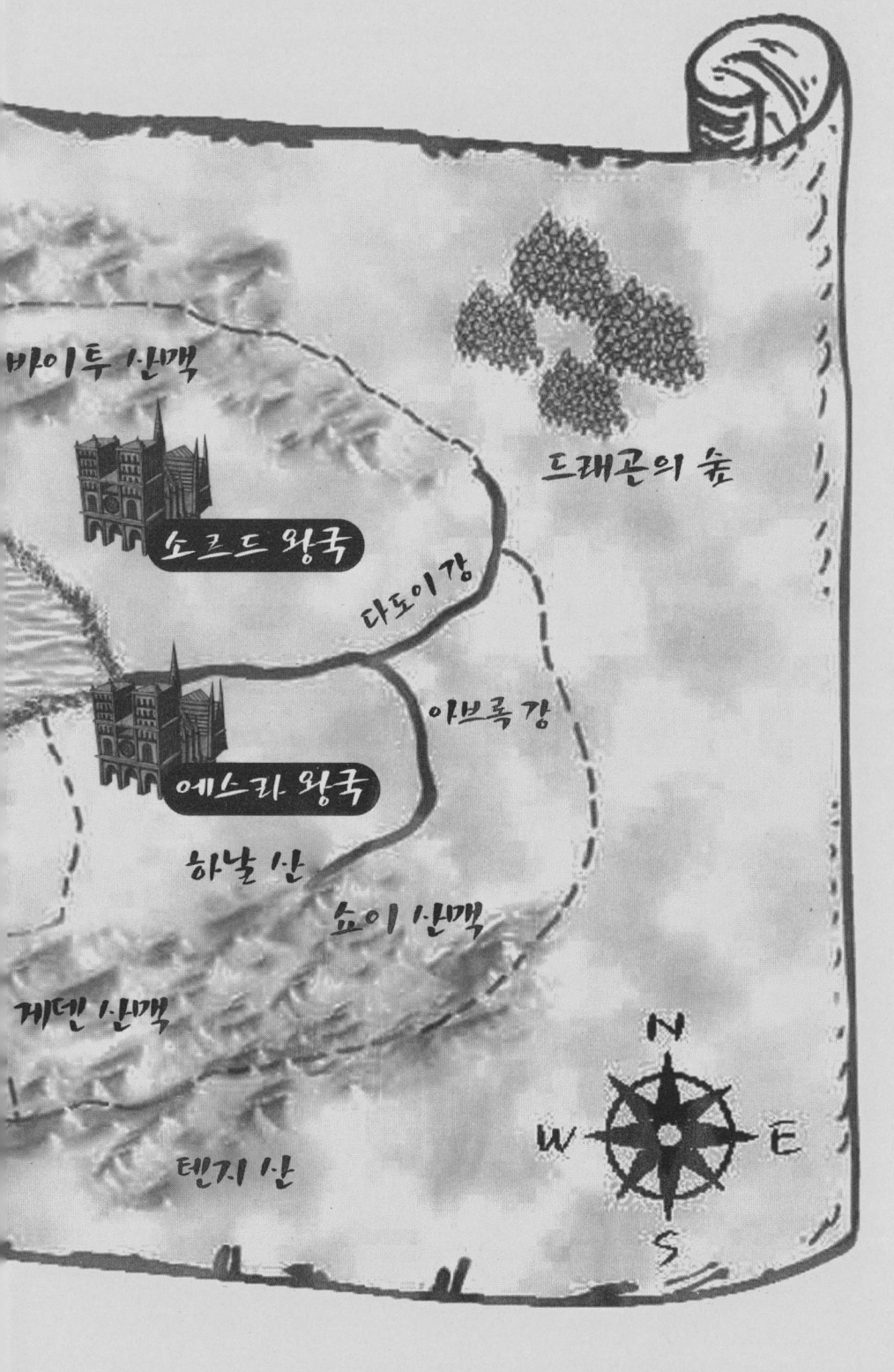